Mark Boyle
THE WAY HOME
Tales from
a life without
technology

ぼくは
テクノロジーを使わずに
生きることにした

マーク・ボイル　吉田奈緒子＝訳

紀伊國屋書店

上●著者が住むセルフビルドの小屋
下●小屋の中から庭を望む。廃パレットでつくった椅子なども見える。

著者が住む小屋の中。左側に薪ストーブ（兼オーブン）がある。

上●無料宿泊所兼イベントスペース兼もぐり酒場〈ハッピー・ピッグ〉(左)と、
差し掛け屋根のついた薪小屋(右)

下●〈ハッピー・ピッグ〉の中。

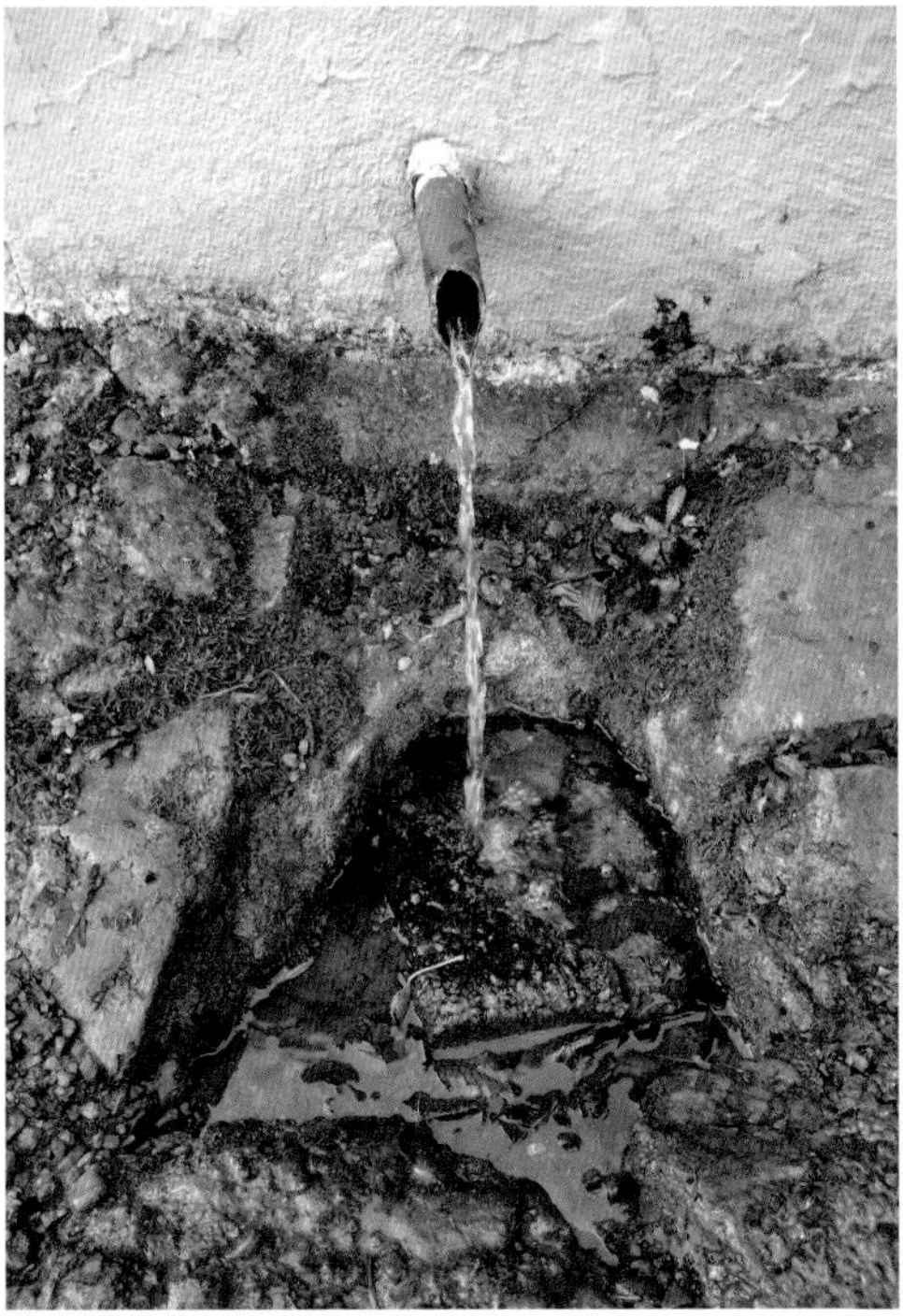

上●〈ハッピー・ピッグ〉のコンポストトイレ
下●著者が日々利用する湧き水　写真: 内海大輔／2019年1月撮影

ぼくはテクノロジーを使わずに生きることにした

Mark Boyle
THE WAY HOME
Tales from a life without technology

本書への賛辞

美しく示唆に富む物語に、読者もきっと生きかたを変えたくなるだろう。マークは非常に根本的な問いを立て、身をもって答えを探しにゆく。

――リリー・コール（ファッションモデル、俳優）

わたしの書いた本など買わずに、この本を買いなさい――自分を変える時間がまだ残されているうちに。これぞ重要な一冊である。ボイルは、生命力と怒りと思いやりを持ちあわせた本物だ。本物はめったにいない。彼の説く考えを危険だと感じるかもしれないが、それどころか実は、唯一見込みのある安全策なのだ。

――チャールズ・フォスター（『動物になって生きてみた』著者）

本書が美しい筆致であきらかにするのは、必需品とみなされている物の多くを手ばなす行為が、実は、犠牲というよりも解放を意味するかもしれないことである。

――ニール・アンセル（『ウェールズの山奥で暮らした五年間
(*Deep Country: Five Years in the Welsh Hills*)』著者）

「ぼくらの文化がいかに壊れてしまったか」のみならず「あらたな文化をいかに構築しはじめるか」を本書は描く。読まれるべき、そして生きる指針とされるべき書。

――ポール・キングスノース（『ひとつのＮＯ！　たくさんのＹＥＳ！』『回復途上にある環境活動家の告白（*Confessions of a Recovering Environmentalist*）』著者）

かつてないほどに〝つながった〟世界で、われわれはかつてないほどに分断されている。自分自身と、そして周囲の自然界のリズムと、もう一度つながり直す実験の旅へ、ボイルは読者をいざなう。あたりまえに思っていた多くの物事に対して感謝の気持ちがわいてくる、示唆に富んだ作品。

――ミーガン・ハイン（冒険家、『サバイバルマインド』著者）

カースティ・オルストン、母マリアン・ボイル、父ジョシー・ボイルに捧ぐ

ぼくがここへきたのは、そういう人間の文化装置がつくりだす喧騒、汚濁、混乱をしばし回避したいためだけでなく、できれば自然界の根本的な、むきだしの存在の骨、ぼくらを養ってくれる基礎となる岩と、じかに向きあいたいためだったのだ。一本のセイヨウビャクシンの木、石英のひとかけら、一羽の禿鷹、一ぴきの蜘蛛をながめ、それらの本質をしらべ、人間がそれらに付随させたあらゆる属性をはぎとって、それら自体を見つめたいのだ。カント的定義はもとより、科学的説明の範疇すらはぎとったところで、それらとあいまみえたいのである。ぼくのなかの人間としての要素をどれだけ危険にさらしても、神かメデューサか、とにかくじかに向きあいたいのだ。

――エドワード・アビー『砂の楽園』（越智道雄訳、東京書籍、原書発行一九六八年）

保存しなかったものはすべてうしなわれます。

――ニンテンドーゲーム終了時の確認メッセージ

目次

＊本文中の［　］は訳者による注を示す。
＊本文中の書名は、邦訳があるものは邦題を表記し、未邦訳の本については初出のみ原題の逐語訳の下に（　）で原題を加えた。

ブックデザイン　鈴木成一デザイン室

著者より

本書には、ぼくにとって特別な思い入れのある地名がいくつも登場する。だが、これは旅行案内書ではないし、読者の日常とまるで無縁の地へはるばる出かけていくよう奨励する本でもない。むしろ逆だ。この本で呼びかけたいのは、読者それぞれが自分の周囲の風景《ランドスケープ》にどっぷり身をひたし、風景との密接な関係性をはぐくみ、生きるよりどころとすることである。みずからの住まう土地に居場所を見いだすことである。これは相当の大仕事といえよう。農民詩人パトリック・キャヴァナも随筆「教区と宇宙（The Parish and the Universe）」でこう述べた。「一区画の耕地、地所でさえ、十分に知りつくすには一生涯を要する」

この本の随所に織りこまれた物語が描くのは、そんな土地のひとつであるグレート・ブラスケット島と、一九五三年に島を立ち退くまで、砂質の土壌と荒れ狂う海の恵みで糊口《ここう》をしのぎつづけた、たくましい住民たちの姿である。かの島を舞台にした絆と喪失と希望の物語は、四季の移りかわりに即した記述の流れの外で展開していく。ぼくの住むノックモイル界隈の風景を離れ、いまは亡き「ブラスケット時間」の世界に入りこむときは、その部分をゴシック体で示そう。あいにく本というものは、題材となった土地に無遠慮な旅行客を呼びこみがちであり、結果として、本に書かれるほど豊かだった風土色や独自性までが薄まりかねない。もし、それでもなお浅からぬ気持ちから、この本に書かれた地を訪れようとする人がいたら、どうか、そこに住まう者や、今日も出没する妖精に歓迎されぬおこないは慎んでほしい。

個性的な土地には個性的な存在が——人間も含めて——多数暮らしている。本書で言及する存在はいずれも実在し、その語りや意見も、ぼくが聞かせてもらったとおりだ。ただし、プライバシー保護のため本名は伏せておく。思いがけず隣人の誰かが、ほこりをかぶったこの本を手にする機会でもあれば、自分や知り合いが出てくるのに気づいて、くすっと笑うにちがいない。それ以外の人にとっては気にする必要もないだろう。その人自身の隣人——人間であれ、人間以外の生き物であれ——の名前や言動でもないかぎりは。

プロローグ

島のできごとをこまごま書きつらねてきましたのは、こんな暮らしがあったという記念になればと思ったからです。わしらの死後もなにがしか記録が残るように、島民たちの人となりを文字にとどめるべく最善を尽くしました。わしらみたいな人間は、もう二度と見られなくなるでしょうから。

――トマス・オクリハン『島の人(*The Islandman*)』(英訳発行一九三七年)

明日から小屋で電気のない生活――長いあいだ当然視してきた文明の利器、すなわち電話、コンピューター、電球、洗濯機、蛇口の水、テレビ、電動工具、ガスコンロ、ラジオも、一切ない暮らし――がはじまるという日の午後、一通の電子メールが届いた。ぼくが受けとる人生最後のメールとなるかもしれない。差出人は出版社の編集者だった。その日の新聞に寄稿した文章を読んで、体験をもとに本を書く気はないかと連絡をくれたのだ。

　さかのぼること一年前、生活簡素化の礎石たる小屋を建てようと考えたとき、つらい現実と向きあう覚悟をした。これっきりもう、個人的な日記をのぞいて、ものを書く機会はなくなるであろう、と。D・H・ロレンス［一八八五～一九三〇］の時代とはちがい、今日の出版社は手書きの原稿など受けとらぬらしい。D・H・ロレンス並みの大作家でなければ、なおさらだ。だから、より簡素で、より自立共生的《コンヴィヴィアル》な道具「I・イリイチによる概念。人が創造性を発揮する余地のある道具」を使って暮らしていく決断は、唯一の収入の道を閉ざしてしまうと思われた。それもいたしかたない。ぼくは――一九世紀の作家にして超越主義者ヘンリー・D・ソローのことばを借りると――「すわってものを書く」よりも「立ちあがって生きる」ほうが大事だと、つね日ごろ考えてきたのだから。とはいえ、やはり心は重かった。

そういうわけで、編集者からメールが来たのにはおどろいた。書きたい気持ちはあると答えた。ただし、どのようなものが書きあがるか、この時点では見当もつかなかった。大人になって以来、レポートや論文、新聞・雑誌の記事、書籍にいたるまで、何を書くにもコンピューターを使ってきた。手書きによる執筆が、機械で書くのとまるっきり別物であるばかりか、発想の一大転換も要することには、うすうす気づいている。すばやいキー入力やインターネット検索など不可能だし、スペルチェック、コピー&ペーストの機能もついておらず、削除も簡単ではない。構成を組みかえる必要が生じたら、最初から書きなおしだ。いまの出版界が慣れきったリアルタイムの通信手段なしに、編集作業をどう進めていくのか。想像もできない。うまくいきそうにない理由は百とあった。そこでぼくは鉛筆を手に取ると、百を九九に減らす作業に着手した。

＊

産業文明から「プラグを抜く」と決めたときからさらに一〇年ほど前、ぼくはお金を使わずに暮らしはじめた。最初は一年間の実験のつもりだった。結局、その「カネなし生活」を三年間つづけ、以後、お金が人生に果たす役割は非常に小さくなった。そう聞いて、マゾっ気の強いやつだなと思った読者もいるだろう。まあ無理もない。

　ところがどっこい、実際はその逆に近い。「〜を手ばなす」「〜なしで生きる」「〜を断つ」などの表現はどうしても、自己犠牲や制約や禁欲を連想させ、得られるものよりうしなうものに耳目を集めがちである。たとえばアルコール依存症者について「酒を断つ」ことが盛んに語られる半面、「健康と良好な人間関係を手に入れる」との言いかたはあまりなされない。わが経験上、人生とは喪失と獲得のくりかえしだ。意識するとしないとにかかわらず、人はつねに何かを選択しつづけている。それまでの人生の大半をとおしてぼくは、ごく当然のように、金銭《マネー》と機械《マシン》とを選択していた。と同時に、金銭と機械が肩代わりしてくれるもろもろのものなしで生きることを、無意識のうちに選びとってもいた。誰もに関係する問題でありながら、誰もがめったに問おうとしない――この短く貴重な手探りの人生において、自分は何をうしなう覚悟を持ち、何を手に入れたいと望むのか、と。

　お金を使わない暮らし（「自然とともにある暮らし」と言いかえると、どうもわざとらしくひびいてしまう）をはじめる前日の午後にも、今回と同じく、体験記を書かないかとの連絡をもらったのだった。一年後、その本（およびぼく自身）は「カネなし男《ザ・マネーレスマン》」〔邦訳書は『ぼくはお金を使わずに生きることにした』〕として世に知られることとなる。カネなし生活の開始から一年間に経験したすべて――困難、教訓、奇跡、奮闘、喜び、あやまち、冒険――を語りつくした本だった。執筆にあたり編集者から、短い一章をさいて「実験のルール」を説明するよう求められた。お金は簡単に定義できるので、ルールもさほどむずかしくない。ようするに「少なくとも一年のあいだ、一銭のカネも使ったり受けとったりしてはならぬ」ということだ。個人的な動機にとどまらず、生態学的、地政学的、社会的な動機にももとづいていたため、バカバカしいほど念入りに、グローバルな貨幣制度の所産を使わぬよう心がけた。とはいえ結局のところ、自分自身に課した制約はわりと単純明快で、「カネなし」の一点に尽きる。

だから、いま読者が手にしている本書の編集者が、テクノロジーなし生活のルールを説明してくれとまず要望したのも不思議はない。だが、そう言われたとたんに不安がもたげる。お金とちがって、何がテクノロジーであって、何がそうでないか、明確な線引きはむずかしい。言語も火も、スマートフォンも斧も、いまこの文章を書きつけている鉛筆でさえ、すべてテクノロジーと呼べなくもない（いささか大ざっぱすぎるきらいがあるけれど）。どこに一線を引くか――石器時代か、鉄器時代か、あるいは一八世紀か――という問いも、そうした時代名称自体をもテクノロジーと考えると、もうお手あげだ。また、カネなしで過ごした年月をふりかえるほどに、完ぺきな答えを見いだすことがたいして重要とは思えなくなってくる。

さらには、これもカネなしの日々に教えられたのだが、往々にしてルールというものは人生を、勝つためのゲーム、克服すべき難題に仕立ててあげてしまう。社会が好む「白か黒か」の筋書きをつくりだしてしまうのだ。ぼくの人生はぼくの人生であって、誰の人生もそうであるように、矛盾、複雑さ、妥協、困惑、葛藤をかかえこんでいる。理想とはたいてい、理想を実践する自分の実力よりも一歩先を行くものだし、それはかならずしも悪いことではない。むしろ、あとで述べるとおり、偽善こそが最高の理想といえるのではなかろうか。

　わが経験を本に書くとしたら、プラグを抜く真の意味を映しだす内容としなければならない。そう強く感じた。ごく身近な物事から気をそらし断絶を引きおこす原因を、そぎ落としていったあとに残る人間らしさとは――美しき複雑さと矛盾と困惑とをひっくるめて――どういうものかを、深く掘りさげなければいけない。

　あれから一〇年がたち、シンプルであることの複雑さを真摯に探求したい思いはますますつのり、逆に、正しくあろうという気は薄れた。ぼくの生きかたの中核に強烈な願望が存在し、周囲の風景の一部と化す感覚を味わいたがっている。北米のオールドオーダー・アーミッシュの人びとのように、自分の信条と価値観に反した制度や勢力の恩恵に浴さぬ範囲の道具やテクノロジー（という名で呼ぶとしても）のみを使って生きるのだ。また、苦労して手に入れた小屋と小農場のシンプルな生活から、刻々と仮想現実にのめりこんでいくかのような社会へと、引きよせられずにいないのが人生だから、直面する妥協やジレンマについても隠さず率直に語ること。この生活のルールに関して、ぼくに言えるのはせいぜいこのぐらいである。

　現実を正確に言語化するには限界があれど、最初の章（「自分の場所を知る」）でお伝えしたいのは、ぼくがみずからをその一部と化すべく努めている風景と、あらたな生活をはじめた小屋の雰囲気だ。それ以降の章では、人をさまざまな意味で生きる屍《しかばね》に変えてしまう（とぼくが確信するにいたった）文明の利器をそぎ落としていく過程を、四季の移ろいに沿ってお見せする。だから本書は、テクノロジーを使わずに生きる男自身の物語というよりも、見聞きした事柄、現実的な諸問題、農園の木戸越しに交わされた会話、冒険、省察の寄せ集めといえよう。その描写をとおして、生命の基本要素にまで近代的浪費を切りつめようと試みる人間の暮らしが浮かびあがってくることを願っている。

考えてみれば、ぼく個人の内面とはほとんど関係のない本なのだ。

自分の場所を知る

幸せの家をわが手で建てられようか
建築家にふさわしいのは大自然のみ

――エイブラハム・カウリー「ホラティウスよりフスクス・アリスティウスへ：ホラティウス書簡詩集第一巻第一〇歌に寄せて」（一六六八年）

「ここはこの地上でいちばんすばらしい土地だ」。米国の作家エドワード・アビーは『砂の楽園』（越智道雄訳、東京書籍）の冒頭でそう断言した。彼にとってのすばらしい土地とは、ユタ州モアブ周辺に広がる峡谷地方《キャニオンランズ》。表面がつるつるに風化した砂岩の砂漠地帯であった。だがアビー自身も承知のとおり、いちばんすばらしいと称される土地は、世に数知れず存在する。

そんな主張が特に多く聞かれるのは米国だ。詩人でエッセイストのウェンデル・ベリーによると、ケンタッキー州ヘンリー郡こそが至福の地。ロジャー・ディーキン［英国の作家、環境保護論者］の言を借りれば、周囲の同時代人らが「椅子取りゲーム」にいそしむのをよそに、ベリーはかの地に根ざして農耕をいとなんできた。ベリーが選びとった仕事道具は、ひと組の馬と一本の鉛筆である。自然保護論者アルド・レオポルドもまた同様の思いを、ウィスコンシン州の砂土地方にある農場の掘立小屋にいだいたはずだ。ヘンリー・D・ソローにとっては、二年二か月と二日を過ごしたウォールデン池のほとりがそういう土地だったろう。原生自然の守護者ジョン・ミューアの場合、地上の天国はもっと範囲が広く、西部のシエラネバダ山脈、アラスカからヨセミテ、果てはメキシコまでにおよぶ。数々の新事実を発見して従来の常識をくつがえした彼が、その旅に携行したのは、「数かけのパン、ブリキのコップ、紅茶の葉少々、ノート一冊、そして実験用器材をいくらか」。

大西洋をはさんだぼくの国では、ペイグ・セイヤーズやトマス・オクリハンがグレート・ブラスケット島に対し、エドワード・アビーと同じ賛辞を呈したかもしれない。アイルランド南西部のディングル半島から五キロの沖合いに浮かぶこの島は、二〇世紀初頭の文学の、おどろくべき、しかし忘れられた潮流のふるさとである。ブラスケット島民について書かれた作品と、島民自身が著した作品を合わせると、八〇冊以上にものぼる（現在入手できる本は少ないが）。最盛期の人口がわずか一五〇人だった島にしては、相当の数といえよう。何がそれほどの関心を引きつけたのかは謎だ。単なる好奇心かもしれないし、人類学的興味かもしれない。あるいは、自分たちのうしなった大切なものがこの島に残っていると伝え聞いたのだろうか。

ぼくにとって地上でいちばんすばらしい場所は、何もないド田舎に位置する、この半ば野生に近い三エーカー［一エーカーは約〇・四ヘクタール］の小農場だ。ほかでもないここを、わが楽園と呼びたい。

＊

この小農場に移ってきたのは二〇一三年の夏。当時の恋人ジェスと親友のトムが一緒だった。三人とも意欲にあふれ、大胆でしばしば非現実的なアイデアをごっそりたずさえていた。一〇年におよぶイングランド住まいのあと、ぼくにはアイルランドへ帰りたい気持ちが強かった。家族が、同郷人が、文化が、懐かしくてたまらない。あまりに長く故郷を離れていたため、ドニゴール訛《なま》りが薄れて、同胞のアイルランド人にも出身はどこかといぶかられる始末であった。実際、自分でもどこの人間だか、わからなくなりかけていた。

　ここは、ぼくらが最初に見た候補物件だった。良質な農地のイメージとはほど遠かったが、気取らず、あるがままの姿に満足している場所という印象を受けた。下見に来たとき、おだやかな雰囲気に打たれたのを覚えている。キャンパーバンのエンジンを切り、現在ジャガイモが植わっている畑地へとつづく小道をたどっていくと、風にそよぐ葉音、ロバのいななき、ハトの鳴き声に迎えられた。休眠中の土地が、大事なことを教えてくれるかのようだった。耳をすますことの大切さだ。ものめずらしげに様子をうかがう近隣住民の何人かと、木戸の近くではち合わせする。開けっぴろげで、茶目っ気があって、温かい人たちだった。まいたばかりの肥やしのにおいがあたりにただよい、それら何もかもに、ぼくらはなぜか心惹かれた。

　そうした点におとらず魅力的だったのは、ぼくらにも手の届く価格だった。アイルランドが二〇〇八年の金融危機の余波をこうむっている時期でもあり、この小農場は、敷地内のファームハウス込みで、底値で売りに出ていた。ぼくの利得は誰かの損失。だが、いかんともしがたい。ぼくらの予算はひどく——あきれるほど——かぎられていたけれど、お金がなければないなりに、創造性をはたらかせる必要があるとわかっていた。また、この制約が結局は、ぼくらの最大の味方になってくれそうなことも。

　ぼくらはすぐに仕事にかかった。ファームハウスを修繕・改築し、住人が増えてもいいように寝室数を確保した。新しく木をたくさん植えた。その一方で、別の場所では枝を刈りこみ、栽培をはじめた果樹や野菜に日が当たるようにした。水はけが悪かったので、シャベルであちこちに排水用の溝を掘った。ひと群れのめんどりを手に入れ、鶏小屋を建て、各種ナッツの木を植え、池やハーブ園もつくった。フリーマーケットや中古品店で、時代遅れの品として放出されている上質な手道具を掘り出してきた。堆肥用資材の積みこみ場所を囲い、コンポストトイレをつくり、堆肥を自給した。たき火小屋を相持ち構造で建てた。じきに音楽とダンスと二日酔いの拠点と化すだろう。冬に備えて薪《まき》を割って乾燥させるのに、二、三か月しか時間がない。伸び放題の草むらを大鎌でかたっぱしから刈っていった。これは期せずして、ぼくら自身の足跡を大地に残してしまう結果となり、後日、後悔する。

　当時は別の本の執筆を進めていた事情もあいまって、過労がジェスとの関係を悪化させた。子どもを欲しがる彼女にぼくが同意しなかったのも、二人の仲をややこしくしていた。そこで、よい友だちでいられるうちに別れることになった。ぼくはここに残り、彼女はコーク県へと去る。

今後は恋人との関係を何より優先しよう。そう自分に誓う。だが同時に、昔からのクセは簡単に直らぬとわかってもいた。

最初の一年が過ぎるころ、重労働もこれで終わったと思った。その後学んだのは、重労働はいつまでたっても終わらないという事実である。特に、自給自足の生活とはシンプルなものだと勘ちがいさせてくれるような一切合財を、拒絶して生きていく以上は。

*

カースティとはじめて会ったのは、英国デヴォン州にあるシューマッハー・カレッジ。絵に描いたような美しい場所だ。一九九〇年に創立されたこの大学の名は、名著『スモール イズ ビューティフル』で知られる英国の経済学者E・F・シューマッハーにちなむ。ノーフォークで〈アルビー・クラフツ・アンド・ガーデンズ〉をいとなむ家庭に生まれ育ったカースティは、園内のカフェを切り盛りしていたが、だんだんと、自分の幸せにとって商売はまるで役に立たない、との結論に達する。ストレスをおぼえながらの長時間労働に、何のための仕事だかわからなくなったのだ。

そのときぼくは、友人の野生食材採集家ファーガス・ドレナンと組んで「野生の経済学《ワイルド・エコノミクス》」と題する一週間の集中講座を担当しており、そこへ彼女がやってきた。お金のかからない別の生き方を知りたいと思った彼女は、直前になって受講を決めた。その決断が、思いもよらぬ結果につながる。

初対面で意気投合した。休み時間のたびに、校内の食堂で、彼女の隣が空いていないか確かめているぼくがいた。夜遅くまで天下国家を論じあいもした。茶色い大きな瞳に宿るセンス・オブ・ワンダー「自然や生命の驚異に目を見はる感性」は人を惹きつけずにおかない。まもなく二人は恋に落ちた。以前読んだ本に「愛とは美に気づくこと」とあった。彼女には数々の美点が見られた。親切で、陽気で、思慮ぶかく、寛大で、大切な人や物事のために毅然と立ちあがる。そうした長所と正直さを兼ねそなえた人間に会ったのははじめてで、彼女との出会いに感謝した。

数か月のうちに、ここで生活をともにしはじめる。うまくいくかどうかは、二人ともわかっていなかった。カースティは心のおもむくままにさすらうタイプで、ダンサー、パフォーマーでもあり、グラストンベリー・フェスティバルなどに出演していた。自然と調和した生きかたを望んではいたが、実際に自給自足の生活を試みた経験はなく、そういう暮らしが気に入るとの自信があったわけでもない。ぼく自身は、わりと堅実な、ひとつところに根を張るタイプで、グラストンベリーのような大規模フェスは自然愛好のはきちがえだと思っていた。とはいえ、どんな暴れ河も堅固な河岸を必要とするもの。性格のちがいが相補うとも考えられよう。時間が答えを出してくれるさ。

さしあたりぼくにわかっていたのは、彼女を愛していること、ぼくが世を去る瞬間までは何が起ころうとも愛しつづけること、ただそれだけだった。

*

カースティとぼくが小屋を建てようと決心したのは、ファームハウスで同居をはじめて一年近くが過ぎたころだ。イングランドにいたとき、長さ三・六メートル、幅一・八メートルのトレーラーハウスに三年間住んだぼくにとって、当初、ファームハウスでの生活はずいぶん豪勢に感じられた。けれどもやがて、スイッチやボタンや自動装置やコンセントなどの完備された便利さが災いして、あらたな技能を習得する意欲がそがれている事実に気づく。将来の社会――あるいは少なくとも自分の将来――のために身につけておきたい重要な技能ばかりだ。電動ポンプでくみ上げた水が蛇口からいくらでも出てくるとあっては、何もわざわざ泉まで歩いて水をくみになど行かなかった。

電気と化石燃料と工場がすべてを肩代わりしてくれるファームハウスにいたら、本当の人生に真正面から向きあうことさえままならない。便利すぎて困るなんて、先進国特有のぜいたくな悩みにすぎぬとはいえ、やはり悩ましい問題であることに変わりはないし、その影響は地球上どんな場所にもおよんでいく。トレーラーハウスにいたときのぼくは、周囲の風景と直接に強く結びついていた。それなのに、いまは、お仕着せの機械じかけに取りかこまれて、自分のものでない生を生きているようではないか。経済学で言う「収穫逓減《ていげん》の法則」は、快適さにも当てはまるのかもしれない。そして、快適さと生の実感のあいだの絶え間なき二律背反の関係のなかで、バランスを見ようしないかけているのかもしれない。ぼくはそう思った。

もう一度、生きている実感を取りもどしたかった。カースティも同様に感じていた。ただし、その衝動の表現方法は彼女独自のものだったが。ぼくらはファームハウスを家賃タダで人に貸すことにした。農場に住みたがった変わり者たち――ヨガ教師、アナキスト、サーカス団員、ミュージシャンが各一名に、船員二名――の寄り合い所帯だ。ここに住みたがる理由は人それぞれでも、ひとつ共通していたのは「いまの世の中は何かがひどくまちがっている」という思いだった（具体的にどうまちがっているかは人によって見解が異なる）。どうにかして自然界とつながり直す必要がある――人間たち自身のためにも、自然環境のためにも。ぼくら全員がそう感じていた。多世帯居住的な方向性は、この小農場に来た初日から考えていたことでもあった。

描きあげた小屋の見取り図を前に、往々にしてロマンチックに語られがちな「シンプルライフ」の現実を突きつけられる。先々に想像をめぐらすと、期待と不安が相半《あいなか》ばする。冬までには新生活に移行し「プラグを抜く」つもりだが、まず小屋の建設というちょっとした仕事があった。

*

日曜の夕方。小屋の基礎となる地面を水平に均《なら》すのに、丸々一週間かかった。小山ほどの土をひたすらシャベルで移動したのだ。本日の仕事を終わりにして熱いシャワーを浴びようと考えていた（お湯が使えるうちに堪能しておいたっていいじゃないか、とぼくの体が言う）、その矢先に友だちが訪ねてきた。チェスを指しに、というのはいつもの口実で、本当は、めずらしいワイン(今回はオークの葉の)を一杯やりながら話をしたいのに決まっている。「おまえがテクノロジーを手ばなすとかってうわさを聞いたけど」と友人。「どういう意味のテクノロジーかにもよるけれど」とぼく。「まあ、だいたいそんなとこさ」

友人は心から心配している様子だった。ぼくの身をというより、二人の友情について。「今後はどうやって会う約束をするんだよ」。「昔やっていたように」とぼくは答える。すると、さらに細かく詮索してきた。電子メールはどうする？　冷蔵庫は？　図書館でインターネットを使うのは？　時計は、水道は、ガスは、公衆電話は、チェーンソーは、手巻き式ラジオは？　それらすべてに、さまざまな答えかたで「ノー」と返す。会話が——すでに何度も経験済みの展開で——進むにつれ、彼はぼくの幸せについても憂慮の念を示しはじめる。

ぼくらは幼なじみだが、長らく会わなかったあいだに、まったく別の道を歩んできた。いったい全体どうして自分自身にそんな仕打ちをするのか、と彼は聞く。「人生を楽しめよ」

まさにそこが問題だった。いつしかぼくは人生を楽しめなくなっていたのだ。一面では調理用ミキサーやらトースターやら、昔は想像もつかなかったような動力の恩恵を享受していながら、人生を享受してはいなかった。

もう一度、人生の脈動をこの手で感じたいのだ。そう答えた。自然の猛威を感じとりたい。よけいな物をはぎ取ったあとに残る本質を味わいつくしたい。本物の親密さを、友情を、コミュニティを知りたい。真実を探求して、そんなものが実際に存在するのかどうか確かめたい。たとえ存在しなかったとしても、少なくともぼくにとっての真実に近いものを見つけたい。寒さや飢えや恐れを感じたい。単に生命を維持するだけでなく、生きている実感を持って生きたい。そして、そのときが来たら、あわてず騒がず森へ行き、森の生物たちにぼくの肉体を食べさせてやる心づもりをしておきたい。それまでぼくが森の生物たちの肉体を食べてきたのと同じように。カラスがぼくの目玉をついばみ、キツネが顔にかぶりつき、野犬が骨をしゃぶり、テンが脚の肉をむさぼればいい。それでこそ公平だろう。

以上ももちろん本心であったが、もっと重要な、生態学的、地政学的、社会的、文化的な理由については話さずにおいた。いくつか話してもよかったかもしれない。生物種の大量絶滅、寝室やポケットのなかまで見張られる監視社会、資源争奪戦、文化帝国主義、ありとあらゆる事物の画一化、原生地域や先住民の土地の植民地化、コミュニティの崩壊、気候変動、無数の業務の自動化、それに付随して生じる格差や失業や目的喪失（扇動政治家《デマゴーグ》が台頭する素地となる）、精神的健康の明白な悪化、がん・心臓病・糖尿病・うつ病・自己免疫疾患・肥満などの大幅な増加、矢継ぎ早なコミュニケーション圧力、電子画面《スクリーン》の向こうの空虚な刺激——映画、ポルノ、テレビ、新製品、有名人のゴシップ、出会い系サイト、かたときも休む間のないニュース——への中毒（人びとの集中力低下がカネになる）等々。だけど、そんな説教臭くて、うしろ向きで、身もふたもない話など、誰も聞きたがりはしない。だからぼくは代わりに、もう一杯ずつワインを注いだ。

ほんの数手指しただけで勝負を切りあげ、またの晩に備えてボトルの栓を閉めた。あくる日、友人は六時起きで仕事だし、ぼくは小屋の柱にする木を集めはじめなければならない。

*

よくはたらき、仕事のはかどった一日だった。足は早く長靴から解放されたがり、背中は塩からい汗で光り、心は晴れやかだった。だが、まだ一日は終わっていない。日差しも少し落ちついてきたので、隣人の犬を散歩に連れだし、森をぶらつきながら翌日の建材を物色する。ずいぶん歩きまわっただろうか。日が暮れはじめ、脚ももつれかけたころ、まさに、ここ何週間というもの毎夕探しもとめていた理想の倒木を見つけた。完ぺきな形で目の前に横たわり、まるで辛抱づよくぼくを待っていたかのようだ。

全長一三メートル。察するところ、二年前の嵐でなぎ倒されたらしい。根が浅く、近年のアイルランドでも屈指の荒天に見舞われた冬に、持ちこたえられなかったのだろう。肩ぐらいの高さで数本のブナの木に引っかかり、地面に触れずにいたため、都合よく乾燥が進んでいた。

シトカトウヒの幹は、自然界の産物にしてはかなりまっすぐな部類に入り、ぼくらの住まいとなる小屋の屋根に、棟木《むなぎ》として配すのにあつらえ向きである。これだけの条件がそろっているからには、木の命を生かすべく、いまこそ屈強な「森の棺桶かつぎ」の総力を結集するときと思われた。

以上がプラスの面。マイナス面は、このバカでかい原木を森の外へ出して、小屋の建築現場まで下ろさねばならないこと。目的地にたどり着くまで、ぬかるんだ泥道を三〇〇メートル、古い石垣をひとつ乗りこえ、道路を横ぎり、一エーカーの低林を抜けていくことになる。乾燥してはいても、いやがらせのごとく重いし、ぼくらの装備といえば、両手と両肩、両ひざ、それに強情さだけ。

　それでも、やるしかない。

＊

　ゆっくり、そろそろと、いちどきに腕の半分の長さずつ。カースティともうひとりの友人とぼくは、例の棟木を四メートル持ちあげて、やっとこさ木造の骨組みの頂上部に載せた。この屋根構造の下に、いずれ、ストローベイル［麦ワラのブロック］に漆喰《しっくい》塗りの壁をつくっていくことになる。棟木のとてつもないデカさに、全身の筋肉と靭帯《じんたい》とその他の弱い部分とが、半端でない負担を強いられた。まあ当然だろう。フォークリフトを使えばたったひとりで半分の時間で済んだ仕事だと、人は言う。けれども、この家のかなめである部材を協力して上げる点にこそ、意義を感じたのだ。

　それから数週間かけて、屋根が形になっていく。若いトウヒの間引き材を利用した垂木《たるき》の上に、角に丸みをつけたトウヒの挽《ひ》き板《いた》を重ね合わせた。てっぺんには、ひと月前に基礎を掘ったときに出た土をかぶせる。ここに、野の草花のタネをばらまいておく。芽が出て花が咲けば、小屋も周囲の風景にやさしく溶けこむだろう。

　自然素材でできた屋根は美しいけれど、やっかいな面もある。ある日の午後、ちょっとした雨漏りを直すために屋根に上がった。眺望のきくその場所から周囲を見わたして、はじめて、この地の全貌をつかむことができた。住人・野生動物・河川・草地・昆虫・樹木・岩石・植物が緊密に織りなす布地のうちにあって、自分は一本の糸にすぎず、ほかの存在より重要性が高いわけでも、低いわけでもない。ここは、絹のガウンというよりも、漁師の着るアランセーターのような土地柄だ。手仕事の素朴さが感じられ、ところどころ目が不ぞろいながら、暖かみにあふれている。屋根に腰を落ちつけ、あらためてその風景を見わたせば、ぼく自身がじょじょに根を下ろしつつある、この忘れられた場所のよさを再認識させられる。

　小屋の屋根に梢《こずえ》を伸ばすブナの古木の洞《ほら》にとまったカヤクグリ、ウソ、コマドリたちと、一緒になって気分をくつろがせていると、周囲の風景地図を心に描かずにいられない。風景のなかでぼくの「自分」という感覚が縮んでいくのを感じながら。

　午後の太陽に向かって右手に野菜畑が見える。小屋が完成するころには――本当に完成するのだろうか――根菜、葉物類、豆やズッキーニなど、ここの土壌と気候に合った作物が収穫できるはず。ぼくらが来た当初、この畑は荒れ野と化していた。つまり、草が伸び放題だったのだ。下手には当初ビニールハウスがあったが、解体して、市場向けの野菜を栽培している友人にあげた。「正気とは思えんね」と友人はあきれながらも、喜んで使ってくれた。これにはふたつ理由があった。ひとつには、製造過程で命が尊重されていない（とぼくには感じられる）テクノロジーに、これ以上依存したくなかったのだ。もうひとつの理由として、ぼくらは二人とも、よくも悪くもアイルランドらしい食生活を望んでいた。プラスチックなどに頼らずとも自然にこの十地で育つものを食べる、という意味である。遠からず実感することだが、生易しい選択でないのははじめからわかっていた。とりわけ、生物圏大変動の時代にあっては。

　そもそも、草の生い茂ったこの菜園が、ぼくに移住を決意させたのだった。最初に訪れた日を思いだす。クリやニワトコやサンザシの木立に守られた、人目につかない小道をそっと抜けて、菜園へ出た瞬間、野の草花やブラックベリーを勝手気ままに食《は》んでいる一頭の肥えた雄ジカと目が合った。

　当時はビーガン［脱搾取主義者。衣食等あらゆる目的での動物利用を極力避ける］の食生活を送り、この高雅な野生動物に日ごろから賞賛の念をいだいていたぼくだから、八月の夕焼けを背に堂々と立つシカを見たときはまだ知る由もなかった。のちに、自分が生きるため、また自分の植えた木々を生かすために、わが手で彼の仲間を殺《あや》め、皮をはぎ、肉を解体することになろうとは。

　このときは、畏敬の念に打たれ、ただ見つめるだけだった。シカの姿形、生命力、おだやかさ、人になつかぬ気性をたたえたまなざしを。それから一年の月日を経て、アルド・レオポルドのエッセイ「山の身になって考える」を読み、自分もこの地でとれるもので生きようと試みるようになってはじめて、ぼくの死生観は一変することになる。

＊

小屋をはさんで反対側には、来訪者が無料で宿泊できる〈ハッピー・ピッグ〉がある。ここに来て二年目に、地産の建材を使って自然工法で建てた（荒壁土《コブ》と細丸太《コードウッド》、小舞壁《こまいかべ》、トウヒの丸太と挽き板）。ボシー［山中などにあり誰でも利用できる緊急避難小屋］の精神で運営され、ときにイベント会場や「シビーン」――自家醸造酒を無料で提供するかぎりにおいて例外的に合法とみなされるパブ――にも早変わりする。口コミをとおしてだけでも、多くの人が、さまざまな理由で野生豊かな土地（または、みずからの内なる野性）とのつながりを取りもどしたいと切望し、体験の場、聖域、あるいは避難所を求めて訪ねてくる。最初、ウェブサイトでの発信も考えたが、ただでさえ十分に忙しかったし、いずれにせよ、そういう方向性はぼくの望むところではなくなっていた。インターネットに載っていない場所だって、あってしかるべきだから。

　東の方角へ、〈ハッピー・ピッグ〉からナッツの木が植わっている一画をはさみ、ジャガイモ畑を越えたあたりに、いちばん近い人家が見える。隣人パッキーの住まいは、一九五〇年代に農村の独身男性向けに建てられた白い小さな平屋である。パッキーはいまどきめずらしい、六〇を過ぎてもいたずら小僧の目の輝きをうしなわずにいる絶滅危惧種。その相貌には、彼がけっして去ることのなかったこの土地と同じく、長い年月の笑いと悲しみが刻みこまれている。残り少なくなった白髪は、ふだんはボサボサなのに、日曜日だけは見ちがえるほどととのえられる。

　いまでも思いだす。ここに移住してきたばかりのある日、もう名前すら失念した新聞に依頼され、贈与文化――貨幣も持たなければ物々交換もしない先住民族の千差万別な暮らしかたを、無味乾燥にひとことであらわす人類学用語――についての原稿を書かなくてはならなかった。この自然な経済形態の美点をほめたたえるべく、朝から午後までかかりきりで、ぼくはプラスチックのキーをたたきつづけた。
　翌朝、脚を伸ばしがてら外の様子を見に出ると、不思議にも、数日前に大鎌で刈ったままにしてあった草が、きれいに掃き寄せられ、円錐形《えんすいけい》に積まれていた。何が起きたのか誰にもわからなかったが、翌日になってゆっくりとうわさが伝わってきた。太陽も昇りきらぬ早朝、熊手を手にしたパッキーの姿をぼくらの敷地で見かけた、と（ぼくがまだ彼ときちんと知り合う前だった）。パッキー自身は黙して語らなかったけれども。

*

　小屋の南側には、リンゴ、アキグミ、プラム、サジー、洋ナシ、カリン、アカスグリ、チェリーの若木が育っている。ところどころに亜麻などの有用植物も植わっている。この地方特有の水はけの悪い粘土質の土と、かならずしも相性のよい植物ばかりではない。この果樹園を抜けると、往来の少ない（ただし朝八時半と夕方五時半ごろをのぞく）道路に出る。ここでぼくらの農場が終わり、道路をへだてた向こう側には、樹齢二〇年になるトウヒの森が広がる。この一画を、在来の広葉樹が表面をとりつくろうように囲んでいるほか、一七世紀の名誉革命以前にさかのぼる貴族の屋敷のぶ厚い石垣も見える。
　このトウヒの森——というより樹木農場と呼んだほうがよさそうだ——は、木材確保と営利を目的として人間が植林したものではあれど、なお、まぎれもない野生味が感じられる。アカリスやマツテン、ハイイロチュウヒ、それに当地の在来捕食動物にとっては重要な食料源となるモリアカネズミも生息する。ぼくの視界を越えてすぐのところは、スイバ、ゴボウ、アンズタケ、ラズベリーを採集するために、やがて熱心に歩きまわることとなる場所だ。温帯の人工林である以上、野生植物の宝庫というわけにはいかないが、どこで何を探せばいいか知ってさえいれば、犬を連れての散歩だって生業《なりわい》の一部となりうる。

＊

それ以外の場所は一面、牧草地とイグサの群生地であり、後者はその下の粘土質の土を思わせる。この一帯は生産性の乏しい土地とされているが、ぼくはむしろ、生態学的理解に乏しい社会が使いかたを誤った土地ととらえたい。そこが広大なオーク林だったのは、さほど昔の話ではない。今日、ぼくらの世代には想像するのもむずかしくなってしまったけれど。

ここからほど近いデリーブライエン（Derrybrien）村の名は、アイルランド語の古名ダリーブリーン（Daraidh Braoin）が英語化されたもので、もともとは「ブライアンのオーク林」を意味した。侵略者とのたび重なる戦闘に備え、アイルランドの上王ブライアン・ボルー〔九四〇頃～一〇一四〕が兵を訓練したという、伝説の地だ。屋根の上でぼくは考えた。ブライアン・ボルー王が現代のアイルランドを見たら、はたしてどう思っただろうか、命をかけても郷土を守ろうとしただろうか、と。

以上のすべてをつなぐのが、ボーリーンと呼ばれる細い田舎道のネットワーク。左右の端は雑草が伸び放題、真ん中には絵葉書の素材にうってつけの青々とした草の帯が走る。ぼくらの住んでいる細道《ボーリーン》を突きあたりまで行って、かどを曲がるとカスリーンとジャックの家がある。カスリーンは小柄でたくましい六〇代後半の女性だが、人生に対する熱意にかけては六歳児に負けていない。一九二〇年代の絵葉書から抜けだしてきたかのような容貌を持ち、冬になって頭にショールを巻くと、ますますその感が強まる。夫のジャックはもう八〇を超え、以前できたこともできなくなってきて、当人ももどかしがっているのがわかる。「昔はなかなかの働き者でな」と何度も近所の人たちに聞かされた。ぼくらの農場から誰かが、泥炭《でいたん》運びを手伝いにいったり、ころんだジャックを助けおこしたりすると決まって、「お返しに何かしてやれたらいいのに」とすまなそうに言う。そのたびにぼくはくりかえす。「ぼくらが引っ越してきたころ、おんぼろバンのエンジンがかからないと、トラクターで引っぱってくれたじゃないですか」「いまだって毎日、お宅の敷地に湧く水を飲ませてもらっていますよ」。その後はたいていゲーリック・フットボール〔アイルランドの伝統的な球技〕の話題に流れ、バカげた貸し借りの観念は忘れ去られる。

屋根の上からは見えず、物音も届かないが、目の前に広がる丘のさらに向こうに、小さな教区や村や町が散在している。最寄りの商店（郵便局も兼ねる）は六キロ離れており、北西の方角へずっと行けばゴールウェイ市街に至る。

下でパッキーのどなり声がする。「サボっとらんでしっかりはたらけ」。そこでぼくは屋根を下りて、シャベルとつるはしが待つ地上に戻る。

＊

うんざりするほど時間がかかる、しかし重要な、家の細部の仕上げに追われているさいちゅうに、近くで鳥の巣をふたつ見つけた。ひとつが元祖コブ・ビルダーであるツバメの巣だ。うちの薪小屋の屋根に、泥とワラで巣をかけた。もうひとつの巣の製作者は不明。というのも、最近巣を捨ててどこかへ行ってしまったから。それにしても、つくり手たちには賞賛の念を禁じえない。くちばしと爪だけで、電動工具も重機も、のみや釘すら使わず、折れ枝・土くれ・草・葉・ワラで家を建て、やわらかなコケで断熱している。ほかの素材もすべて、周囲の風景からもらってきたのだ。そのひたむきさと器用さに驚嘆する一方で、鳥たちの最大のスキルは、みずからの欲求をあくまでも簡素に保つ能力ではないか、とも思う。鳥たちの文化とは、進歩の文化ではなく、芸術的サバイバルの文化なのだ。

　仕事に戻り、オークの窓ぎわベンチやトネリコの本棚に亜麻仁油をやさしくすりこむ。こうしておくと耐久性が高まる。しばし手を止め、こんなぜいたくをツバメならどう思うだろうと考えてから、そんな無意味な擬人化を頭から追いだした。すりこめばすりこむほど、亜麻仁油は木材の姿を変え、魅力を最大限に引きだし、年輪や節にこの場所の物語を語らせる。ぼくなどまだ生まれもせぬうちにはじまった物語を。

＊

小屋がついに完成した。体のあちこちが痛む。痛みと疲労。せまり来る冬と格闘するかのように、ここ三か月というもの、一日の休みもなくはたらいた。大半の時間を運搬についやすが、過労のせいでケガも多く、うずく傷をかばいながら動きまわらざるをえない。大量のワラ・石・木・土・石灰をすべて手で運んだため、体に相当な無理がかかっていた。最後の一週間はひたすら、排水用の溝を掘っては、泥を手押し車で運びだしつづけた。家づくりの経験者なら、雨が少なく足場のよい春のうちに済ませておく作業だった。

ときは冬至の前夜。翌日は、一年のうちでもっとも好きな日だ。冬至はカースティの誕生日であるだけでなく、暗やみの支配が終わり、じょじょに光明が戻ってくる節目でもある。スイッチひとつで灯りのつかなかった昔の人たちは、この日を盛大に祝ったが、それも不思議はない。今年の冬至は、ぼくにとって例年以上に意味ぶかい。身の丈を超えた複雑なテクノロジーを使わない生活を開始する、手仕事に比重を置いた道に踏みだす、とさだめた日なのだ。少なくとも一年間はそうやって暮らしてみるつもりだった。四季をとおしてやってみて、考えが変わることがあれば、また検討しなおそう。あらゆる機械の必要性や妥当性について、支持するにせよ否定するにせよ、実際に試してみぬうちにこうと決めこむのは、性急すぎると思われた。

新しい――しかし非常に古い――生活がまさにはじまらんとするいま、火のそばにすわっていると、不安がつのってくる。現実は厳しい。すでにへとへとに疲れきっていた。安価な化石燃料や人工的なスイッチやボタンの安楽さを排した生活を、まだはじめてすらいないのに。これから乗りだす生活様式がロマンチックで牧歌的な夢のようなものだ、などという幻想にはとらわれていない。機械の世界からプラグを抜くことは、これからの丸一年——残りの人生全部かもしれない——を形づくるわけだ。この時点ではまるでわからなかった。難行苦行のすえに、痛い教訓を得るはめになるのか、それとも、水を得た魚のごとく、その生活になじめるのか。

　以前に、お金を使わない生活をはじめるときも、似たような心境にあったといえる。だけど今回はちょっと、いや、うんとちがった経験になるだろう。もっと原初的で、身を守るものが少ない。まず、太陽光発電用のパネルなど持たないし、そもそも電気で動かすものがない。重労働のあとの熱いシャワーもなし。ヘッドフォンや音楽ＣＤも、ニュースも、ソーシャルメディアも、自分の注意力をわが身からそらすようなものは一切なし。ぼくの経験によれば、過剰な文明化のレイヤーを玉ねぎの皮のようにはいでいくと、たいていの場合、知らなかった自分自身を、それも知らなければよかったと思う側面を、発見する結果となる。狂気の俗世間を遠く離れて、孤立感を味わうことになるのか、それとも、心の平安を享受することになるのか。インターネットにラジオにテレビ、外界と簡単につながる手だてを何ひとつ持たずに、たちまち退屈してしまうだろうか。身近な人たちとの関係に、またぼくの健康に、それはどのような影響をおよぼすだろうか。現代社会の文脈のなかで古い生活様式をつらぬくことなど、そもそも可能なのか。疑問はいくらでもあり、答えが出るのはまだ先だ。血と汗にまみれた答えとなりそうな気がする。せめて、涙にぬれた答えでなければよいが。

ただでさえ困難な企てであるうえ、新聞へのコラム寄稿を引きうけたのが、さらにプレッシャーを重くした。コラムでは、「プラグを抜く」理由と、実際にプラグを抜いてみての経験について、書きつづる約束になっていた。たとえテクノロジーを使わない生活がうまくいったとしても、たたかれるのはわかっている。ましてや失敗した日には、容赦ない批判を浴びるにちがいない。あとで説明するとおり、過去にも衆目の集まるなかで失敗した経験があった。自分が批判されるぶんには、まあいい。もうとっくに慣れてしまったから。だが、ぼくより有能な祖先たちが何千年ものあいだ問題なくいとなんできた生活様式が、不当におとしめられるかと思うと、気が気でならない。

午後一一時、最後のメールチェックをして、携帯電話の電源を切った。願わくは、もう二度と電源を入れずに済むように。遠くへだたった広い文明世界からプラグを抜いたぼくは、現実との接点をすべてうしなうことになるのか。あるいは、ついに現実を見いだすことになるのか。それも、遠からずわかるだろう。

冬

暴力的なまでの歓喜に交錯する優雅さ

——アニー・ディラード『ティンカー・クリークのほとりで』
（金坂留美子・くぼたのぞみ訳、めるくまーる、原書発行一九七四年）

けさ目ざめて、ふたつの考えが浮かぶ。

ひとつ。今後一切、ぼく名義の光熱費請求書が送られてくることはない。自由になった気分。

ふたつ。今後一切、ぼくの人生と現代的な物事とをつなぐ「有料の橋」は存在せず、自分の才覚だけで生きていかねばならない。慣れ親しんだ唯一の文化から解き放たれたのだ。

＊

公式に冬のはじまる日——冬至——が過ぎたばかりだが、すでに新しい暮らしの細部が見えてきた。中心にあるのは火だ。

摩擦の力ではじめて火をつけおおせた瞬間というのは、けっして忘れない。原初的で、根源的で、あらゆるすべての基本と感じられる。いずれ経済が崩壊するかもしれないなどという恐怖心も、太古より変わらぬ炭火のまばゆさの前にはすっかり溶け去る。加熱調理した食事と暖かさが約束されるだけでなく、「万事つつがなし」との安心感を与えてくれるのだ。

そんな火のおこしかたを習ったのは、もうずいぶん前になる。だが、その後、安価で楽ちんなガスライターが一世を風靡《ふうび》し、便利さを選んだぼくは、この基本中の基本ともいえる手わざを忘れてしまった。お金を使わなかった時期でさえ、使いかけのライターがいくらでも道ばたに落ちているものだから、ひとつ、またひとつと拾うたび、火おこしの技能を忘れまいとする意欲がじょじょにおとろえていく。この手わざを絶やさずにおくべき理由は、単に火種《ひだね》の入手のためだけにとどまらないのに。

この点でぼくの話は、世界じゅうの部族社会で増えている現象の縮図といえよう。西洋との接触によりもたらされた道具を使うようになると、自分たちの手で火をおこす方法を忘れてしまう（同様に、西側諸国から提供されるスポーツTシャツやジーンズやスニーカーなどの〝援助〟物資によっても、現地における衣料品製造技能がすたれ、結果的に工場生産品の新興市場と化す）。以前、レイ・ミアーズ「英国のサバイバル技術専門家」が部族民の長老二人を教える様子を見たことがある。火のわざを絶やした彼らが、うしなわれた祖先の知恵を学びなおしに来たのだ。この微妙な状況においてもレイはいつもどおり、繊細な配慮と礼節を保ちながら指導にあたっていた。

挑戦その一。弓ぎり式の方法で、ハシバミの木どうしを一日じゅうこすり合わせつづけるも、ほとんど変化なし。どこかがまちがっているのだろうが、それがどこなのかがわからない。しかも悪いことに、教えてもらえる人が周囲におらず、オンラインの動画に頼ることもできない。頭は挫折感でいっぱいに、腰はぐったり、弓を押し引きしている腕はもげそうだ。ようやっと煙のにおいがしはじめるころには、このつらい作業を一からやりなおしたくないがためだけに、弓をひたすら前後に動かしつづけていた。ありったけの力をふりしぼっても、スキル不足はいかんともしがたい。とうとう力尽きる。生死のかかった状況下であれば、カースティともども、すでに命を落としているところだ。

挑戦その二。もっと念入りに木を準備する。火きり棒と火きり板を削って摩擦が大きくなるよう調整し、弓にする枝も厳選する。前回より長く、ややはっきりと弧《こ》を描くものを選び、ひと振り動かすごとの回転数を増やしてみる。三〇回も振っていると、盛んに煙が出はじめる。そしてついに赤々と輝く火種があらわれ、小声でぼくにささやく。「よし、自分の場所がいくらかわかってきたようだな」。シダの枝葉とカバの樹皮をたばねたものに、そっと火種を移す。やさしく息を吹きかけながら、火を上へ上へと誘導する。天に向かって、神に向かって、食べ物に向かって。炎が上がった！

突如として世界が意味ある存在に転じた瞬間だった。それまではもう「とっとと店へ行ってライターを買っちまえ」という心境でいたのだ。

＊

一〇代のころから眠りが浅かった。夜明けの空が黒から青へと変わりかけたとたん、たいてい目が覚めてしまう。長年、遮光ブラインドで対策していたが、小屋へ移るのを機に、自分のクセをすなおに受けいれ、季節と体のリズムとに従って眠ろうと決めた。いま、ベッドの真上にある窓には、カーテンを一切つけていない。ブナの古木がひさし代わりだ。起きたいときに起きる。不満も期待もいだかない。ただし、一月の頭にそう言うのは簡単でも、六月半ばにはそうもいかなくなるけれど。

ぼくの朝は、みなと同じようにトイレではじまる。が、たぶん同じなのはそこまで。おしっこだけなら、どれか一本の木を選び、共生関係の一当事者としてのつとめを果たす。こちらは窒素を与え、あちらは酸素を与えてくれる。

ほとんどの朝は状況がもっと深刻なので、コンポストトイレまで足を運ぶ。その気になれば小屋のなかにトイレをつくるのは簡単だが、わざとそうしなかった。近代的な家屋はいたれりつくせりの設計がほどこされ、ほとんど外に出る必要がないほどである。なるべく外で過ごす時間を長くしたいぼくは、それを念頭に置いて設計した。「汝の弱みを知れ」だ。

わがトイレは一般的なトイレとほぼ変わりない。唯一ちがうのは、流すしかけがついていないこと。そもそも、水が出ない。とはいえ便座はあるし、知るかぎりのどんなトイレにもおとらず快適だ。水の代わりに、おがくず（近所の製材を手がける知人のところから馬車で運んでくる）

など、堆肥化できる資材を使う。バケツが満杯になったら、便座の下から取りだして、堆肥の集積場所へ空けにいく。気候にもよるが、最低一年かけて分解させる必要がある。急ぐ理由はない。こうしてできあがるのが「人糞堆肥《ヒューマニュア》」で、野菜や果樹はこれが大好きなのだ。ほとんどの人間は好まないけれどね。バケツの中身を集積場に空ける際、キョーレツな臭気が鼻を刺すときもあるし、最初はかなりの衝撃を受ける人も多い。しかし何事もそうだが、すぐに慣れてなんとも思わなくなる。

首都ダブリンでは、水道有料化をめぐって大きな抗議運動が起きていると聞く。二〇〇八年の金融危機のあと、国際通貨基金（ＩＭＦ）がアイルランド政府に融資する条件として強く要求したのが、水道料金の徴収だった。ＩＭＦが救済に乗りだした当の金融機関によって自宅を差し押さえられる人が続出するなか、次々と新税が導入されてきたすえに、この仕打ちである。アイルランドの住人にとって水は、昔からずっと（少なくとも使用時点においては）無料だったのに。政府の言い分はこう。「何百万の国民に飲用水を供給するのはお金がかかるうえ、水資源の保護も必要である」。人びとの言い分はこうだ。「金融業界の強欲ぶりがここまであからさまになる前は、飲用水など問題にもされなかったではないか」

抗議デモに参加できず残念だけれど、ダブリンまで行く手だてもないし、ここでやる仕事がたんとある。

＊

ぼくの暮らしに関するＦＡＱページをつくるとしたら、先頭にこの質問を置かねばならないだろう――「テクノロジーもお金も使わずにクリスマスをどう過ごすのか」。誰もがそこを聞きたがる。インタビュアーも、友だちも、編集者も。

今年はどんなクリスマスを過ごしたかって？　早起きして、堆肥を取りにいき、来冬の薪にする丸太を森からかついできたところで、きょうがクリスマスだと気づく。二人でごちそうを準備する。ジャガイモとセロリとスウェーデンカブのオーブン焼き、芽キャベツ、サラダ、それに近所の人が届けてくれたシカの肉（ベジタリアンとビーガンの食生活を合計一三年間つづけたのち、ぼくは肉も口にすると決めたのだ。ただし、束縛を受けることなく自由な生涯を送った野生動物の肉にかぎる）。クロスグリのワインも開けた。たしか薪ストーブの前で愛を交わしたっけ。ほとんどの人とあまり変わらない一日だったと思う。電話とつまらぬテレビの代わりに、丸太と堆肥を相手にした点をのぞいては。

*

道ばたでハトを見つけた。車にひかれて死んでいた。首と頭がずんぐりしているからメスだ。彼女が車に殺されたとの言いかたは、そこそこ正しい。もっともそれならば、サバがトロール漁船に殺されたとか、オークの木がチェーンソーに、丘がブルドーザーに殺された、といってもよかろう。さらによく観察すれば、いずれの存在も、ある観念によって殺されたといえるかもしれない。忙しすぎてハトやサバやオークや丘のことなど思いやる余裕のない観念によって。

　ハトの死亡原因が何であったにせよ、死後少なくとも一日たっているとぼくの目は判定し、おそらくまだ食用に適すとぼくの鼻は教える。まず、関節で羽を切断し、首から上の頭部も落とす。次に、引きしまってしなやかな胴部の羽毛を残らずむしり取る。生卵をかきまぜたような黄色い水便で尾羽が汚れているけれど、いまや彼女も、尊厳がどうこうとは気にせぬだろう。わが手のなかの、死んで丸裸にされた胴体を見て、はたしてこれはまだハトと呼べるのだろうかと考えてしまう。これこそが一羽のハトの本質なのか、それとも、文字どおりそれ以外のすべてなのか。

　胸骨の下をナイフで切りひらき、はらわたを引っぱりだす。こうしてみると、ハトとぼくのあいだには相違点よりも共通点のほうがはるかに多い。心臓があって、肝臓と腸があって、肉と、骨と。ちがいといえば、ほとんどが配置と大きさの問題にかぎられる。願わくは、彼女の霊が天高く飛翔せんことを。そして彼女の肉体は地にとどまり、やがてあらたな形をとらんことを。この循環はどこまでもつづいていく。

　彼女をきれいに洗いあげる。野鳥特有の臭みをいくらか感じるが、食べるのにさしつかえはない。わざわざ命を取るに値するほどの胸肉はついていなくても、羽根をむしってさばく少々の手間をかけるだけの価値は十二分にある。彼女をオーブンにつっこんだら、むしった羽毛をいつか何かに使うつもりで集めておく。枕をつくれる量がたまったあかつきには、ほろ苦い達成感をおぼえることだろう。

＊

数年前、まだインターネットを使っていたころの話だ。野生種のリンゴについて調べようと、オンラインで画像を検索した。具体的な品種のわかる写真が見つかるものと思いきや、画面にはアップル社の公式ロゴがずらりと並んだ。面食らったぼくは、もしやと思って「ブラックベリー」や「オレンジ」とも打ちこんでみた。表示されたのは携帯電話の契約プランだった。当時まだ、ティンダー社「マッチングアプリ運営」の名はあまり知られていなかったが、火口《ティンダー》となる小枝や樹皮の写真が画面を埋めつくすことも、おそらくなかっただろう。

六か月後、ロバート・マクファーレンの『ランドマーク（*Landmarks*）』を読んだ。世界各地の風景について独自の魅力を伝える用語集の必要性を説く作家が、英国・アイルランドの地方色豊かな語彙を蒐集《しゅうしゅう》して編んだ労作である。この本に、『オックスフォードこどもじてん（*Oxford Junior Dictionary*）』の二〇〇七年版で削られた見出し語が紹介されていた。

アオサギ、イモリ、花穂《かすい》、花蜜《かみつ》、カワウソ、カワセミ、キバナノクリンザクラ、キンポウゲ、シダ、タンポポ、ツタ、トチの実、トネリコ、どんぐり、白鳥のひな、ハシバミ、ハンノキ、ヒバリ、ブナ、ブルーベル、ヘザー、牧草地、ヤドリギ、ヤナギ一方、二〇〇七年版で新規収録された見出し語は次のとおり。

委員会、ＭＰ３プレーヤー、箇条書き記号、カット＆ペースト、セレブ、チャットルーム、添付書類、ブロードバンド、ブログ、ボイスメール、棒グラフ

「これらの事物はいまや子どもたちの生活の一部となりました」という出版元の説明が実際的かつ妥当であるだけに、非常に気がかりだ。

電気もインターネットもない生活に移行する約一週間前に入手したのが、『コリンズ英語辞典（*Collins English Dictionary*）』の二〇〇〇年版だった。全一七八五ページ。三億語を超える言語使用例データベース「バンク・オブ・イングリッシュ」にもとづく。長年使ってきたオンライン辞書を卒業し、これを引くようになってから、ぼく自身の語彙力も向上した。語義を知りたいとき、以前なら、グーグルの検索窓に単語のつづりを打ちこみ終わらぬうちに、もう意味が表示されていた。でも、それだけ。いまは、詩人ジェラード・マンリー・ホプキンズの没年を知ろうとすれば、「鉤虫症《こうちゅうしょう》（hookworm）」（ごめんこうむりたい）から「豊穣の角《つの》（horn of plenty）」（別名コルヌコピア。これは欲しい）まで、気になることばに目が行く。入念に計算された広告が画面のあちこちに表示される代わりに。

この辞典を読むとおもしろい。簡易版の『オックスフォードこどもじてん』のわずか七年前の出版なのに、「棒グラフ」も「ブログ」も「箇条書き記号」も「チャットルーム」も「ＭＰ３プレー

ヤー」も載っていない。そうかといって、「currel（英国イーストアングリア地方の古い方言で、非常に細い小川）」や「smeuse（昔のサセックス州の農家用語で、生け垣下部にあいた小動物の抜け道）」が載っているわけでもないが。

トチの実どうしをぶつけて遊んだ思い出のないスマートフォン世代は、トチの実という単語がなくなったって特にどうとも感じないだろう。妙な話だ。アイルランドの財政難にあえぐ町の、そのまたはずれにある労働者階級向け公営住宅地で、ぼくが育った一九九〇年代には、「自然界の何がなくなってつらく思うか」なんて、誰も聞いてくれなかった。だのにいま、テクノロジーを手ばなしたとたん「機械を使えなくなって何がいちばんつらいか」を誰もが聞きたがる。

*

いま手ばなそうと試みているのは、時間だ。もちろん、めぐる季節といった意味での、のがれようもなく経過する時間ではない。時計ではかられる時間のことである。現実ばなれした夢想奇想と思われるのは承知のうえでなお、この試みは、ぼくの望む暮らしかたの核ともいえる。ジェイ・グリフィスによる時間の考察『《まるい時間》を生きる女、《まっすぐな時間》を生きる男』を読んで、時間の計測という発想が人間文化に入りこんだのがつい最近であること、きわめてイデオロギー的で政治的な概念であることを、あらためて痛感した。時計ではかられる時間は、産業活動、大量生産、分業・専門化、規模の経済《スケールメリット》、標準化——基本的にぼくが手を切ろうとしているものすべて――において中心的役割を果たす。

以上のようなわけだが、これはあくまでも理屈にすぎない。実際に時計時間から自由になろうとすると、まったく話がちがってくる。

腕時計も、置時計も、電話機も、ぼくは持っていない。でも朝、外で薪を割っていると郵便配達車が通る。ああ、九時一〇分ごろだな、とわかってしまう。パッキーが細道《ボーリーン》をぶらぶら下りていき、右手の妹さんの家（土曜をのぞく毎日、彼はそこで昼食をともにする）のほうへ曲がるのが見えたら、午後一時五五分である。以前ぼくは、太陽の位置で時間を正確に当てられるのを自慢にしていたのに、いまとなってはその特技がうっとうしくてならない。一生のうちに一日だけでいいから、物事をありのままに見てみたい。そんな、いわく言いがたい衝動に駆られるのだ。数字や、人間のつくった概念や、擬人化表現など、人工的な何物にもとらわれることなく、ただ、あるがままの姿を。一日といわず、一分だけでも――気づくと、ついそんな思考におちいっている。時計時間を抜けだす道のりは、まだまだ遠い。

*

今晩は体を洗う。週に三度洗うこともあれば、一度だけの週もあって、そのときやっている仕事の種類によりけりだ。

よく晴れた一月の夜。外気は冷たく、北風が肌を刺す。両手に大瓶をさげて、湧き水をくみに細道《ボーリーン》を下りていく。新月で、自分の鼻すら見えない暗さだが、耳が水場へと導いてくれ、瓶に受ける水の反響音が、満杯になるタイミングを教えてくれる。

小屋に帰ってきたら火をおこし、なべで湯を沸かす。トウヒの外壁に掛けてあった浴槽を室内に入れる。ストーブの前に据えた浴槽のなかにたらいを置き、これに熱湯と水を入れて温度を加減する。洗う箇所に応じ、浴槽にひざをつくか、たらいの上にかがみこむ姿勢をとって、お湯をかぶったり、タオルを使ったり。

一時間以上かかるうえ、熱い湯にのんびりつかる心地よさとも無縁。当然、セクシーでもなければロマンチックでもない。屋外に薪風呂をつくる計画があって、そっちはセクシーにもロマンチックにもなる可能性を秘めているが、いまのところはこれで我慢だ。

気分がさっぱりしたら、薪ストーブの前に腰を落ちつけて、読みかけの本を取りだす。かたわらではネコが自分の体をなめまわし、夜の散歩に出かける身じたくに余念がない。まちがいなく、いくつもの悪事をはたらいて帰ってくることだろう。明日になっても誰も気づかないような悪事を。

*

薪がぎっしり積まれた光景は、見る人に安心感を与えてくれる。ヘンリー・D・ソロー――一八四五年においてすでに「近代的なアメリカ社会が自分には忙しすぎるように感じられ、森のなかに引っ越した」（ラーシュ・ミッティング『薪を焚く』朝田千恵訳、晶文社）——は、かつて書いた。「これほど多くの新発見・新発明が重ねられてきたにもかかわらず、薪の山の前を素通りできる者はいまい」。この見解が今日でも説得力を持つかどうかは疑問だが、なるほど、ぼくにはソローの気持ちがよくわかる。誰かが斧をふるった成果の前を通りかかったときなど、ついつい、うらやましげにながめてしまう。たっぷりと積みあがった薪は、備えができている証拠。だから、来冬用の薪を——できれば二月末までに——集め終えるまでは、のんきに構えているわけにいかない。

けさの森は、おだやかに落ちついた感じがする。聞こえてくるのはただ、美しい旋律を奏でる鳥の歌——鳥たちにしてみれば、なわばりの主張か、恋のたわむれ、警告、おしゃべりかもしれないが——と、遠くに見える馬のもどかしげないななき、そして、ぼくの横挽《よこび》き鋸《のこ》がトウヒの年輪を切りすすむ音ばかり。松ヤニのしずくがはじけ、あたり一面に柑橘系の香りがただよう。近くに生息するコマドリがそばへ寄ってきて、じっと待っている。エサを期待しているのだろう。

一本の木を切っているとき、樹皮がはがれ落ちてワラジムシの大群があらわれた。幼虫はうっそうとした林床《りんしょう》の上に落下し、成虫は泡を食って右往左往する。突然の大きな力で自分たちの世界が引き裂かれたため、何が起きたのかもわからない。虫たちにとっては世界の終わりも同然だ。子どもたちは死ぬか行方不明となり、家は破壊され、何もかもが丸つぶれ。テロ行為か、天災かなんて、ぼくの足元に落ちたワラジムシにとってはどうでもいい話であろう。生きのびようと必死の彼女は、子どもたちを探しもとめて、瓦礫と化した木のすきまを這いまわっている。

＊

友人が以前見かけた一九七〇年代ドイツ製のバンパー・ステッカー〔モットーなどが印刷された車用シール〕に、こんな文句が書かれていたそうだ。「誰もがエデンの園に帰りたがるが、誰も歩いてはいきたがらない」。ぼくは歩いていきたい。エデンの園など実在せず、いまだかつて存在したこともない。けれども、楽園へ向かって歩くよりほかに、どんな人生があるというのか。

＊

近くの村で友だちとばったり会う。ずいぶんひさしぶりだ。自転車で行き来できる距離（一八キロ）に住んでいて、わりと気の合う友人だというのに。連れだってパブに入り、一杯のつもりがもう少し杯を重ねたころ、彼から打ち明けられた。「実は、きみのものの見かたが苦手で足が遠のいていたんだ。考えに賛成しかねる点もあるし、自分のうしろめたい部分を鏡に映して見せつけられたように感じるときもある。それくらいのことで距離をとるつもりはなかったのだが、そうなってしまった」。いや、まったく気づかなかった。近ごろでは政治的な話など、特に酒の席ではしないよう心がけている。ただ忙しいのだろうとばかり思っていた。まさか、イデオロギーのちがいで避けられていたとは。耳の痛い話ではあれど、言ってもらえてよかった。

パイントグラスを飲み干しながら、来週中に彼を訪ねていって畑仕事を手伝おうと約束する。

彼もぼくの手伝いに来ると言う。雑草とりや苗の定植作業は友だちと一緒のほうがずっと楽しいことを、二人とも知っている。

*

昼食どきに森から帰ってくると、凍らせた鹿皮が玄関先に置かれていた。近所の大工のコナーからの書き置きがついていて、なかなか自分で使う機会がないし、年内にまた次のをもらえそうだから、とのこと。

ぼくの家には冷蔵庫も冷凍庫もなく、おまけに一月にしては異例の暖かさで、すでに解凍が進んでいる。そこで、直径一五センチあるトウヒのさおに皮を広げ、さっそく仕事にかかる。こんな僻遠《へきえん》の地で霧雨に濡れながら、皮に残った獣肉をこそげ落としていると、大学でビジネスを学んだ二二歳のぼくが「何が悲しくてそんなことを」と不思議がる。公平を期すために言いそえれば、ビーガンで動物の権利《アニマルライツ》活動家だった三七歳のぼくも、同じくおどろいている。

*

産業テクノロジーを手ばなす数週間前、『ガーディアン』紙から連絡があった。このたびの決断と実際の生活ぶりについて連載コラムを書きませんか、というのだ。異存はないが、その場合、国際的新聞の編集者にとって長らく無縁だった課題がいくつも浮上する。今日のメディア業界はすっかりデジタル化が進み、高速処理、ソーシャルメディア、二四時間ニュース、各種機器、マルチメディアなど、ぼくの使えぬ品々を前提にして動いている。

意外にも、相手の編集者は協力的だった。どのような展開になるか——昔の新聞の制作方法に戻るだけだが——かえって興味をそそられているふしも見える。以下、そのときの会話。

「記事は手書きすることになりますよ」

「そこまで考えていなかったな。いや、もちろんかまいません」

「写真をとることもできないけれど……」

「それはちょっと困りましたね」

「……代わりに、ぼくの彼女がイラストを描いてくれると思います」

「おもしろい。その線でいきましょう」

「オンライン版の記事にコメントを書きこむこともできません」

「おっと、その点も考えがおよばなくて。わが社は読者とのやりとりを重視しているのですが。でも大丈夫。掲載のたびに代表的なコメントを選んでお送りしますから」

初回の原稿を郵送する。ぼくが関与できるのはそこまで。編集者が中身を大幅に書きかえたりなど（そういう話はよく聞くが）しないと信用してまかせるしかない。オンラインだろうと、紙の上だろうと、ぼくが記事を確認する機会は与えられない。何人が「いいね」して何人がシェアしたかを知るすべもない。それが本来の形だと思う。ジャーナリズムが人気コンテストに堕し、複雑な問題についての真摯な議論よりも、扇情主義や集団順応思考や虚偽のほうが「ウケる」となったとたん、人びとと場所は敗退し、責任を問われるべき人物が勝利を手にする。勝利といっても、ごく短期的な意味での勝利にすぎないが。

ほどなくして編集者が寄こした手紙には、読者からの手書きの手紙と、オンライン版に寄せられたコメントの抜粋が同封されていた。

コメントページから読む。予想どおり、あらゆる悪口が書いてある。機械化反対主義者《ラッダイト》、うさん臭いヒッピー、特権的中産階級《ミドルクラス》の白人男、世捨て人、バカ。まじめな批判も二、三あって、これらはほぼ、一二〇〇ワードの語数制限ゆえ説明しきれなかった点にまつわるものだ。批判の意図はどれも理解できた。過去のぼくなら同じことを書いたかもしれないから、書き手に対する悪感情は起きない。部分的には同意さえする。

封書を開ける。こちらは本名と住所が記されており、手間ひまかけて、人それぞれの文体で書かれていた。どれも文面から思慮ぶかさが伝わってくる。支持の表明、好奇心、批判。おしなべて好意的な調子。「何年ぶりかで手紙を手書きしたらすごく楽しかった」とほとんどの人が書きそえてきた。

コメントのいくつかに返答をもらえないか、と編集者。しばらく考えているうちに、ウェンデル・ベリーの詩「スタンディング・グラウンド（A Standing Ground）」の一節を思いだす。

いかなる議論にもまさるのは　夜明けとともに起きだして
朝露に濡れた赤いベリーを　コップに集めること
ベリーが赤く熟すのはまだ半年先だが、いまはリンゴ酒づくりの仕事がある。

＊

イングランド西部のブリストルでオーガニック食品会社を運営していたころは、鍵だらけの生活を送っていた。家の鍵、自転車の鍵、職場で使う鍵一式。最初は特にどうとも思わなかったが、時間がたつにつれて次第にうんざりしてきた。かたっぱしから鍵をかけねばならない場所では暮らしたくない。いったいなぜ選んじまったのだろう、あきらかに自分が信用していない人たちに囲まれた生活なんて。ときどき考えこんでしまう。所有物に鍵をかけているつもりが、いつしか逆に自分のほうが物に所有されはじめてはいまいか、と。けれども鍵は必要だったので――三か月のあいだに自転車を六台盗まれ、うち五台は鍵をかけていたのに盗まれた――キーホルダーを持ちあるいては、じゃらじゃらする音を聞くたびに、そんな生活様式への疑問をあらたにしていた。

あれから一〇年。散歩に出るぼくのポケットには、何ひとつ入っていない。出かけるときは小屋にカギをかけたほうがいいと言われることもある。たいてい笑って、こう答える。室内をよく見てくださいよ。盗む価値のありそうなものはどれですか、と。木製のマグカップか。木彫りナイフか。小屋に置いてあるのは、ぼく以外の人にとっては価値のない代物ばかり。

ときに、しみついた昔のクセが顔を出して、自転車に鍵をつけようと考えたりもするが、やめておく。鍵などつけたら、自分にとってもっと大事な何かがうしなわれてしまう。その衝動にあらがうことによって、おのずと、鍵をかけたほうがよさそうな場所で過ごす時間は減っていく。

これにはちょっとしたおまけがついてきて、鍵を探しまわる時間がゼロになった。わざわざこんな話をするのは、テクノユートピアを称揚するトランスヒューマニズム（超人間主義）運動の存在があるからだ。テクノユートピア主義者たちは、鍵の紛失という「問題」に対してまったく別のアプローチをとってきた。『トランスヒューマニズム――人間強化の欲望から不死の夢まで』（松浦俊輔訳、作品社）を著したマーク・オコネルは言う。トランスヒューマニスト――人間の心《マインド》にとって生身の肉体は、性能が最適とはいえない「基板」だから、マシンという容器に（マインドアップロードなどの方法で）移しかえてやるほうがよい、と主張する人びと――は、英国人が鍵を探すために「浪費」している時間が年間二億五〇〇〇万ポンド相当にのぼるという数字を正当性の根拠にかかげて、人体内インプラントや脳機能改善薬《スマートドラッグ》による「人間強化」を訴える。このフレーズも、一九三〇年代のドイツでなら違和感なく受けとめられたであろうが。

そのような数字をはじき出す前提には、日常生活のどんな瞬間の価値をも金銭に換算すべしとの態度があるが、その点は全体から見ればたいした問題ではない。もっと憂慮すべきは、権力と財力を持つシリコンバレーの巨大テクノロジー企業トップの多くがトランスヒューマニストであり（一部の経営トップらは、死後も、輸液内に保存された脳みその姿でトップに君臨しつづけたいらしい）、この手の連中が何十億ドルものカネをつぎこんで、将来的にぼくらをサイボーグ化しようとしている点。たとえば、ペイパルの創業者にしてフェイスブックの出資者でもあるピーター・ティール、グーグルの技術責任者レイ・カーツワイル、グーグルの元CEOで現在はその親会社アルファベットの技術顧問をつとめるエリック・シュミット。シュミットは述べた。「いつか人間は、何かを考えるだけで答えを教えてくれるようなチップを体内に埋めこむことになる」

　そうした埋めこみチップをプログラミングするのは、どこの誰なのか。そして、そのチップはどのような答えを教えてくれるのか。

　しかし考えてみれば、ぼくらはそんな状態まであと一歩という地点にいる。オコネルが指摘するとおり、ぼくらの読むニュース、買う品物、消費するコンテンツ、恋愛相手との出会いまでが、「ますます見えないアルゴリズム、つまりそうした企業の創造物の影響下に置かれるようになった」。シュミットの言うチップは単に、もともと彼が仕切っていた検索エンジンに、もうわざわざ文字入力する必要がなくなることを意味するにすぎない。こうしてグーグルは、きみの考えを逐一すべて把握できるようになるのだ。将来は、アルゴリズムを作成する人間が世界を支配する。もしかしたら、もうすでにそうなっているのかも。

＊

パッキーの家の脇に、古いギネスビールの金属樽がある。ぼくが来る前どころか、はるか以前から置きっぱなしなのだ。どうしてそこにビア樽があるのかパッキー自身も記憶になく、中身がすっかり空である以上、まあ不思議はない。数年前、何かに使えるかいと聞かれたときは、特にあてがなかった。だけど、最近カースティが「電気ポットもガスコンロもなくて朝の熱いお茶が飲めない」とこぼすものだから、この樽をもらい受けてロケットストーブをつくることにした。

まず、圧がきちんと抜けているのを確かめて、両側面と上部に穴をあける。エルボ型の排気筒を真ん中にとおし、上部から数センチ出るよう固定する。バーミキュライトという天然素材が作業場にころがっていたので、これを断熱材として樽内に詰めたら、よし完成。これで、家のなかでわざわざ火をたかなくても、屋外で調理ができる。

ロケットストーブは効率的だ。ひとつかみの小枝でやかんの湯が沸くし、数分とかからない。弱点はといえば、なべが一個しか載らないため、基本的に夏の暑い時期、野菜は生のままか、でなければジャガイモとの重ね蒸しで食べることとなる。別に困りはしないけれど。

たき火小屋のなかに置いた切り株の上にロケットストーブを据える。隣には、枯れ枝を入れた箱を。翌朝起きると、真新しいコンロのそばのベンチに、すっぽり毛布をかぶったカースティがいて、かすかに立ちのぼる煙が、周囲のヤナギの木や、緑色に光るヒイラギの葉にまとわりついている。身を切るような北風が吹いているというのに、彼女はいたって満足そうだ。あらためて彼女に敬服の念をいだく。

*

家の外はなるべく野生のままにしておきたいぼくだが、家のなかは清潔で整理整頓されていて落ちつけるほうが好き。意外にも、多くの野生動物がそうなのだ。ぼくに言わせれば、ほとんどの野生動物はまったくもって家庭的《ドメスティック》で、ひとつところに居つく。つまり自分の巣に。本当の意味での「家畜化《ドメスティケーション》」とは、野生《ワイルドネス》の欠如ではない。家畜化とは支配《コントロール》の問題である。他人に支配されること、あるいは他人を支配しようとすること。このふたつは、たいていセットで起きる。人は、自分の人生を支配してくるように見えるものを押しかえして、バランスをとろうとするから。真にワイルドな人間——人間社会や世論にはまったく影響されずにわが道を行く人——で、他人を支配したがる人など、いまだかつてお目にかかったことがない。他人に支配されている度合いが、家畜化の度合いであり、文明化の度合いである。

早朝、カースティはもう、ロケットストーブをごうごう燃やして、菜園の野菜できょう一日の食事をつくりながら、朝のお茶の準備をしている。セージ、レモンバーム、カモミール、スギナ、ミント、バーベナ——秋にみずから乾燥保存したハーブを使って。お茶を煎《せん》じているあいだに、小屋を掃除してしまおう。部屋はひとつだけだから、たいした手間ではない。棒の先に乾いたエニシダの細枝をくりつけたほうきで床を掃く。床を水拭きし、用が済んだ水は植木鉢に。もう一〇年以上、消毒液や洗剤類は天然素材のものも含めて一切使っておらず、その間ただの一度も医者にかかっていない。掃除に酢（ぼくらの酢はリンゴからつくる）を使う人もいるが、それよりは飲んで、体の内側から健康を保つほうがいい。

ちょうど掃除が終わったころにお茶が入った。カースティは毛布にくるまり、ぼくらは黙って一緒にすわる。

＊

けさ、ほぼ二五年ぶりに釣りを再開した。場所はアトリック湖畔。トウヒの木立と広大な泥炭地に囲まれた、このあたりの住民だけが知る湖である。カワカマスがねらいだったが釣果はゼロ。小型のタイヤがかかった瞬間はデカい魚を期待したものの、そんなツキはころがっていやしない。きっと誰かが、こののどかな湖に投棄するのがいちばんだ（少なくともいちばん安上がりだ）と考えたのだろう。あとで聞くと、アトリックは当地ではめずらしくカワカマスのいない湖らしい。帰り道が長く感じた。数キロ先の小農場に住む友人の作家ポール・キングスノースが言う。「ビーガン向けの釣りガイドを書いたらどうだい。毎回かならず空手で帰るための詳細な手順がわかる本さ」

地元の釣り師が助言してくれる。「アトリック湖で釣りを楽しむには舟がなきゃ」

ファームハウスに住むエリースとヨーナのカップルは、経験豊富な船乗りにして船大工。ヨーナは二〇〇六年にオランダで、船長仲間二人とともにフェアトランスポートという会社をおこした。カリブ海地域から欧州へ、もっぱら帆船による貨物輸送を手がけ、自社が小規模生産者から買いつけた公正貿易《フェアトレード》のラム酒・コーヒー・チョコレートも混載して運ぶ。

当然ながら、一攫千金《いっかくせんきん》をねらった商売ではない。巨大貨物船と、安価な化石燃料や規模による優位性には、太刀打ち不可能だ。ラム酒ひと瓶の輸送コストは、巨大船なら約一ペンスのところ、ヨーナの帆船だと約一ポンドかかる。しかも所要時間は、何日かではなく何か月か。そうした不利な条件にもかかわらず、ぜひフェアトランスポート社にと依頼してくる企業があるからこそ、どうにかこうにか事業を継続できている。

けれども、ぼくがすきっ腹をかかえてアトリック湖畔に立ちつくしているいま、エリースとヨーナは故国オランダのデン・ヘルダー港にいて、ハウスボートを海上航行に耐える仕様に改造中。それに乗りこんでアイルランド西岸へ戻ってくるまで何か月かかるだろうし、二人とカラッハ（カヌー）を製作する夢は、ひとまずおあずけだ。

*

ローマ教皇がアイルランドに来たのと同じ年、一九七九年の五月にぼくは生まれた。両親にマーク・ジョゼフ・ジョンと名づけられ、のちに堅信式でルークの名を授かる。まだ『テッド神父』［一九九〇年代にテレビ放映されたコメディー番組］以前の時代だった。ぼくが育ったアイルランド最古の町バリーシャノンには、ボイル姓が多い。町は海沿いにあり、なだらかな緑の丘と大西洋にはさまれた砂浜が延々何マイルとつづく。世界的に有名なサーフィンスポットを擁する、なんてことは当時ほとんどの住人が知らずにいたが。一九八〇年代のぼくらにとって、サーフボードどころか、まともな靴を一足持っているだけで御の字だった。

　わが父ジョシー・ボイルは、よく話してくれたものだ。バリーシャノンから大西洋に注ぐアーン川は、父さんの小さいころ、ヨーロッパ屈指のサケで有名な川だった。アーチを一四個つらねた橋が必要なほど、川幅も広かったのだ。一九五二年に地元の反対を押しきってダムが建設され（水力発電と雇用創出のため、と説明された）、以来、アーン川はダメになった。アーチ一個の橋で事足りる川に落ちぶれてしまったよ、と。『二五〇のエピソードで知るアイルランドの歴史（*A History of Ireland in 250 Episodes*）』の著者ジョナサン・バードンは描く。

　早くも一九四四年六月、バリーシャノン在住のジョン・ギレスピーは『ドニゴール・ヴィンディケイター』紙上で「この川の破壊は国難と目されるべき大問題」と警鐘を鳴らしていた。「将来世代のバリーシャノン住民は、妖精の国を間近に見ることもなく」「目に映るのは、せせこましく改変された単なる水路」であろうとのギレスピーの予測は、みごとに的中する。川を遡上するサケの個体数激減で下流の網漁師は大きな打撃をこうむったものの、その漁師たちの生業もまた、T・C・キングズミル・ムーア判事が「楽園《エデン》の消失」と評した破壊に手を貸した疑いがある。楽園とは、西欧随一の釣りスポットともいわれた上流の二九か所の淵をさし、一時はおよそ二〇〇名にのぼる管理人・案内人の雇用を生んだほか、毛鉤《けばり》づくりの仕事をローガンズ・オブ・バリーシャノン社にもたらした。

　実家には自動車がなかった——いまもぼくが運転できない理由の一端はそこにあるかもしれない——ので、父さんはよく自転車のサドルの前にぼくを乗せ、釣りに連れていってくれた。だが、ダムでせき止められ〝飼いならされた〟川では、何を釣るのもむずかしくなった。特に、子ども用の小さい伸縮式さおをもってしては。かろうじてパーチ［スズキに似た魚］か、小ぶりなブラウントラウトが釣れたが、一家の食卓にはまるで足りない。それで、あのころのわが家で魚を食べるのはたいてい週に一度だけ、金曜に母さんが魚屋で買ってきていた。サバか、養殖のサケ（ダムの下流に自治体が設立した養殖場で飼育されたもの）だ。当のダムはといえば、いまや数人程度の職員が、サッカーワールドカップのハーフタイムなど、みながいっせいに電気ケトルを使うようなときに備えて、維持管理業務にたずさわる。

　ぼくが育ったのは、八〇軒の家が建ちならぶ通りだ。父さんはそのうちの一軒に生まれ、いまなお住みつづけている。この家を出ていくとしたら墓場へ引っ越すときにかぎられ、その引っ越しにもなかなか「うん」と言わないだろう。七二歳のとき自転車で、アイルランドでも最大級のダーグ湖——ぼくらの農場から二〇キロの距離にある——の外周一七九キロを、九時間かけて走破した。ぼくらの世代から見ると、父は苦労の多い境遇に育った。まだ一二歳で男親を亡くし、学校を辞めて一家の大黒柱となる。その瞬間から、別の意味での学びがはじまったにちがいない。ぼくは子どものころ、父さんが何事も自分の手でやってみようとし、実際みごとにやってのけるのを、いつも感心してながめていた。とてもぼくにはかなわない。

八歳のとき、うちの一家——母さん、父さん、姉さんとぼく——と同居していた祖母が、隣の部屋で寝ているあいだに亡くなった。その日はひたすら涙にかきくれた。自分でも理由はよくわからない。人の死などははじめての経験で、生きたおばあちゃんにもう会えないことをきちんと理解していたとは思えないのだが。いま、このような暮らしをしていると、おばあちゃんがまだ生きていたらなあと考えてしまう。ストーブのそばの椅子に腰かけて、子ども時代はどんなふうだったのか、あれこれと生活上の知恵をさずけてくれただろうに。

一〇代になるまで、あの通りで友だちと「カーブズ」などのボール遊びをしたものだ。道路の片側から投げたボールが、向かいの相手方の縁石《カーブ》に命中してはね返れば、点が入る。両親は、ぼくらを始終見張っていたわけではない。子どもの行動を把握できるような携帯電話も存在しなかったが、近所に住む誰もが、どこの家の子の様子も静かに見守っていた。

通りの八〇軒のうち、電話を持っていたのは一軒だけ。真向かいの家の玄関を入ったところに置かれていた。そこの家の戸はいつも開けっぱなしで——あのころは戸を閉める家などなかった——電話を使ったら机の上に二〇ペンスを置く（当時の通貨はアイルランドポンドだった）。一九八〇年代には電話をかけるのは比較的ぜいたくな行為であって、ぼくが向かいの家で借りる必要にせまられた覚えはないけれど、母さんはときどき出入りして、イングランドやオーストラリアやカナダに移住した親戚と話していた。

最後に里帰りした際、近所の家々の戸がひとつ残らず閉まっていたのを思いだす。奇妙な光景で、不気味にさえ感じられた。道を行きかう見知らぬ子どもたちは、携帯電話を凝視しては画面をスクロールするのに夢中で、周囲には目もくれない。ボール遊びなど、したくてもできないだろう。舗道沿いはすきまなく路上駐車されていたので。通りをはさんで向かいの家から、ぼくを生まれたときから知っているジェリー・マクダーモットが飛びだしてきた。よく帰ったと声をかけてくれ、自分で釣ったブラウントラウトを「夕食に」と両親に手渡す。

＊

電話を手ばなして、まだたった四週間だが、母さんと父さんの声を聞けないのは変な感じ。つらくさえある。向こうもさびしがっていると思うと、なおさらつらい。どんなときでも二人はぼくの支えになってくれたし、昔からずっと仲の良い親子だった。

　今年は新年のあいさつも言えなければ、母さんの誕生日にお祝いのことばもかけてあげられない。自分勝手だという気もする。それからふと、ここ何年ものあいだしょっちゅう感じていたことを思いだす。帰省して一緒の時間を過ごす代わりに、怠惰にも電話一本で済ませてしまっているな、と。なにしろ、両親の家とは二三〇キロ離れている。

　鉛筆と紙を取りだす。「親愛なる母さんと父さんへ。春以降、少なくとも二、三か月に一度は会いにいくと約束します。そのころまでには、この暮らしのリズムもつかめるでしょう」

「親愛なるマーク。わかっていますよ。愛するおまえに会える日が待ちきれません。くれぐれも体に気をつけて」

＊

ジャガイモ畑は広さ半エーカー。水はけが悪く、ぬかるみがちだ。この場所に足場のよい道をととのえ、薪小屋とも行き来しやすくしなければならないことは、越してきて数週間たたぬうちにわかっていた。すべてのインフラ整備に関しては、ぼくなりの基準が四つあって、今回もまた例外ではない。すなわち、自然であること、ローカルであること、費用が安いか無料であること、美しいこと。だから、いろいろと面倒なのだ。

フランドルから来た二三歳のギリスが、手伝いを申し出てくれた。ある日ふらりと自転車であらわれ（そういう訪問者は多い）、無料宿泊所にひと晩泊まっていくつもりが、そのままもう三か月もここにいる。彼の厚意をありがたく受けることに。背が高くて恰幅もよく、頭はもじゃもじゃの金髪。若いけれども、強力かつ穏和な知性の持ち主である。近くの共有地の一画にまとめてよけてあった平たい石を彼が見つけ、自転車で持ちかえってきたので、とりあえず作業に着手する。でも、これではまだ、とうてい足りない。

ぼくらが何やらはじめたらしいぞと、隣人のトミー・クインが様子をうかがいにくる。トミーは見るからに頑強そうな半農半建設作業員で、とことん面倒見のよい五〇代の男だ。何年か前に古い石垣を解体したときに出たデカ石がごっそりある、と言う。「イバラのつると格闘する覚悟さえありゃ、いくらでも使ってくれ」。覚悟ならある。そして選択肢はかぎられている。

トミーの家の中庭へ行って、石の使い勝手を検分する。平らで幅があり、端がまっすぐで、厚さ一〇センチ程度だったら申し分なし。実際はほとんどの石が理想より大きすぎたが、ここをわれらが供給源と決めた。ぼくらが何百と必要としている石を、トミーは何千と持っている。

まずは、手ごろな平石を選びだして、ぼくらの場所へ運ばねばならない。トミーの家と庭は、うちから西へたっぷり四〇〇メートル離れている。なかには重さ三〇キロを超す岩もあるから、いちどきに三、四個ずつ（小さめのはもっと多く）手押し車に載せて運ぶ。「きみら二人ともイカレてるな」とあきれるトミーの口調には、しかし一抹の敬意も感じられた。

ギリスとぼくが、通路の両端からそれぞれに作業していく。石の大きさに応じて地面に一つひとつ並べてみてから、形状に合わせた穴を掘り、すでに石を敷き終えた部分と段差がなくなるまで、上下左右に揺り動かしてやる。空いたすきまは、掘りだした土で埋める。そこにいずれ草が生え、道が自然にそこにできたかのように見せてくれる。

ぼくの担当分だけで全長一五メートルあり、五日間の重労働を要するだろう。コンクリートを使った過去の経験では、同じ仕事に丸一日もかからない。それでも、コンクリートなんぞ使うよりは一〇週間はたらくほうがましだ。

ほぼ完成した通路を行ったり来たりしてみて、ぐらつく石がないか確かめる。よし、しっかりしているようだ。夕焼けに照らされた道をながめ、わが身中に一週間の仕事の手ごたえを感じつつ、満足して小屋に戻る。あの道はぼくが死んだあとも残るのだ。そう願う。

*

道を上がったところに住んでいるトミーの母親、クイン夫人を訪ねていく。八七歳という年齢のわりにかくしゃくとして（八七歳でなかったとしても十分に）、才気あふれるおしゃべりの名手である。ストーブに身を寄せつつ語る彼女の話に耳をかたむければ、過去五〇年のあいだにアイルランドの農村が、いかに急激に変化してきたかがよくわかる。いまでこそ同じ細道《ボーリーン》沿いに住んでいても、ぼくらはまるっきりかけ離れた国で育ったのだ。

　クイン夫人が生まれたころのアイルランドは、電気が通じる前の時代で、空にはまだ星があり、人びとには互いのために使える時間があった。パッキーが以前話してくれたとおり、誰もがはじめて電球というものを手にして、感電死しやしないかとびくびくしながらソケットに取りつけた、そんなアイルランドだ。クイン夫人の生活費は週に一ペンス。畑のキャベツやジャガイモなどの主食に加え、少しばかり飼っていた家畜の鶏卵、豚肉、牛乳を食していた。生活費の一ペンスは、卵を売ってかせぎ、たいてい全粒小麦粉に使った。夫人にとって、自給自足とはライフスタイルの一選択肢などではなく、生活《ライフ》そのものであった。

　ぼくらの世代が利用する恋人募集サイトでは、全国に住む誰もが潜在的な結婚相手となる。いや、それどころか、愛は国境さえもやすやすと飛びこえてしまう。クイン夫人は語る。夫との結婚が決まったあと、生まれ育った地を去って六キロも離れたこの家に移ってくるのは、人生の一大事だったんだよ、と。

　何時間も尽きない彼女の話を、まだまだ聞いていたいところだけど、もうぼくの寝る時間が過ぎた。近いうちに、かならずまたおじゃまします。

＊

　グレート・ブラスケット島民の最後の二世代による著作を英訳で読みあさっていたぼくにとって、はじめて島へ渡る旅はちょっとした聖地巡礼の気分。この場所に魅せられる理由は、六〜八月に島を訪れる旅行者や日帰り客のそれとはまるでちがい、もっぱら実際的な事柄への関心にもとづく。グレート・ブラスケットの島民は、ぼくがいま試みているような生活を最近まで送っていた数少ない人たちなので、その経済や、文化や、実生活の様子を、くわしく知りたいのだ。加えて、もうひとつ。このすばらしい島から一九五三年に住民が立ち退いた理由も知りたい。何か生活に大きな支障があるなら、前もって備えておけるように。

　往時の島民らは、魚を塩と交換するため、ケリー県西部に位置する古い港町ディングルまでネイボーグ（ヤナギの骨組みに帆布《はんぷ》を張った小舟）を漕いでいった。ぼくらの小農場からディングルまでは、通常、車で四時間の距離。カースティとぼくは夜明けとともに親指を立ててヒッチハイクを開始した。時計にとらわれたぼくの感覚によればおよそ二時間後、道路を八キロ歩いたところでようやく最初の車に拾われる。交通量自体が少ないのはともかく、ぼくらと目が合いながら素通りしていく人たちを何度も見送っては、こう自分たちを納得させねばならなかった——出勤や子どもの登校で、きっと急いでいるのにちがいない、いや、ヒッチハイカーを見慣れていないだけさ、あるいは知らない人間を警戒しているのかも、その他、ぼくには思いもよらぬ無数の理由があるのだろう、云々。八時間半後、ディングルに到着。昔の島民たちにならい、ポーター〔黒ビールの銘柄〕を一杯引っかけてから次の計画を練るとしよう。

　ディングルはぼくらのような旅行者でにぎわっている。ジェイムズ・リーバンクスの『羊飼いの暮らし』（濱野大道訳、早川書房）を読んだ際、イングランド湖水地方の観光事情をめぐる描写に胸を衝《つ》かれた。人口四万三千人の湖水地方に年間一六〇〇万人の観光客が押しよせ、「まるでゲストハウスがゲストに占拠されたかのよう」だという。しょせんぼくらも、そうしたゲストのうちの二人だ。古風な趣きがあって栄えているディングルからも、似通った印象を受ける。

　宿を予約せずにここまで来て——予約する気があったとしても空きがない——運にまかせるつもりでいた。本で読んだところでは、島民たちが塩を求めてやってくると、本土の人びとは自宅にひと晩泊めてやり、翌日手漕ぎ舟《ネイボーグ》まで馬車で送りとどけたという。そういう古い流儀でぼくらの旅もはじめてみようと決めていた。パブで出会った誰かの家のソファででも眠ることになるだろう、と楽観していたのだ。四年間、無料宿泊所を運営してきたものだから、西洋文明のほかの場所では——取り残されがちなアイルランドでさえ——もうそんなやりかたがはやらないことを、つい忘れてしまう。古い流儀への希望的観測も今回は裏目に出て、テントを持ってくればよかったと悔やむ。それでも、この種の古き精神は大事にしたほうがいい。とりわけ、ドードー

〔一八世紀までに絶滅した鳥〕と同じ運命をたどる恐れが深刻化したいまの時代にあっては。

いくつかユースホステルをあたってみるが、ベッドひとつが五五ユーロもする。ようやくディングルの裏通りに安宿を見つけると、バックパックを下ろし、生演奏の伝統音楽を探しに出る。朝になったらさっさとグレート・ブラスケット島へ移動すると決め、島でのあれこれに想像をめぐらす。

＊

世の中のニュースを追うのをやめたのは二〇一五年一一月。ニュースを伝える各種テクノロジーを手ばなす一年以上前だった。別段、ニュースそれ自体が悪いものだと考えたわけではなく——ニュースのほとんどは悪い知らせだけれど——ただ読みたいと思わなくなったのだ。同じ内容のくりかえしで退屈に感じてしまう。ツイッターや二四時間ニュースが登場するはるか以前、一九世紀にソローがこう書いている。「もしも誰かが泥棒に遭《あ》い、殺され、あるいは事故で一命を落とし、もしも一軒の家が燃え、一艘の船が難破し、一隻の汽船が爆破され（中略）たら、もはや同じ記事を繰り返して読むには及ぶまい。何ごとも一つで充分」（『ウォールデン』酒本雅之訳、ちくま学芸文庫）。ニュースはなんだかハリウッド映画みたいになってしまった。同じ筋書きを、顔ぶれのちがう俳優が演じているだけ。

けれども「人は孤島にあらず」で、特別大きなニュースは、いやおうなく——太字の見出しだけにせよ――ぼくの目や耳に入ってくる。トランプ。ブレグジット［英国のEU離脱］。シリア難民危機。テロ。時折、小耳にはさむ世間話によると、一五分間だけでも有名になろうとする人がかなりいるらしい。ピュリッツァー賞詩人ゲーリー・スナイダーのすすめに従って、一五マイル四方にだけ有名になろうとするのではなしに。

　世界情勢に注意を払わないなんて無責任だと言ってくる友人もいる。監視の目がなければ、政治家や大企業は悪事をはたらいても罪に問われずに済んでしまう、と。理屈はわかるし、そのとおりかもしれない。しかし今日のぼくらは、かつてないほど多くのニュースに接し、かつてないほどおおぜいが監視の目を向けているというのに、あいかわらず政治家や大企業はさんざん悪事をはたらき、処罰をまぬがれている。一方で、ジャーナリストが権力者の責任を追及する能力は低下するばかり。損得勘定で動く編集側は、ツイッターに投稿するネタがとぎれぬよう、質より量を重視するから。

　もう一月も終わりに近づいたが、この冬は三、四日しか雨がふっていない。けさも晴れて、身を切るような寒さだ。郵便局へと歩きだしたぼくの足元で、白く霜のおりた草がざくざくと音を立てる。隣人の家に寄って、何か買ってきてほしい物がないか聞く。というのは口実にすぎず、本当は彼の様子を見にきたのだ。高齢で独り身の生活は楽ではなく、ときどき少しふさぎこむことがある。いまどきの言いかたなら「うつ」だろうか。「万事うまくいってるよ」と答える彼と、しばらく無駄話を交わす。

　さらに道を行くと、はぐれ馬がいるのに気づいた。つい最近まで、逃げだした馬に車がぶつかった場合、運転していた人間の落ち度とされた。いまは法律が逆転して、車がこうむった損害の責任を、馬の持ち主が負わねばならない。持ち主を探したところ、少し離れた場所で男がトラクターを修理していた。一緒に水びたしの草地へ入っていき、雌馬を探す。男はこの土地の歴史を手短に講釈してくれる。ノックモイル（Knockmoyle）とはアン・クノック・ムィル（An Cnoc Maol）が英語化された地名で、「ハゲが丘」を意味するそうだ。草地から周囲を見わたすと、その名がついたのも納得が行く。

帰り道、道路の真ん中でキツネが死んでおり、車がその上を通ったり、よけて通ったり。小さな林にすばやく駆けこんだマッテンは、きょうが最後の日になるとはつゆ知らぬ小動物を、ふるえあがらせに行くところにちがいない。

*

ロバート・コルヴィルの『大いなる加速（*The Great Acceleration*）』を読んでいる。日ごとに――それどころか毎時、毎分、毎秒、はてはナノ秒単位で――加速していく世界についての考察だ。タブレット端末BlackBerry PlayBookの宣伝コピーを著者は引用する。「価値ある物事はすべて、高速化する価値がある」

うまいことを言うね、ブラックベリー。「のんびり一時間も二時間もかけて愛を交わさずとも、五分あればヤれますよ」ってわけか。

＊

冷蔵庫も冷凍庫も持たなくなって一〇年近くたつ。温帯地域であれば、ただの金属製の箱を屋外の涼しい日陰に置いておくだけで、電気が通った白い金属箱を家の台所に置くのと変わらぬ役目を果たす。少なくとも、一年のうちの半分ほどは。野生動物の肉を食べるというわが方針転換で、あらたな課題を突きつけられることになった。が、二〇世紀になるまで人類は電気冷蔵庫も冷凍庫もなしでやりくりしてきたのだから、ぼくはひそかに楽観している。

魚に関しては問題ない。たいていの魚はさほど大きくないので、少人数の仲間うちでも一日か二日で食べきれる。必要以上にとったりはしない。とはいえ、サケやマスが禁漁とされる冬（生息数を考えれば当然の措置）に備え、いくらか保存しておけば非常に便利だ。

他方、シカとなると話は別。一頭殺すだけで、たっぷり肉がとれる。肉をしまっておくのにどこよりも適した場所は隣人の腹のなかであり、パッキーの話ではそれが、かつてのノックモイルにおけるおもな保存方法だったという。

「シカを殺す」のは「プラ容器入りの米国製ピーナッツバターを買う」のに次いで二番目に気が進まぬ朝の過ごしかただ。であればこそ、一頭のシカからできるだけ多くの肉を保蔵して、冬をしのぐための糧食《りょうしょく》としなくては。

冷凍庫がない場合、隣人が満腹したあとの選択肢としては燻製《くんせい》室がいちばんよい。コンクリと木材で燻製小屋を建てる人もいる。ぼくなら燻製室にも例の四つの基準を当てはめたい。そこで朝、疲れ知らずのギリスとともに森へ向かう。二時間後、トウヒの若木一二本をかついで戻る。いずれも風で倒れた木を手鋸《てのこ》で切ってきた。

レイ・ミアーズの『野外サバイバルの手びき（*Outdoor Survival Handbook*）』を参考にして、製作にかかった時間は二時間、費用はゼロ。シカを丸々一頭、燻製にできる大きさがある。そのうち、ほかのシカの皮でおおってやろう。地元の猟師たちが使い道もなく、これまでは捨てていた皮だ。けれども、いまは余分な皮が一枚しかないので、当面は防水シートを使わねばなるまい。

夕暮れどき。まだクインシー（ぼくが世話している犬）を散歩させていなかった。そこで、パッキーの犬ブルマーズも一緒に連れて、日が落ちるまでの半時間、森へ。足を踏みいれて間もなく、ガサゴソいう音がした。勝手気ままににおいをかぎまわる犬たちがたてている音だろう。と思いきや、一頭の雄ジカが跳ねるように姿をあらわす。薄茶色の引きしまった体つきに、堂々たる角。美しかった。小道に立ちはだかるシカと、目を見あわせる。長い一瞬に思われた。茶色い長靴をはき、泥で汚れたブルージーンズと羊毛のセーターを身につけたぼくは、彼の目にどれほど滑稽な動物と映っていることか。次の瞬間、シカは身をひるがえし、道沿いに植わった若木のあいだを跳び去っていく。どこへ行けばいいか彼にはわかっている。この森のことは隅々まで知りつくしている。知らずにいられるわけがない。自分の命がかかっているのだから。

しばらくして戻ってきた犬たちは、シカの気配など気づいてもいないらしい。

＊

最後に電話で話し、電子メールをチェックし、またはオンラインのネットワークに接続したときから、二か月以上が経過した。そう文字にしてみておどろかされるのは、わが暮らしが、周囲の世界が、過去二〇年のあいだにいかに変化し、このような一文が多少なりとも意味をなすにいたったか、である。

ロウソクのやわらかな光がブナの木目を照らしだす机に向かい、手紙を書きはじめる。アイルランドに帰国して以来一度も会っていない、イングランド在住の友人宛て。日付を書いて、「親愛なるエミリーへ」の先をつづけるのに、しばし手が止まる。電子機器を使っていたころは、一分間に平均四〇ワード書けたのに。まあ、その点はいまやたいした問題ではない。手紙をくれる思いやりの持ち主に対して言いたいことを表現するには、それなりの時間がかかるものだ。封をして、切手を貼って、今週届いたほかの手紙への返事と一緒にまとめておく。毎週日曜の晩にする仕事。なぜいまだに日曜を週の最後の日と考えるのか、自分でもよくわからないが、とにかくそうしている。

翌朝、手紙と犬を伴って、郵便局まで往復一二キロの道のりを歩く。途中、天気がころころ変わり、霧雨かと思えば一分後にはどしゃぶりになったりするけれど、かえって気分も爽快に。家に戻ると、見知らぬ女性が訪ねてきていた。この現代になぜ、そんな悠長な移動手段をとるひまがあるのか、と聞かれる。ぼくは説明する。バンを始末したので、車の諸経費——購入代金、保険料、税金、車検代、燃料費、修理代——が不要となり、そのカネをかせぐために二か月も三か月もはたらかずに済むこと。そこまでの時間は徒歩や自転車の移動にかけていないし、いずれにせよ、歩くのも自転車に乗るのも好きでやっていること。「まったくイカレてるわね」と彼女は笑いだし、一緒にカモミールとバーベナのお茶を飲んでいく。

次の日、郵便配達人が一通の手紙を届けてくれる。宛名の筆跡で、カースティからだとわかる。ノーフォークの家族や友人に会いにいっているのだ。開封して読む。それは近年までラブレターと呼ばれていたもので、二人がはじめて会ったころのときめきがよみがえってくる。夜にもう一度読みかえしたあと、彼女からもらったほかの手紙と一緒に引き出しにしまう。旅行中の相手に返事を書くことはかなわないが、この世界のどこかに彼女がいるとわかるだけで満足だ。

*

アイルランドには、「素っ裸で畑に立てるようになったらジャガイモの植えどき」という古い言いつたえがある。頑健な自給農家にとって、それは三月初頭からを意味する。加護を祈って聖パトリックの祝日〔三月一七日〕に植える人が多いが、誇り高きアイルランド人のはしくれとしては、一日でも早く植えつけをはじめたい。

パッキーの兄のミックは、おだやかなしゃべりかたをする農夫で、ぼくらの農場から細道《ボーリーン》を歩いて三〇〇メートルほどの近所に住んでいる。ミックがいま中庭で、乳牛を仕分けている。寄る年波は隠せなくなってきたものの、「一度でも休んだら、もうそれきりになってしまうでな」と言う。ぼくもどちらかといえば賛成だけど、彼の妻と腰は反対らしい。もう使わない畑用の土が山とあるから好きなだけ持っていきなさい、とすすめられる。肥やしもどっさりあるから、と。中庭は、そのほかにもいろいろな物で埋まっている――古い自転車、浴槽、腐食した何かの部品。ミックは当地生まれの住民の例にもれず、物のない時代に、何ひとつ捨てるなと教えられて育った世代だ。先ほどの古い言いつたえも、いまの時代には意味合いが変わってくる。ジャガイモが大好物で毎日の食卓にけっして欠かさない彼に、「夏になったら一袋か二袋持ってきますよ」と約束する。土をトラクターのバケットに積んで運んでやろうというミックの申し出を、ちょうどいい脚の曲げ伸ばしになるからとことわり、手押し車を取りに戻る。きょう一日が終わるまでには、両脚もいい加減伸びきっているにちがいない。

　刺すような北風は吹いていても、乾燥してさわやかな空気に、すぐそこまで近づいた春の気配が感じられる。あたりの風景はもうすでに、生命力がみなぎってはちきれんばかりだが、自然界の価値は、忍耐づよい者にしかわからない。まずは植《う》え床《どこ》に使う土を、ミックの家からぼくらの家まで三〇〇メートル、手押し車で一杯ずつ移動。まだ昼の短いこの時期、ほんの少し上辺をさらっただけで、もう日が陰りだし、小屋に帰って火のそばで読書したくなってしまう。

　これからジャガイモ畑となるこの場所は、すべてが思惑どおりにいけば――物事はつねに思惑どおりにいくとはかぎらない――およそ一五〇キロの収穫をあげるはずだ。古代ギリシャのストア派や日本の禅僧のごとく、労働の成果に頓着しない人間になろうと心がけているが、身を粉にして終日はたらいたあとではそれも、言うは易くおこなうは難しである。来月、オカを植えようと思う。これも塊茎《かいけい》植物の一種で、ジャガイモの代わりになるうえ、病害に強い。まだ栽培した経験がないので興味津々だ。多様性は強み、ともいうし。さて、結果がどう出るか。

素っ裸で畑に立てる日が近づいてきた。春を告げるぼくのむき出しの尻を、隣人たちが見たいかどうかは疑問だけれど。

*

著名な環境活動家の友人が言う。「産業テクノロジーが生態系におよぼす影響に関するきみの言い分は理解できるよ。ようするに産業テクノロジーとは、石油掘削装置や、採石場や、鉱山、大量生産システム、軍隊、森林伐採、都市化、郊外化などの事物に依存するわけだ。それらのいずれにも、われわれ環境活動家は反対の立場をとっている。でも、とてもじゃないけどできないなあ、食器洗い機を手ばなすなんて」。才能に恵まれ、強い意志と柔軟な姿勢を兼ねそなえた男だ。「急に弱気になってどうしたのさ。何かあったのかい」と心配せずにいられない。しかし、彼の言わんとすることもわかる。自分が使った皿をいちいち手で洗っていたら、生態系や社会に起きている——食器洗い機などが引きおこしている——問題について、告発する文章を書いたり反対運動を展開したりする時間を、どうやって捻出できようか。

かつてはぼく自身も環境活動家だった。まだ運動の重心が、人間のあくなき野望から原生地域や野生生物を守ることに置かれていた時期、炭素《カーボン》だの持続可能性《サステナビリティ》だのといった漠たる代物をめぐる駆け引きが主軸になる前の話だ。歳月を経るにつれ環境運動は、原生地域（砂漠、海、山）を手なずけることばかり考えるよう変質してしまった。そうした場所から「グリーン」なエネルギーを得て、ぼくらの――とりわけ世界人口のひとにぎりの人びとの――生活様式を維持していくための運動に。ポール・キングスノースは随筆集『回復途上にある環境活動家の告白』で、いまの環境運動を「グローバル経済という名のシルバーのＳＵＶ（スポーツ用多目的車）に搭載された触媒式排ガス浄化装置」と皮肉り、昨今では珍妙な方程式「破壊－炭素＝持続可能性」にもとづいて動くかのようだ、と述べる。だからぼくは環境活動家（少なくともそんなたぐいの）でいるのをやめ、都市を出て自然界に身を置くことにした。

　環境活動家の友人と食事をともにする。ぼくがどうやって皿を洗うのか、彼は知りたがった。食洗機なしでどうやって、という意味ではない（食洗機以前のやりかたを、彼だってさすがに覚えている）。流水も食器用洗剤もなしでどうやって、という意味だ。屋外の、いつも木灰《きばい》を貯蔵している場所へ彼を連れていき、少量の灰を水で溶いてペースト状にする。これがつまり食器用洗剤となる。昔からのキャンプの知恵で、汚れ落ちも抜群。春だったらスギナも使える。毎年欠かさず畑に生えてくる迷惑な雑草だけれど、使い道があると思えば、草とりの手間も報われよう。スギナにはケイ素（シリカ）が豊富に含まれており、なべみがきにうってつけなのだ。ケイ素は人間の体にも必要で、頭髪・皮膚・爪・歯に重要だから、細かく刻んでサラダに入れたりもする。

　部屋に戻ると、くみ置きの水をたらいに入れて仕事にかかる。はじめて見聞きする何もかもにすっかり感じいった友人が、自分にやらせてくれと言う。もちろんぼくに異存はない。洗い物を彼にまかせ、自家製のビールを二本開ける。

彼が仕事を終えたあと、木灰まじりのたらいの水を、カバノキを植えてある区画にまく。灰は灰に［キリスト教の葬式における祈禱の文句］。ひとめぐりして元の場所へ。命の循環。

*

目が覚める。漆黒の闇のなかを小便に出る。このまま起きてしまおうか、もう一度ベッドに戻ろうか。迷ったぼくは、時刻の手がかりになるようなものを探す。鳥の声、月や星の位置、近所の明かり……。一切、何もなし。

この季節、雲の厚い夜は、真夜中も早朝五時も、見た目には区別がつかない。新月なら、なおさらだ。寝たのははたして何時だったか。思いだすのはただ、暗かったことと、疲れていたことだけ。だからおそらく、まだずいぶん早くて、ベッドで丸くなっているべき時刻なのだろう。いや、本当にそうなのか。目が覚めて、十分に休んだなと感じたなら、時計が何時であろうと起きてしまえばいいではないか。逆に、疲れが残っているとか、まだうつらうつらすると感じたなら、ベッドに戻ればいいではないか。まだ何も見えぬ真っ暗闇に、裸で立ったまま考えこむ。自分の体の声よりも時計の音に耳をかたむけるようになったのは何歳のときだったろう、と。

室内に戻って長靴を脱ぎ、服を着る。ぼくより眠りが深いカースティは、身じろぎもしない。

ロウソクを灯し、鉛筆をにぎる。ほかの人が目を覚ます前のひとときは、一日のなかでも好きな時間帯。けさは、その静寂の時間をふだんより長くとれた。四ページ目を書き終えるころ、クロウタドリが――彼にとっての――一日のはじまりを告げ、ぼくは、カースティが寝ているベッドにもう一度もぐりこむ。彼女もじょじょに太陽のリズムと同調しつつある。

*

子どものころのことは、あまり覚えていない。一九八〇年代なんて、さほど昔でもないのに、いま思えば、まるきり別の時代のようだ。ふりかえってみると、お金にしても、お金で買える物にしても、ほとんど持っていなかった。にもかかわらず、不足を感じた覚えはまったくない。たぶん誰もが、似たり寄ったりの境遇にあった。テレビ番組がこぞって上昇志向をあおりたてるようになる以前の時代、自分自身も先祖たちもまだ経験したことさえないライフスタイルについて、喪失感などいだくはずがない。

おかしな話だけど、とりたててどうということのない些末事にかぎって、あの波乱に富んだ人格形成期を経ても、なぜか忘れずにいるものだ。いまだに記憶に残っているのが、地域の人たちが入れかわり立ちかわり、自転車を押してぼくんちの玄関先にやってくる光景。父さんが大のサイクリング好きだったせいか、当時はそれがふつうだったからなのか、さだかでないが、後年知ったところによると、父さんはみんなの自転車をまったくお金をとらずに修理してやっていたのだ。

小さかったぼくは、父さんの行為やその動機に特別感心もしなかった。実際、子ども心には、まったく自然な行為と思われたのである。

人びとの生活に、やがて変化が訪れる。「ケルトの虎」経済という名の猛獣が生まれると、アイルランドはほとんど一夜にして貧困国から世界有数の富裕国となった。税制上の優遇措置やEU拠点としては安上がりな点が、米国からの投資を呼びこむ。EUもまた開発マネーをばらまいて、アイルランドを近代化し、魅力的な市場に仕立てあげ、産業化の進んだドイツや英国やオランダ並みに効率的な国に変えようとする。そういえば、こわれかけた自転車がぱったりとわが家に持ちこまれなくなったのも、このころだった。まともに動く中古車が買えてしまう値段の自転車を購入する人の話も、父さんから聞くようになった。

多くの人びと——特に建設や金融などの業界関係者——の可処分所得がぐんと増えたのはまちがいないが、ぼくらのような層は、そのおこぼれにあずかることなどなかった。一三歳のときはホテルではたらいた。時給一・五アイルランドポンドで、ホテル内にあるナイトクラブの床のゲロを片づける。散乱したビールの空き瓶にまじって落ちているお金も目あてだった。まだ学齢期の子どもの身では、わが世界に怒濤のごとく入りこんでくる——誰かが買うのを見たとたんに欲しくなる——品物を手に入れようと思ったら、手段はせいぜいそのぐらい。他方、すでに限界ぎりぎりまではたらいている大人たちにとって、虎に化けたアイルランドがもたらす期待の念と、みずからの日常的現実とのあいだのへだたりを埋めてくれたのは、クレジットカード、そしてローンだった。

ナイトクラブの床をさらったかせぎで携帯電話を買う。携帯電話を持ったのは、仲よしグループ内でぼくが最初だ。コモドール64やゲームボーイもいち早く入手したぼくは、どこをどう見てもアーリーアダプター（初期採用層）であり、のちにアーリーリジェクター（初期拒絶層）となる兆候はかけらもなかった。当時の携帯電話はおそろしく無骨で、着信を受けるには、てっぺんについている長いアンテナを引っぱりだす必要があった。友だちにデルボーイとあだ名されたけれど、どちらかといえばロドニーに似ていたはず［一九八〇年代英国のテレビドラマ「オンリー・フールズ・アンド・ホーシズ」の主人公兄弟］。なぜ、そんな物を買ったのだろう。買えたから、という以外におそらく理由はない。前もって電話などせずに家を訪ねあい、ゲーリック・フットボールをしに行くのがふつうだった時代である。ところが、それから数か月もたたぬうちに、仲間全員が携帯電話を持っていた。

あのころは気づかなかったが、ぼくらはひとり残らず、人類文化史上最大規模の社会実験に夢中になって参加していたのだ。実験の意図についても、意図せざる結果についても、てんで考えることなく。

*

昨夜はまるで、空がかんしゃくを起こしたみたいだった。あたかも、天然素材と見まがうプラスチック建材の氾濫に気づいた神々が、人類に厳罰を下さんとしたかのごとく。小屋へ移ってはじめて経験する本格的な嵐に、ひと晩じゅうまんじりともしなかった。それでも、屋内は子宮のなかのようでもあり、けさ起きだしたときは、なぜか疲れよりも、嵐の生命力を身のうちに感じた。

湧き水をくみにいくと、カスリーンが家から出てきて、「ゆうべから電気がつかないんだけど、あんたのとこはどう」とたずねる。電気がつくかつかないかを、当然ぼくが知っているものと思っているのだ。テクノロジーをめぐる選択について、朝っぱらから深い話をするのもためらわれ、「いま起きたばかりでわからないなあ」ととぼけておく。そうこうするうちに、いつもどおり近所の人が水場に集まってきて、口々に「うちも停電だ」と言う。

このあたりではほとんどの家が、電気でくみ上げた井戸水を屋内のタンクに貯め、これをストーブで熱して各部屋のラジエーターに送っている。つまり、停電が解消するまで、温水シャワーもお湯も部屋の暖房も使えない人が多い。自治体による復旧作業に、数時間か、ひょっとしたら数日かかるかもしれない。公共サービスの提供に関して、アイルランドの農村部が優先的に扱われることは、けっしてない。

きょうは冷えこんでいるから、カスリーンやパッキーのためには早期の復旧を望む。だが反面、ホッキョククジラ、ホッキョクギツネ、シロイルカのためには、このままずっと電気が通じなければいいとも思う。

*

ハーレーダビッドソンが、SUVが、キャンピングカーが、ディングル半島西端の曲がりくねった細い道を馬の速度で駆けていく横を、カースティと二人で歩きだす。ダンキン村まで二〇キロの道のりだ。アスファルトの下の地面は、ブラスケット島民の足裏や深靴の鋲底《びょうぞこ》を、いくたびとなく受けとめたことだろう。ふとした沈黙の瞬間に、市で入手した塩を荷馬車のうしろに積んで家路をたどる島民の姿が目に浮かぶ。

きょうの午後、ぼくらは親指に休暇をやる。難なく歩いていける距離だから。いまのモバイル世代には古臭く映るほど、場所との結びつきが強かった人びとにとって、日々の生活がいかなるものであったかを、ぼくは体で感じたい。この長い山道を、さわやかな午後に一度かぎりの巡礼として歩いたわけではなく、生きのびるために不可避の手段として歩いた人たち。ぼく自身、モーターのついた乗り物を持たずにアイルランドのへんぴな農村に暮らしているから、雨や雹《ひょう》にふられたとき、暗やみに包まれたとき、かの人びとがどんな気持ちになったかがわかるし、バラ色の冒険の裏側を見とおす——努力をする——ことができる。

西方へ、パーティアニマルの街を離れ、本物の動物がいる方角へ歩を進めるにつれ、道路もだんだんと静かになる。車は速度を落とし、十分な間隔をとって、ぼくらを追いこしていく。ハンドルをにぎる手を上げてあいさつしてくれる人もいる。ハイカーに対する無言のハローといったところで、どんな旅人のうちにも古《いにしえ》の感覚が眠っているあかしだ。ぼくらが会釈を返すと、フロントガラスにへだてられた者どうしのあいだにさえ、まぎれもない心の温かみと気づかいが通いあう。

途中、ヴェントリー村出身の著名なゲーリック・フットボール選手パディ・オシェーゆかりのパブに寄って、水分補給する――利尿剤としても知られる黒ビールで。島の人たちだって、もしも当時〈パディーズ〉が存在したなら同じようにしたはずだから、ビールに文句をつける筋合いはない。ここで知りあった二人連れの村の男が、ぼくらの荷物をダンキンのパブ〈クルーガーズ〉まで運んであげようと言う。かつて島民らも、愛する人びとを悼《いた》んだり、告解火曜日［キリスト教の四旬節前日の祝祭日］には半見合い結婚を祝ったりしたであろう店だ。男たちもこれからそこへ向かうところだった――つまり、車の運転にさしつかえるほど酔わぬうちに。カースティは喜んで、財布も身分証明書も着替えも入ったバックパックを、初対面の二人にあずけてしまう。だが強情なところのあるぼくは、親切に感謝しつつも、自分の荷物は全行程にわたって自分でかついでいかなくちゃいけないと思う。彼らと握手を交わし、〈クルーガーズ〉でまた一緒に飲もうと約束して別れる。

ぼくのグラスがほぼ空になったころ、離れたテーブルで電話が鳴りだす。男たちの片割れが別の友人に、山道がひどい霧だからぼくらに知らせてやれと電話してきたのだ。カウンター席にいる誰それの車に乗せてもらうといい、どうせ同じ方角なんだから、とすすめているらしい。いつの間にか電話機を手渡されており、一瞬、信念を傷つけられたような妙な気分を味わう。二度と電話を使わないと誓ったぼくだ。それでも、イデオロギーにしがみついて初対面の相手の親切を拒むなんて、まちがっているし、バカげている。そこで、何か月ぶりかで電子機器越しに人間の声を聞いた次第。男に礼だけ言って、残りの道のりも自分たちの足で歩く。霧に閉ざされていようと、いなかろうと。

男の話はうそでなかった。懐中電灯や、反射材つきの安全ベストなど、いまや夕暮れに歩く人の必需品となった装備を、ぼくらは何ひとつ持ちあわせない。だから感覚を研ぎすまし、さびれた山道をたまに車が通るたび、側溝《そっこう》へ退避してやり過ごす。雨はふっていないのに、あまりの霧で服がしめってくる。不思議と気分は爽快だ。通りかかった車の女性が乗りませんかと声をかけてくれるが、ぼくらの意向に理解を示して走り去る。暗くなる前に、〈パディーズ〉にいた男たちとめでたく乾杯。うちのひとりは最初、自分の忠告が聞きいれられなかったので、すねていた。

〈クルーガーズ〉の壁のあちこちに飾られた古い写真に、昨年来むさぼり読んでいる作家たちの姿を発見する。とはいえ、パブが郷土ゆかりの人物の写真をかかげるのは、別段めずらしくもない。『ライアンの娘』、『遥かなる大地へ』、『スター・ウォーズ』など、この地域でロケのあったハリウッド映画に出演した、地元俳優の写真も何枚か。でも、ヴェントリー村の〈パディーズ〉とちがって大物スターは見あたらない。聞くところによると、トム・クルーズはここでニコール・キッドマンと出会ったのだとか。また、ブレンダン・ビーアン［反英活動歴で知られた劇作家］が初代店主のクルーガーを訪ねてきてはカウンターで酔いつぶれていた、とも。ブラスケット諸島に属する小島イニシュウィカローンをタダ同然で購入した元アイルランド首相のチャーリー・ホーヒーもこの店の常連で、近年もっとも腐敗した政治家として国じゅうに悪名をはせた彼のことを、地元の人びとは「実に愉快《クラック》で愛すべき男だった」と懐かしむ。こうした話が全部本当だったとしても、それを店の売りにする気はさっぱりないらしい。

〈クルーガーズ〉でビールを飲み干し、男たちに別れを告げ、日の出まで横になれる場所を探しに出る。裏窓からのぞき見た島は神秘的な濃霧におおわれていた。翌朝目ざめて対面する島が、チェ・ゲバラ［ラテンアメリカの革命家］のあの有名な顔のように、都合よく切りとられて包装され、毒気を抜かれ、商品としてぼくのような観光客に売りつけられる、そんな場所ではないことを願わずにいられない。

*

次にまた水をくみにいくと、カスリーンが「うちの電気はついたよ」と教えてくれる。アイルランドの農村部に電力が行きわたる前の時代に育った彼女には、一日ぐらい洗濯機やテレビが使えなくたって、おおごとではない。その一方で、電力に頼る設計の住宅に住んで久しい以上、いま電気が数週間止まったら、電気のまったくなかったころよりも、はるかに不便な生活を強いられることだろう。電気への依存は実生活上の側面にとどまらず、心理的・情緒的な面にもおよんでいる。

しばしカスリーンと話しこむ。このあたりの土地もイグサの藪《やぶ》が目だつ。以前はこんなふうではなかった、わりあい最近まで、見わたすかぎり良質な牧草におおわれていたのに、と彼女（ただしそれも、木々が伐採されつくしたすえの風景なのだが）。

原因については諸説ある。周辺の微気候が近年変わってきて、湿気が多くなったからだ、と言う農家もいる。カスリーンは、自分たち夫婦も含めた耕作のしかたのせいだと見ている。昔の農家は牧草の刈り入れを年一回おこなう習いだったが、いまでは年に二回。生態学者も指摘するとおり、この慣行は、全国的にウズラクイナやシャクシギの個体数激減を引きおこした。ぼくが思うに、イグサが繁茂したのは、トラクターの重みで土壌が踏みかためられてしまったせいではないか。ただでさえこのあたりは粘土質土壌で、水はけが悪いのに。何が原因にせよ――おそらくいま述べたすべてがあいまっての結果だろうが――生業としての農耕は、ウズラクイナと同様、当地を含む各所でもう生き残れなくなるかもしれない。土地をひとつの生物共同体とみなす考えかたを、農家が取りいれぬかぎりは。まあ、それも悪いとばかりはいえぬ。イグサは、ひょっとすると先駆種《パイオニア》なのではあるまいか。増えひろがって人類を駆逐し、減少したほかの生物種が生きやすい環境をととのえ、風景に多様性と野性をじょじょに取りもどす役割を担う、という意味で。

　あれこれ話しているうちに、大瓶があふれていた。水をじかに飲もうとかがむ。口のなかに勢いよく流れこんだ水があごひげを濡らすとき（ここ一〇週間ほどひげをそっていない）、どこまでが泉で、どこからがぼくなのか、一瞬わからなくなる。口いっぱいに含んだ水は、南下し、ゆっくり蛇行して、血管や皮膚や膀胱へと流れていく。いまのぼくの暮らしでは、わが身の健康と泉の健康とが相互に依存しあっている。隣人が農地に殺虫剤や除草剤を散布し、薬剤が湧き水に混入すれば、ぼくは中毒を起こすわけだから、わが運命と、虫や魚や鳥や哺乳類など野生動物の運命とは、分かちがたく結びついている。

立ちあがって歩きだそうとすると、車が停まり、近所の農夫が水をくみに降りてくる。よい兆候だ。「週末の試合は最高だったな」と話しかけられる。ぼくはいったん持ちあげた大瓶をまた下ろし、何事も急ぐ必要はまったくないのだぞ、と自分に言いきかせる。

*

火曜の夜は〈ホロハンズ〉。ノックモイルから東へ七キロ、由緒あるアビー村にひっそりと建つ、小ぢんまりしたパブである。今宵のように晴れた夜、自転車で往復するには気持ちのよい距離だ。広々した空に散りばめられた星座のあいだを天の川が流れ、北極星はぼくの左をずっとつき従ってくる。道中、一台の車も見かけなければ、エンジンの音も聞こえない。生きている喜びをかみしめる。

店の外に駐輪し、鍵はかけない。愛車をながめつつ、こいつすらもぼくにとっては速すぎるようになったなと思う。歩いてきたら、さらに魅力的な道行きだったであろうし、静けさに圧倒されたことだろう。なかへ入ると、あるじのトムが黒ビールの注ぎ口のそばでうなずき、指を二本上げて見せる。ぼくは親指を立てて応じる。一杯はポールのため——のつもり——だ。彼はアビー村をはさんだ向こう側に住んでおり、ぼくらは毎週、この中間地点で会っておしゃべりとチェスをする。

ぼくらはひとつ取り決めをしている。母親の危篤か、足を骨折したのでないかぎり、かならずやってくること。直前になって約束を変更する手段はないのだから。一杯目が空になってもポールがあらわれないので、持参の本を取りだし、彼のぶんのグラスに手をつける。直前のキャンセルはぼくに伝えようがないし、彼の身に何か起きたかをぼくが知るすべもない。彼の母さんと両足がピンピンしていることを願うだけだ。

　田舎のパブで読書するのはむずかしい。人なつこい客たちが放っておいてくれない。カウンターの女性が、ここのような村を取りまく状況の変化について常連客と話している。「イングランドのニュース番組で聞いたけれど、あちらでは年に二〇〇軒のパブが廃業しているんですって」。ぼくらの農場から半径一〇キロ圏内でも、ここ一〇年のあいだに五軒のパブが店をたたんだ。大酒飲みとはいえないぼくでも、アビーのような村にとってパブの存在が重要なことはよくわかる。日曜朝の教会をのぞくと、今日残された数少ない社交場のひとつである。パブが一軒残らず姿を消したとき、村に残っていた若者も都市へと去っていく。若者が都市へ去ったとき、村自体が緩慢な死へ向かい、小さな家々は荒れ果て、トラクターは大型化する。カウンターの女性がこぼす。「うちのような店はもうすぐ、無料のタクシーを導入せざるをえなくなりますよ。スーパーで安いワインを買って飲んでいる人たちを、家から誘いださないとね」

　依然としてポールのあらわれる気配がないため、今夜は切りあげることにする。帰りしなにトムが念を押す。「来週は伝統音楽のセッションがあるよ」。「じゃ、またその日に」。入れちがいに来店した老人が、まだカウンターにたどり着かぬうちにもう、いつも腰かける席の前にはウイスキーが置かれた。

＊

図書館に来たのは何年ぶりか。閲覧席で、請求した数冊の本から走り書きのメモをとる。ここから見える二四人の利用者のうち、二一人が電子機器――ノートパソコン、タブレット、スマートフォン、デスクトップ端末――のキーをたたいており、ほかの二人が新聞を読んでいる。本に向かっているのは、ぼくをのぞくとひとりだけ。デスクトップ端末が備えつけられた座席以外も、机の天板にはコンセントの差込口が二個ずつついている。

階段をのぼって二階へ。足を曲げ伸ばししたかったのと、もう絶版になった本を探す目的もあったのだが、こちらは見つからず。ずらりと並ぶ書棚のあいだに、ほかの人影はない。バルコニーから階下のまばゆさを見下ろし、「つながりあった世界」がますます断絶を深める様子を目のあたりにする。

＊

ここいらにはハリエニシダが多い。この植物が好む気候や酸性土壌に加え、近隣住人から向けられる憎悪の念すらも糧《かて》として育つかのように。その嫌われぶりは理不尽なほどで、なぜそこまで敵視されるのか理解に苦しむ。たしかに、あっという間にはびこりがちだけど、毎年二月から五月にかけて咲くあざやかな黄色い花は、なだらかな緑の丘を美しくいろどり、晴れた日にはココナッツのような甘い香りをただよわせる。各家庭でワインを仕込む習慣がいまも残っていれば、この花の恵みをひと瓶空けるあいだに、エニシダを見る目も変わっていただろうに。

　緑と黄色の丘の上に、どこまでも深い青が広がっている。ハリエニシダの花摘みにうってつけの日だ。三人そろってバケツを手に、土地の人が「毛だらけの細道《ポーリーン》」と呼ぶ小道へ。もさもさに茂った生け垣《ヘッジロウ》と苔むした石垣からついた名だ。道幅は一台の馬車がやっと通れる程度。絵に描いたような緑の草の帯が中央に伸びていて、不思議と心が安らぐ。三〇リットルのワインをつくると決めたので、およそ二二リットルの花を摘むことになる。タンポポの花やオークの葉とちがい、ハリエニシダの花はひとつひとつが小さいから、そんなにたくさん集めるのかと思うと、最初はちょっとひるんでしまう。

　とげだらけの灌木《かんぼく》を扱うのは、集中力を要する。手っとり早くやろうとすれば、たちまち注意を受ける。ゆっくり落ちついてやりなさい、と。午後いっぱいかかる単純作業だとわかっているので、目の前の仕事に没頭しようと努める。顔じゅうに日光を浴び、鼻孔はココナッツの香りに満たされる。とげに刺された指先がヒリヒリ痛む。周囲を飛びまわる虫たちの、風変わりで派手派手しい姿形に目を奪われる。どの虫も自分の仕事に専心している。ぼくらは談笑しつつ手を動かす。バケツがいっぱいになるまでにどれだけ時間がかかるか、あまり考えすぎぬように。

　農場に戻り、近くで拾いあつめた枯れ枝でロケットストーブに火をつける。煤《すす》けた大なべに水三〇リットルを入れて火にかけ、沸騰したら、花の入ったバケツに注ぎいれる。このまま数日放っておき、成分が抽出されるのを待つ。きょうのところはこれにて完了。報酬は八月になるまで支払われないけれども、割《わり》はよく、楽しい仕事だ。仲間とともに得た成果を、仲間とともに消費することになる。

*

バーチャルな世界と手を切る前日、アドレス帳に登録してある全員に電子メールやショートメールを送り、ここの住所を伝えた。ほとんどの「友だち」はぼくがどこに住んでいるかを知らないことに気づいたから。事前連絡なしにわが家を訪ねてきても歓迎する、ぼくの祖父母にとってはそれがふつうだったはずだ、と書きそえて。

プラグを抜く前に、五人ほどが折りかえし自分の住所を知らせてきたのを、小さな青いハードカバーの住所録に書きとめた。これが最後に残されたこの人たちとの接点だから、もう一枚、紙に控えをとっておく。でも、親しい友人の何人かがまだ返信してこないうちにログアウトするときが来たので、三月の雨模様の月曜日、ブライトンのどこかにいるエミリー、フィンランドのどこかにいるマリ、フランスのどこかのアデライン、ブリストルに近いどこかのエリック、知らない地のどこかのマーカスを思って、ぼくの心はさまよう。もう、これらの友に連絡をとる方法はない。向こうから連絡してこないかぎりは。連絡があるとしても、何年後になるか。誰かが死んでしまったとしても知らずにいるかもしれないのだ。悲しく、落ちつかない気分。

ある火曜日の朝。友だちが二人、予期せずして戸口にあらわれる。二、三日か、ことによると一週間滞在すると言う。いまの時季、片づけなければならない仕事で忙しいのにな。つい、いらだたしさをおぼえずにいられない。例のメッセージを送信して以来、友人や知らない人がちょくちょく訪ねてくるようになり、ときに日常の仕事にもさしつかえるほどだった。しかしそこで、母さんに聞かされたぼくの祖父母のことを思いだす。祖父母が肩に負っていた責任はぼくより重く、皿の中身は軽かったではないか。その日一日を友人らとともに過ごし、会わずにいた期間の積もる話や事件や苦労を語りあう。

水曜の朝。夜明け前から仕事にかかる。誰かが起きだすまでに、どうしてもやらねばならない作業だけは済ませてしまいたい。ところが、移植ごてを手にするかしないかのうちに、友人らも外に出てくる。二人が早起きなのを忘れていた。「なんでも申しつけてくれ、手伝いに来たんだから」。そうだったのか。ぼくらはおしゃべりしながら雑草を抜き、だぼらを吹いては笑いあう。いよいよ腹が空いて動けなくなるまで。

*

母さんと父さんの声を三か月聞いていない。一人の声はおそらく、ぼくが生まれて以来ずっと変わらずそばにあった唯一のものだが、それさえも、いまはごぶさただ。この生活のリズムがようやくつかめてきたので、そろそろ二三〇キロの道のりを両親に会いにいこう。以前はよくヒッチハイクをしたぼくも、五年前にバンを買って以来、その便利さに冒険心をそがれてしまった。図らずもチャリティーショップ「慈善団体が運営するリサイクル店」の存在が、服づくりを覚える意欲をぼくから奪ったのと同様に。もう一度ヒッチハイクの冒険を味わいたい気持ちがうずく。何の計画も期待も持たずに歩きだし、そういう姿勢でいるとなぜかしばしば起きる魔法に――あるいは、そういう姿勢を忘れたときにおちいる憂鬱きわまる状況に――身をゆだねてみたい。

小ぶりなバックパックをそれぞれに背負ったカースティとぼくは細道《ボーリーン》をぶらぶらと下りていき、突きあたりの細い裏道で、文明の方角へヒッチハイクを開始する。数週間というもの、足を向けていなかった場所へと。三キロばかり歩くと、はじめて車が通りかかる。車を停めた女性は、すぐ隣の家に行くのだと済まなさそうに言い、ぼくらは礼を返す。さらに半キロほど下ったところで二台目の車に拾われ、最寄りの村のカイルブラックまで同乗させてもらう。カイルブラックから幹線道路に沿って進めば、いちばん近い町のロッククレーがある。

この幹線道路は、アイルランドのそこそこの田舎道にしては往来が激しい。使うのはおもに通勤者で、ここを通過してロッククレーか、さらに三五キロ先のゴールウェイ市まで仕事に行く。ここでは、高くかかげたぼくらの親指の前を、三〇秒に一台のわりで（ラッシュアワーなのだ）車が通りすぎるのを見送りつづける。半時間ほどたって、ついに拾ってもらえた。

ゴールウェイ市北部を走るN17号線では、たえず車が流れているというのに、午前中の半分を同じ場所に立ちん坊してついやす。かのガンダルフ「トールキンの『指輪物語』に登場するよい魔法使い」でさえ、ここでは魔法の力を奮いおこすのに苦労したにちがいない。都市に出たのは大きなまちがいだった。が、また小さい町や村に入るや、今度は、乗せてもらった人に礼を言ってさよならをゆっくり交わす間もなく、次の車に拾われるといった具合。

バリーシャノンに到着するまで、実にさまざまな人に拾ってもらった。ミュージシャン、セールスマン、陸軍を除隊したエンジニア、シン・フェイン党の政治家、会計士、サッカー選手。その全員に唯一共通する点といえば、みずからも過去に何年もヒッチハイクをしていた経験だった。そのうちのひとりに「ヒッチハイカーに会うなんてひさしぶりだ」と懐かしがられ、互いの若かりし日の思い出を語りあう。道路脇に六、七人のヒッチハイカーが列をなしていることさえあった。仕事に行く人、親戚を訪ねる人、その他、ここでないどこかへ行く人――。一二歳のぼくも、その列のなかにいたのだ。別の男性は五キロも遠回りをして、次のヒッチハイクに適した場所までぼくらを連れていってくれる。こちらはいちおう礼儀として――本心はともかく――固辞したにもかかわらず。

かつて、ぼくがお金を使わず暮らしていたころ、車に乗せてくれた男性（たしかジェリーという名だった）は、ポートリーシュ刑務所を出所したばかりだと話していた。暴行罪で二年の刑期。ポートリーシュといえば、よほどの荒くれ者が行くところである。一時間以上、移動をともにするあいだ、身の上を語りあった。彼の話は、ぼくのよりも興味ぶかかった。別れてから、ステンレス製の水筒を彼の車に置き忘れたことに気づく。他人が見たらほとんど価値のない水筒だけど、カネなし生活の話を聞いた彼は、大切な持ち物だと理解してくれた。だが、しかたがない。ぼくはヒッチハイクをつづける。それから四五分、車二台に短距離を乗せてもらったあとのこと。先ほどのおんぼろフォード・エスコートが、曲がり角で急ブレーキの音をたてたかと思うと、こちらへやってきた。水筒の置き忘れに気づいたジェリーは、ずっとぼくを探しまわっていたのだ。ぎこちなく彼を抱きしめたあと、ぼくらはまた別の道へと出発した。
最後に乗せてもらった車をバリーシャノンで下りたとき、すでに午後も半ば過ぎており、母さんはぼくらのために昼食を用意して待っていた。正午から、まだかまだかと、玄関を出たり入ったりしていたという。両親の顔を見るのは格別な気分で、その晩は暖炉のそばで、過去三か月に起きたもろもろを報告しあって過ごす。

*

暖かく乾燥した天気が一週間つづき、水仙もハリエニシダの花もぼくも「やれやれ、これで春が来た」と油断していたら、遠路シベリアより「東方の野獣《ビースト・フロム・ジ・イースト》」と英国の新聞が呼ぶ寒風が到来し、生まれてこのかたアイルランドでは見たこともない豪雪をもたらした。石垣に吹きだまった雪は、羊の背丈にも達する。混じりけのない美しさで、思わず雪だるまや「マイルドな手投げ弾」をこしらえずにはいられない。雪はすべてをおおい隠す。ただし例外は、ふだん秘密裏にくりひろげられるキツネその他の動物たちの冒険で、夜ごとの動きが、ぼくごときの鈍い目にもありありとわかる。手のうちを見せてしまったシカは、いつか高い代償を払うことになるかもしれない。昔の狩猟採集民は現代人のぼくとちがって、動物の行動パターンを理解するのに雪など必要としなかっただろう。十分に機能する五感と、ぼくが継承しそこねた種類の知性とを、兼ねそなえていた人たちだ。

この世のできごとは大小を問わず、かならず何かしら——同じく大小を問わぬ何物か——に有利にはたらく。である以上、よい悪いの区別は、つねに主観の問題にすぎない。雪に閉ざされた農場は、ぼくには魅力的に映るけれど、かつてブラスケット島民がぼやいたとおり「景色のよさだけでは食っていけぬ」のだから、シカにしてみれば災難かもしれない。時期の遅い降雪は、よりによって寒さから身を守る体脂肪が減ったところに、エサの入手がむずかしくなることを意味する。

北欧なら、こんなのは冬の終わりのおだやかな一日にすぎぬだろうが、アイルランドでは世界の終わり《ハルマゲドン》だ。近所の人たちの話では、二日つづけて雪がふっただけで、ダブリンではスーパーの商品が奪いあいとなり、ブルドーザーに突入された店もあるとか。ぼくらは笑う。でも、今後予想される「気候カオス」のせいで、数日間の人雪どころでない異常気象が起きたらどうなるやら。

火曜の夜なので、アビー村のパブ〈ホロハンズ〉まで、七キロの雪道を歩いていくことにする。場所によっては雪がひざの高さまで積もっている。郵便業務が止まったため、キャンセルしようにも手がないし、キャンセルしたいとも思わない。誰もが暖炉——あるいは少なくとも暖炉を模したガスヒーター——のそばを離れたがらぬ今夜は、家を出て帰ってくるまでずっと道路を独占できるのだから。道の真ん中の、いまは見えなくなった白い中央線の上を、吹雪をついて歩く。

パブにたどり着くころには、あごひげがパリパリに凍っていた。ポールも来ていて、互いにおどろきあう。パブのあるじのほか、店内にはぼくらだけ。歩いてきたぶん、よけいに暖炉脇の席が居心地よく見える。

三日後。予定外の休暇から復帰した郵便配達員が、友人の手紙を届けてくれる。「野獣」到来の前日、彼女が近所のスーパーへ行ったら、棚が空になったパン売り場で友だちと遭遇した。途方に暮れた様子なので「パンならわたしが焼いてあげる」と申し出たところ、「いいえ、欲しいのはスライスパンなの」との答え。ナイフも貸しましょうかと言ってやりたかった、とその友人。パンが品薄になるかたわら、小麦粉の棚には商品があふれていたという。

別の友人の話では、雪が特に激しかった一時、ダブリンではスライスパンを一個一〇〇ユーロでオンライン販売する人たちさえあらわれた。インターネットから足を洗って正解だったな。

＊

今年もマスの漁期が訪れた。過去六か月のあいだ、マスはアイルランド国家の法的庇護下に置かれていた。同じく国の法的庇護のもとにある工業・農業上の慣行のせいでマスは、いまや保護が必要なほどに生息数を減らしてしまったのだ。一月末にマスを釣って家族に食べさせるのは、もはや基本的人権ではない。人類が基本的人権なるものを考案する前はそうであったのに。

マスには敬愛の念をいだいている。マスという生き物自体に対しても、その気質、上品さ、そして、ごくたまに食べる機会があった際、体にみなぎってくる生命力に対しても。かつては、愛する対象を殺そうとするなんて、「バカげてるよ、矛盾してるしグロテスクだ」と考えていた時期もあったが、いまは実に自然な行為に思える。なぜかと問われても、わからない。だけど、自分がよりどころとしない何かを、真の意味で愛することなど、はたして可能だろうか。人が守ろうとするのは愛するものだけだし、守るために命を投げだす覚悟がないなら、本当に愛しているふりなどしてはいけない。これに類する信条は、土地に根ざした先住民のあいだでは広く見られる。動物にせよ植物にせよ生き物の命を取るからには、その「種族《トライブ》」の安寧に対する責任を引きうけねばならないし、その生物種と生態系とを守る責任を（必要とあらばみずからの命尽きるまで）負わねばならない。すなわち、ヒトも含めたあらゆる種の運命は互いにつながりあっているとの認識である。

釣りざおと毛鉤《けばり》を持って自転車で出かける。夕方まで釣りだ。まず、新しい釣り糸を近所の釣具屋で手に入れなければ。

二〇代はじめの自分をふりかえると、自尊心の源はおもに「どれだけ多くカネをかせいだか」であった。ぼくらみんながそうだった。釣具屋で、一二ポンドのモノフィラメント糸――合成繊維でできた使い捨ての安い工業製品――をひと巻き買うために並びながら、最近では「必要とするカネがどれだけ少ないか」が自尊心の源になっていることに気づく。春になってイラクサが生えてきたら、繊維をとって釣り糸を自作したいが、それまでは妥協するしかない。

釣具屋を出て南西方向の川へ向かう。体がタンパク質を欲している。三か月前、それまでふつうに食べていたタンパク源——ひよこ豆、ピーナッツバター、タヒニ［生ゴマのペースト］、ライ豆など、輸入物のビーガン向け食品の定番——を断ち、代わりにとることにしたのが、まさにいま釣れずにいる魚だ。子どものころ以来まともにマス釣りをしていなかったので、当然といえば当然。三時間たっても、まったくアタリがない。それでも、必要にせまられている以上、投げだすわけにはいかない。マス釣りにはまだ気温が低すぎるのか、毛鉤の選択がまちがっているのか、回転式のスピナー［疑似餌の一種］を使ったほうがいいのか、水深の問題か、あるいはもっと別の「やってはいけない二〇のこと」のどれかをしでかしているのだろうか。ぼくは学ぶ必要がある。そして断食する必要も。午後の釣り（釣り針投げ、と呼ぶべきか）は楽しく、心の栄養になったのはたしかだが、体の栄養にはならない。

さしあたり学んだのはこう。川を知らずして魚の釣りかたを覚えても意味がない。川を知るには時間がかかるのだ。忍耐を忘れてはいけない。こういう晩には考えてしまう。四年間も大教室にすわって金融経済を学んだりせず、外に出て本物の経済を学んでおけばよかったのに、と。

＊

いましがた、興味ぶかい統計値を教わった。人は一日に平均二五〇〇回、携帯電話にさわるらしい。インターネットがなくて数字の典拠は確認できないけれど、街で、カフェのテラス席にいる人、道を歩く人、バスに乗った人を観察すれば、特に疑う理由も見あたらない。友人の話では、ベッドや風呂場でケータイを使う人もめずらしくなくなったそうだ。

　ぼくはベッドの横にロウソクを二本灯す。今晩はマッサージの日。なるべく週に二度、マッサージの時間をつくるようにしている。カースティの首から、ゆっくりと肩、背中、お尻、太もも、ふくらはぎ、足へ。半農半ダンサーであるカースティの腰は、つねに集中ケアを必要としている。タントラの影響を受けたぼくらのマッサージは――心がどこかよそをさまよっていないかぎり――しっかり力をこめた身体マッサージであると同時に、官能的な触れ合いでもある。

　終わるまでに彼女は半ば眠ってしまうので、ぼくはロウソクを吹き消し、ふとんにもぐりこむ。

＊

　学校では平均的な生徒だった。小学校ではそこそこ優秀な成績をおさめたが、地元の中高一貫校へ進む奨学金（教科書代の全額免除は当時としては大きい）を獲得したあとは、急速に学業への関心をうしなっていく。

　ときは一九九二年、すでにアイルランドの近代化がはじまっていた。あのころのぼくは政治的な動きや思惑など何もわからなかったけれど、いま思えば学校のカリキュラムにも、この新しい奇妙なアイルランドを形づくるイデオロギーが色濃く反映されていた。英語の授業で習ったパトリック・キャヴァナの詩と、「ペガサス（Pegasus）」で魂《ソウル》（ここでは自分の馬にたとえている）を悪魔に売りわたすなと高らかに警鐘を鳴らすキャヴァナとは、まるで別人のようだ。

「ソウルよ！」おれは祈る。
「教会とお国とさもしい商売からなるこの世界で
さんざんおまえを売り歩いてきたおれだが、
今宵、端綱《はづな》を解いてやったが最後、
こんりんざい二度とおまえを縛りつけはしない。
溝を踏みこえて南へ行けば
陽光ふりそそぐ草地が待っている。
この世界との値段交渉は、もうやめだ……」

そう語りかけると、彼の背に
みるみる翼が生えてくる。さあ、その背にまたがって
わが想像力のおよぶかぎり、どこまでも行こう。

ぼくらが授業で習ったのは、憂鬱を詠《よ》んだ陰気なキャヴァナ。たとえば「石だらけの灰色の土(Stony Grey Soil)」でこの農民詩人は、アイルランドの農村に向かって「おれの若さを盗みだした金庫破りめ！」と嘆ずる。学校で教わったことはほとんど忘れたいまでも、なぜかこの一節は頭にこびりついて離れない。

一七歳で卒業資格試験にのぞむころ、いささかなりとも関心を持ちつづけられた教科といえばビジネスと経済学だけ。このふたつは、教師の見解に異論を述べて教室を追いだされたにもかかわらず――ひょっとすると、それがゆえに――他教科より成績がよかった。ほかの生徒と同じく、何をして生きていきたいかなど、まだわかっちゃいない。が、ほかの生徒と同じく、どれかしらの進路を選ぶようせまられる。ベルファスト「英領北アイルランドの首都」のＩＴ学士課程から入学許可が下り、仲のいい友人五人もそこへ行くと決めていた。しかし最後の最後になって、ぼくはゴールウェイでビジネスと経済学を学ぶことにした。そのとき、なぜそちらを選んだのか自分でもわからなかったし、その後の人生にどんな影響をおよぼすのか、もちろん予測できたわけがない。ただなんとなく、直感に従ったまでだ。

*

毎月、第二火曜は〈ホロハンズ〉で伝統音楽《トラッド》セッションがある日。ギリスと一緒に、湖から自転車で帰宅する途中に立ち寄る。午後九時半開始のはずだが、こうした場には定刻を軽んじる健全さがある。壁の時計が一〇時をさすころ、常連客のひとりが登場。ふだんは隅っこの席にいて無口な男だが、今宵アコーディオンをかかえてあらわれるや、パブにいる全員の視線が一斉に注がれる。総勢八名のミュージシャン――ギター、フィドル「バイオリン」、ティンホイッスル「アイルランドの縦笛」、バウロン「アイルランドの片面太鼓」、およびシンガー――がつづけざまに到着し、思い思いの飲み物を前にテーブルを囲む。ミュージシャンらがアコーディオンのほうを一瞥《いちべつ》する。彼がウイスキーをひと口すすり、うなずき返すと、いざ音楽スタート。それから三時間、八人がそれぞれにくりだす音で、ひとまとまりの長く美しい調べが織りあげられていく。その場をつかさどるのはただ、慣例と、伝統と、いつの世にもつかみどころのない楽才の芽生えのみ。

　音楽がはじまってほどなく、満面の笑みをたたえた若い女性二人とその母親（店主の親戚）が両手にアルミ皿をかかえて店に入ってくる。静かにカウンターの奥へ消えたかと思うと、すぐに、小さな三角形のサンドイッチを盛りつけた大皿をフロアへ運んでくる。サンドイッチは無料だ——との言いかたは、その行為の精神を侮辱することになろう。代金をとるなんて考えは、彼女たちの頭をかすめもしない。ごく当然のことをしているつもりなのだ。腹ペコだったギリスとぼくの目が輝く。ぼくらは正当な分け前以上のサンドイッチをほおばる。だがギリスははじめてのトラッドセッションをあきらかに楽しんでいて、ぼくらはビールも正当な分け前以上に飲むだろう。たしか一杯だけと言って寄ったはずだが。

　リール［テンポの速いダンス曲］を何曲か演奏し終えるたびに、ミュージシャンのうちのひとりか、バーカウンターにいる誰かが歌いはじめる。このときだけは店内が静まりかえり、うっかりしゃべろうものなら、たちまち制止される。陽気な歌もあれば、郷愁や哀調を帯びた歌もあり、歌い終わるとかならず、ひとしきり温かな拍手が鳴りひびく。

　セッションが終わりにさしかかるころ、ぼくらは帰途につく。あとひとっ走り、ベッドへとつづく上り坂だ。

＊

昼食どき。空気中に雨の気配を感じる。残りの木も濡らさぬうちに屋根の下へ移動してしまいたいので、食事にのんびり時間をかけてはいられない。

ヤナギのかごをつかむと、サラダを調達しに外へ。野生の食材探しには、ちょうどよい季節だ。タンポポ（花も葉も）とイワミツバがもう顔を出している。どちらも雑草扱いされているが、非常に風味がよい。それに加えて、ラムソン、カタバミ、ギョクハイを取りあわせる。「空腹の季節」――英国やアイルランドではアブラナ科の冬野菜が終わり、根菜類のたくわえも尽きる、つらい時期――をもうじき脱するところで、菜園は空っぽに近いから、これら緑の野草の登場はありがたい。

とはいえ葉っぱと花だけでは夕方まで腹持ちしないため、生卵を三つ、マグカップのふちで割って丸飲みする。オーツ麦を一杯かっこむと、ふたたび戸外へ飛びだす。

三月のぬかるみに足を取られながら、本日最後の丸太を雑木林から差し掛け小屋へ運んでくる途中で、どしゃぶりにあう。ただでさえへとへとに疲れ、腹も空くし泥まみれのところへ、今度は全身ずぶぬれである。

大地に根ざした暮らしのドロドロぐちゃぐちゃの現実など知りもせぬ人たちから、ときどき、「あまり過去を美化するなよ」と忠告を受ける。お説ごもっとも。ただし、ぼくも言わせてもらおう。「そっちこそ、あまり未来を美化しないでよ」と。

*

規模と効率がすべての現代においては、ある場所が一夜にして様相を変えてしまいかねない。一週間近く散歩に出ていなかったが、そのあいだじゅう、近くの森で作業している機械の音が聞こえていた。この目で見たくない、見るのがこわい、という気持ちがどこかにあったのだと思う。ついに見る決心をした。古い門番小屋の角を曲がってみる（ここは目下、Airbnb《エアビーアンドビー》［世界最大の民泊仲介サイト］で旅行者に貸せるようにリノベーション中）。恐れていたとおりだ。当地に越してきて以来、ほぼ毎日犬を散歩させていた森が、姿を消していた。いとも、あっけなく。

国内の森林を管轄する半官半民組織「クイルチャ」はいま、ぼくの人生の一部となった場所の木をかたっぱしから切りたおしている。まったく予想外だったわけではない。いつか起きることだとわかっていた。結局のところ、そこは天然林ではなく〝樹木農場〟なのだ――少なくとも、向こうにとっては。その名にもかかわらず（クイルチャとはアイルランド語で「森」を意味する）、実際の業務内容は木材生産であって森林保護ではない。もろもろ考えあわせれば、ぼくがこの光景にショックを受ける筋合いはなかろう。それでもショックだった。ダマジカ、ワラジムシ、マツテン、ヒメトガリネズミ、アカリス、ヌカカ［体長一～二ミリの吸血昆虫］などの野生生物にとっては、ヒロシマへの原爆投下にもひとしく感じられたにちがいない。

何より恐ろしいのは、そのスピードである。ついさっきまでそこにあったものが、一分後には影も形もない。その汚い仕事を受けもつ重機は、映画『アバター』から抜けだしてきたように見える。どんな仕事でもござれ。木を切りたおし、枝を落とし、吊りあげて移動させ、積みかさねる。そのすべてを、あっという間にやってのける。人間は地面に足を触れる必要さえない。小回りのきかない掘削機などとちがって、人間の腕や手先におとらぬ器用さをそなえた機械だ。そのうちの一台が、樹齢二五年とおぼしきトウヒをわしづかみにするところを見た。まるで爪楊枝《つまようじ》か何かのようにヒョイと投げ上げ、受けとめ、持ちあげてトレーラーに載せるまでを、一気にこなす。そして、息を切らすこともなく次に取りかかる。情け容赦もない能率のよさ。ブルマーズを散歩させる小道沿いに、すでに数百本、ひょっとすると数千本ものトウヒが、きっちり積みあがっている。巻き添えを食って切られた木――在来樹のほか、こういう酸性土壌に育つ外来種のシャクナゲや月桂樹――を利用した軌道の上を、キャタピラー車両が効率よく動きまわる。

一〇メートル級の木々がクリケットの柱《スタンプ》に変えられていくのをしばらく見つめたあと、ふたたび歩きだす。ブルマーズの関心は、茂みのなかでかぎ当てたにおいのほうにあるようだ。ぼく自身もすぐに、この戦場の光景に慣れっこになってしまうにちがいなく、その点がいちばんつらい。哺乳類はみな、頃合いを見はからって脱出し、少なくともさしあたりはほかに行き場を見つけるはず。ただし、動物の生息域はますます狭まりつつあり、群れの数はつねにその範囲内におさまるよう調節されつづけるだろう。哺乳類以外の、われわれが存在に気づきもしなければ注意を払おうともしなくなった種族《トライブ》たちにとっては、世界の終わりも同然だ。

＊

カースティもぼくも、きょうは心身ともに疲労困憊《こんぱい》の一日だった。どんなドラッグであれ中毒状態から抜けだすのは困難を伴い、テクノロジー中毒も例外ではない。しょっちゅうあるわけではないが、今夜にかぎっては二人とも、のんびり映画でも見て疲れを忘れたい気分。もはや、それはできない相談だけれど。

あたりが暗い。ロウソクを二本灯し、ストーブの火の前で寄りそいあう。ポツリポツリと話もするが、ほとんどは沈黙したまま。やがて眠りが訪れ、明日になればまた別の一日がはじまるだろう。物事が全然ちがったふうに見え、感じられる一日が。たまにこういうこともあるとは覚悟していた。歳月がたつにつれテクノロジーの誘惑も薄れ、こんな夜は少なくなっていくと思う。オレンジに赤に燃える火が、ぼくらを眠りに誘いこむ。

＊

ダンキン村周辺の濃霧も朝には晴れていた。坂道をてくてく下って、島に関する博物館〈ブラスケット島センター〉へ。村では、センターについて宣伝らしい宣伝もしていないようである（ブラスケット諸島そのものについても同様）。宣伝が控えめなわりに、館内へ入ると予想外の充実ぶりにおどろく。島の――いまのところまだ古い写真で見ただけの――家々と異なり、建物自体は、ほかの博物館並みにバカでかく大仰だが。

二、三時間かけて展示を見てまわる。島民が使った道具についてメモをとり、石造りの民家の再現模型で室内を観察する。ロビン・フラワー（人びとから親しみをこめて「小さき花《ブローヒーン》」と呼ばれた）やジョージ・トムソンらの学者を紹介した解説文を読む。この二人の学者は、島の初期の作家たちを激励し、トマス・オクリハンが「もう二度と見られなくなる」と予言した暮らしの様子を記録させた。

島民たちの道具《ツール》（二〇世紀半ばまで「テクノロジー」なんていう語は一般に普及していなかった）が語る生活様式を、ぼくらの世代はいまや、とても不可能だと考える――人類を宇宙に送りだし、火星のように苛酷で不毛な惑星に住む可能性まで模索しているというのに。明かりには、ホタテの貝殻に魚油を入れ、皮をむいたイグサ（灯心草）をひたしたものが使われた。ほかに、麦ワラを縄になう単純な木製の道具、長い刃の片側に羽根状の突起がついた泥炭掘り用のすき「スローン」、海草を集める木製の熊手。ロバの背に取りつけて泥炭や海草を運ぶ、枝編みのかごもあった。

〈ブラスケット島センター〉から同じダンキン村のなかにあるフェリー乗り場まで歩く。よく晴れた午前なのに、行きあう人たちはみな車に乗っていて、ここよりもかせげる大きな町に向かうのだ。学校はまだ休みに入っておらず、旅行者はカースティとぼくの二人きり。乗り場へとつづく急坂を下りながら（島民たちもこの道を、羊を追い、友や親族の亡骸《なきがら》をかつぎ、あるいはロブスターやサバを馬車に積んで、いくたびとなく通ったことだろう）、眼前の景色に目を奪われる。大西洋に浮かぶグレート・ブラスケット島は、日なたぼっこをする巨大なクジラのようだ。背中のこぶが抜けるような青空と接し、東からの陽光に温められている。ここから全体を一望すると、島は威厳と自信にあふれ、尊大で、完全にひとりぼっちに見える。過去何千年来、その住民の誰もが、自力で生きるすべを心得ていた。

船着き場で小型のフェリーに乗りこむ。船員二人の本業は漁師で、フェリーは休日のアルバイトだよと言う。海が比較的おだやかな日であっても、海峡を越える際は船体が激しく揺れる。帆布を張っただけの手漕ぎ舟《ネイボーグ》を嵐の真夜中に漕ぐのは、泳げないことで有名な人びとにとって、どんな心地であったかと想像せずにいられない。

*

明け方の空が、赤やオレンジやピンクの階調に染まっている。そこでぼくは長靴をはき、天気がくずれぬうちに散歩に出る。「朝焼けは羊飼いの警報」ともいわれるし。散歩のときはたいてい何かしら探しつつ歩く。ベリーの実を、各種の葉を、明晰な考えを。あるいは、つね日ごろその声に耳をすますのを忘れがちな存在が、ぼくらに教えてくれることを。

「神をも恐れぬ時間《アンゴッドリー》」と称される早朝、朝まだきは、ぼくにとって何より神聖な時間だ。ほとんどの人がなぜ、この時間帯を、そしてこのような場所をも忌避するのか、ときどき首をかしげてしまう。人が来なくてありがたいと思わないでもないけれど。一方でまた、この眼前でくりひろげられる地上の栄華を、みなが目のあたりにし、神秘に驚嘆し、そこに連なるすべての存在を崇敬できたらいいのに、と願う。崇敬のしかたは人それぞれにちがっても。

かつてサー・トーマス・バーク［一九世紀の政治家］の屋敷の門番小屋だったという、パッキーの古家の脇を曲がりしな、丈高く伸びたイタドリの茎に引っかかった牧草用のラップフィルムが視界に飛びこむ。イタドリは、エキゾチックな鑑賞植物として一九世紀中葉にアイルランドに持ちこまれ、増えひろがってしまった多年生の外来種である。プラスチック製のラップは近くのサンザシの木にも、何やらいわくありげに巻きついていた。さらにしばらく歩いていくと、今度は、ほどけかけたラップのたばが側溝を詰まらせている。国内の他地域では、がんのチャリティーを支援するために農家がピンク色の牧草用ラップを使いはじめたが、このあたりではまだ昔ながらの黒色で、がんのような代物だ。

向こうで農夫が呼んでいる。仔牛を移動するからちょっと手伝いに来てほしいとのこと。たった一・五キロの距離を、おれの車に乗っていけと言ってきかない。環境運動や動物の権利《アニマルライツ》運動にたずさわっていた一〇年前のぼくには想像もつかなかったろう。まさか自分が将来、個体識別タグの装着や結核検査のため、仔牛を畜舎に追いこむことになるなんて。あのころ、ぼくの意見を形成していたのは、工場畜産を描いたドキュメンタリーや動画だった。近ごろは、生んだばかりの仔牛と引きはなされる母牛の悲痛な叫びを直接耳にするせいで、二、三日まともに眠れなくなる。

ブリストルの街に住んでいたとき、ぼくを含めた活動家は、社会・生態系・政治・文化に関する理論をめぐって、いつまでも論争をつづけていた。ここでは、あまりにも互いを必要としているため、そんなことで言いあらそってなどいられない。仔牛の移動には意外と時間がかかる。きょうという日の過ごしかたについて、牛たちには牛たちなりの考えがあるらしい。道すがら農夫は、自分の身の上や農場のこれまでをポツポツ語り聞かせてくれる。苦労の連続だった彼の人生を知れば知るほど、毎朝ベッドから起きだして足を前へ動かしているだけでも表彰ものだと感心させられる。彼と話らしい話をしたのははじめてだった。「そのうち、お宅のもぐり酒場《シビーン》へ一杯やりにいくよ」。そう言って彼は帰っていく。

*

電気使用を完全にやめる一年以上前、最初の小さな一歩としてソーシャルメディアをやめた。よき決断はつねにパブで下される。もともとソーシャルメディアが好きではなかった。その陰にはシリコンバレーの企業がひかえていて、個人情報や監視にまつわる問題も多い。生態系におよぼす悪影響や、ちっとも社交的《ソーシャル》でない点も気にかかる。それでも、仕事のためにしかたなく使いつづけていた。出版社が好むのはソーシャルメディアで存在感を発揮できる書き手だ、と忠告された。実際にたいていの文筆家が、自分の本やイベントの宣伝、あるいは世に知らしむべき重大事の発信に、ソーシャルメディアを活用している。

もうこれきりにしようと心を固めたのは、パイントグラスを三杯空けたあとだ。しらふのままではできない決断だった——などといっては大げさすぎる。しょせんはいくつかのウェブサイトを使う使わないの話にすぎないのだから。それでもちょっと、電動工具を手ばなす決断をした大工のような心境になる。好むと好まざるとにかかわらず、わが生業が、ひとにぎりのイカシた影の大企業に助けられている事実は否めない。それ以前にも何度もやめようと考えたが、自分のなかの合理的思考がありとあらゆる理屈をこねて、それは必要悪なのだとおのれを納得させてきた。三杯の黒ビールが、魂《ソウル》への近道を一時的に開いてくれる。

　本件に関して魂は、ぼくよりはるかに迷いがなかった。魂の声は「くそったれ」と言い、「黙従も裏切りもやめろ」と言った。おまえは大地から与えられるものだけで暮らしていきたいんだろ。金銭的収入は進歩のさまたげにしかならないぜ。何よりもまず、信じるとおりに生きろよ。そしてあとは運命の手にゆだねるんだ。もうこれっきりにしよう。それから、気が大きくなった魂は渇きをおぼえ、パイントをさらに二杯ほど所望した。

　あくる日、ひどい二日酔いとともに目ざめたぼくは、自分の持っている各種ソーシャルメディアのアカウントにログインし、やめると宣言した。たいしたことではない。二度と会うことも消息を聞くこともないであろうおおぜいの人に、簡単な理由を書きそえて、さよならを言いたかっただけ。折りかえし多くの友人が、どうかやめてくれるなと返信を寄こす。産業テクノロジーに関するその持論を、当のご主人さまの道具を使って広めていけばよいではないか、と。だけど思うに、現に自分が使っているものについて批判しようにも限界があるし、何かに異議を申したてる最良の方法は、結局のところ、それと手を切ることではなかろうか。ぼくに賛同し、自分もやめようと考えていると言いだす人たちもいた。二、三のウェブサイトを去るにすぎぬ者をめぐる大騒ぎが、たいそう深い話になったと喜んだ。ただし、ぼく自身も決断するまでにどれだけ苦労したかを思いだすまでは。

翌日、もう一度ログインして各アカウントを閉鎖した。操作手順を理解するのにかかった時間は、午前中の半分のみ。それから森へ散歩に出かけた。

*

野外でトミー・クインと一緒にはたらきながら、数日前の夜に地元のパブ〈ヒル〉であったセッションの話をしていた。店の名は単純に、丘のてっぺんという立地による。やがて話題は、アイルランド農村部の現状へと移っていく（どこの国の農村部にも当てはまる話だが）。トミーは生まれてこのかた、ノックモイルの地に暮らしつづけてきたのだから、この主題に関する彼の意見は傾聴にあたいする。「おれがまだ一人前の大人になる前、ここの暮らしをがらりと変えたテクノロジーとは何か、わかるかい」。当然だよ、と思いつつ答える。テレビ、自動車、コンピューター。あるいは電力全般か。トミーはニヤリと笑ってみせる。「魔法瓶さ」

ぼくは説明を求める。彼がまだ小さかった一九六〇年代、よく家族と湿地へ泥炭掘りに出かけた。教区のほとんどの世帯も一緒だった。掘った泥炭は冬の燃料になる。みなが互いに何やかや助けあったものだ――つねに完ぺきに仲がよかったわけではないにせよ。すき《スローン》を使った昔ながらの泥炭の切り出しは、骨は折れるが自立共生的《コンヴィヴィアル》な仕事だった。毎日、当番の世帯が火をおこし、やかんの湯を沸かした。

たき火には、しかし、働き手の水分補給という以上に大切な役目があった。虫よけの機能も果たし、また重要な季節行事において人びとがつどう中心ともなったのだ。昼間は、お茶が入るのを待つ村人が火を囲んで愉快なひととき《クラック》を過ごし、夕方になればその火で料理をした。日が暮れて一日の仕事を終えるころには、自然と、火のまわりで楽器の演奏や歌やダンスがはじまった。夜闇《やあん》にまぎれて誰かが誰かの手押し車を隠すこともしばしばで、翌朝には冷やかしのネタとなる。

ところがある日突然、いまではありふれたサーモス印の魔法瓶がノックモイルに入ってきた。「便利このうえなし」とトミー。「誰もが欲しがったよ」。ほどなく、どの家族も自宅のコンロで沸かした熱湯を泥炭地へ持参しはじめる。何千年と忠実にお役目を果たしてきたたき火は、もはや時代遅れになった。

「そこそこ時間の節約になったんでしょうね」とぼくは気乗りのせぬ声で言う。「そのとおり」とトミーがうなずく。「朝一番に藪をかきわけて手押し車を探しまわるやつがいなくなった」

＊

カースティは天性の腕前を発揮して、二頭の馬を調教中。ジプシーが乗るような幌《ほろ》馬車を引かせようとしている。放浪精神《ジプシー・スピリット》旺盛な彼女のことだから、移動時にもいちばん自分らしい方法をとりたいのだ。聖《セント》パトリックの祝日までにもう一度馬たちを牧草地に出してやりたかったが、またしても雨模様だ。いま新しい草地に馬を放したら、水はけの悪いここいらの地面は泥沼と化してしまう。「全土に屋根をかけることさえできれば、すばらしい国なんだが」とアイルランド人はこぼす。馬たちは隣地の青々した草をうらめしげに見やるけれども、辛抱しがたいときこそ、辛抱が大事なときだ。

　馬に干し草をやりにいく途中、近所の人に声をかけられる。「今晩、時計の針を進めるのを忘れんようにな。夏時間《サマータイム》のおかげで日が長くなるのはありがたいよ」

　最後に時計で時刻を確認してから一週間たつ。きょうが土曜日なのは知っている（「すごいぞ、マーク」と思った？）。でも、それだけだ。時計の針が今夜進んだところで、わが日常はほとんど、いや、まったく変わらない――少なくとも大半の日は。明日も、冬至と夏至のあいだのどの日とも変わらぬ一日だろう。ただ、きょうより昼が数分長いだけの。

　しかし、明日は春になる。それはまったく別の話だ。

春

ぼくが森へ行ったのは、慎重に生きたかったからだ。生活の本質的な事実だけに向きあって、生活が教えてくれることを学びとれないかどうかを突きとめたかったからだ。それにいよいよ死ぬときになって、自分が結局生きてはいなかったなどと思い知らされるのもご免だった。

——ヘンリー・D・ソロー『ウォールデン』
（酒本雅之訳、ちくま学芸文庫、原書発行一八五四年）

春は突然やってきた。ウタツグミとゴシキヒワが生命の博覧会をもよおしている。長くつらい冬のあいだじゅう、目だたぬ場所で誰に感謝されるでもなく、懸命に準備してきた企画展だ。あたりには何か魔法のような気配がただよい、生き物はみな、それを感じとっている。古アイルランド語には、一年に一度めぐってくるこの日におぼえる全生命との一体感をさす「テナラッハ」ということばが存在する。大変貌をとげたクジャクチョウがうちの畑で花蜜を吸い、カエルたちは警戒心を捨てて日光のもとにくりだし、隣の牧草地では子羊が跳ねまわる。荒くれ男どもの心をもなごませる情景だ。ぼくにはやるべき仕事がたくさんある——この季節には当然のごとく。だが、なぜこういう暮らしを選んだかを思いおこそう。きょうという日の午後に釣りをあきらめるほど重要な仕事など、あるわけがない。

　ポールの家を訪ね、川の散策に行かないかと誘いをかけてみる。突然といえば突然だが、こんなすばらしい陽気にさからうのはむずかしい。ポール宅から牧草地に沿って長い細道《ボーリーン》を下った先に、キャパという小さな川がある。そこで、知る人ぞ知るその流域を探検することになった。

　キャパ川が支流と出合う淵に腰を落ちつける。命が織りなす複雑な関係性を体現したような場所だ。青とオレンジ色に光るカワセミが稲妻のように下流へ飛び去るかたわらで、岸辺のアオサギは、万事異常がないかどうか見張っている。渦巻く毛鉤の群れが、生死を決するサイコロをころがしつづけ、すぐそばの水面上には、怪物級のブラウントラウトが全身をあらわす。この穴場に集まってくる動機は、みな同じ。食料だ。

　ぼくとちがってポールは、フライフィッシングにそれなりの経験を持つ。適切な毛鉤を彼が慎重に選んでいるあいだに、ぼくは、浅瀬にひそむ魚をねらって小型のスピナーを投げいれる。フライフィッシングは一個の芸術、いや、それ以上のもの。上達には生態学の素養も必要となってくる。フライフィッシングを覚えることは、自分の場所を知ることだ。

　のどかな静寂が突然「バン！」という音に破られ、何者かがしかけに食らいついた。透きとおった水中に、獰猛《どうもう》そうな古代魚の頭部がはっきり見える――カワカマスだ。食事にありついた気でいた彼は、ひどく落胆した様子である。きょうはエイプリル・フールだけど、意地の悪いいたずらは趣味じゃない。それでも、ぼくには捕食者としての大事な役目が課せられている。生態学的見地からいうとカワカマスは、アイルランド各地の湖や川で始末に負えぬ存在なのだ。だが、大きくて写真映えするので国内外からの（魚肉や骨を目的としない）釣り客にもてはやされ、カワカマスは図らずも釣りをアイルランドの一大産業に押しあげた。

その貢献に報いて国は、カワカマスに一定の保護を与えてきた。カワカマスを保護すれば、ほかの生物種に悪影響がおよぶにもかかわらず。殺してもよいカワカマスのサイズについては厳格な規定があり、その範囲内でひとり一匹だけが許されている。したがって、トロール漁船は合法的に海を枯渇させているというのに、体長五〇センチを超えるカワカマスを一匹でも殺そうものなら、その人は刑務所にぶちこまれるかもしれない。ただし、殺す主体が政府であって、マス釣りのほうがもうかりそうな場所にいるカワカマスに関しては、話が別だ。その場合は、税金を使ってカワカマスを殺す。生態学者のポドリグ・フォガティによると、二〇一〇年～一四年にアイルランド内陸水産局（IFI）は「刺し網と電気ショックを併用したカワカマス三万五七三八匹の駆除に七二万五〇三七ユーロを投じた」。一匹あたり約二〇ユーロだ。納税者も楽ではないな、まったく。

わが釣り糸の先にかかったカワカマスは、体長も重量も法規制をやや超過している。選択肢はふたつ。こいつの頭をガツンとやって法を破るか、スーパーへ行って三・九九ユーロで合法的に販売されているトロール漁の冷凍魚フライを買うか。

むずかしい選択だ。むずかしい選択の多い時代である。

＊

ジョン・ミューアが「雲の王国《クラウドランド》」と呼んだ空の深みをのぞきこんで、ツバメたちの帰還を知る。かん高い呼び声を発しながら飛ぶ姿が見えた。何羽かのオスが、パッキー宅の電話の引きこみ線に並び、神の聖歌隊よろしくさえずり交わす。冬のあいだの冒険を語りあっているのか、それとも、遠くの高木にカササギがいるぞとメスたちに注意をうながしているのか。

アフリカのいずことも知れぬ地に長らく逗留したあと、昨年飛び去った群れのうちの数羽が、何千キロもの道のりを旅してノックモイル（北緯五三度〇五分、西経〇八度三〇分）に戻ってきたのだ。知恵と翼の力だけを頼りに、ＧＰＳも、エンジンも、紙の地図も持たずに。薪小屋の屋根の去年と同じ垂木《たるき》に巣をかけたツバメはいま、この場所と旧交をあたため、生命の輪をもうひと回しすべく準備をしている。ぼんやり想像はついても、ツバメたちがここに帰ってきた本当の理由など、ぼくにはけっしてわからない。いずれにせよ、気分の上向く喜ばしい光景である。

人間は自分たちを知性の生き物だと考えているし、最善を尽くせば、実際にそうなれる。だが、いま薪小屋でブナとカバノキに斧をふるっているぼくから見ると、人間の知性も、ツバメの知性に優りも劣りもしないように思う。ただ単に、見えかたがちがうだけだ。

*

けさ、約ひと月ぶりに広告というものを見かけた。栄養ドリンクの広告である。よく繁華街を日がな一日走りまわっている、バンで牽引するタイプの宣伝カーがかかげていた。ぼくらの農場の前を通過したのは、おそらく街から街へ移動する途中だったのだろう。五〇代から八〇代までの農家が、商品のターゲット層とも思えない。

　大学でビジネスを専攻したぼくは、四年間マーケティングを学んだ。当時、ひとりの人間が一日にさらされる広告の数は平均三〇〇〇と読んだ記憶がある。商店で、新聞・雑誌で、屋外看板で、宣伝カーで、ラジオやテレビで。一九九六年から二〇〇二年にかけての、まだインターネットやらコピー＆ペーストやらが日常生活に浸透する前の話だ。いまのデジタル時代にはどれほどの数になることか。

　広告を見て奇妙な感じをおぼえた。動揺した、といってもいい。いまのぼくが広告にさらされる割合が比較的小さいことを思えば、文句は言えない。それでも、唐突にあらわれて得意満面で通りすぎていくさまは、背景の木々といちじるしい対照をなしていた。不健康で中毒性のある製品の無責任かつ挑発的な宣伝にぼくの心をさらすのに許可がいらないとしたら、次にその広告が通りかかった際に斧で切り裂いてやるのにも許可はいらないのではないか。ぼくの心だって私有財産だ。ひょっとしたら、財産のなかでもっとも私的なものかもしれぬ。

　森から帰宅すると、郵便受けに銀行の取引明細書が届いていた。数か月ごとの郵送が銀行法で義務づけられているので、いやおうなしに届く。ざっと目を走らせたところ、「お支払金額」の列はほぼ空欄に近い。いい知らせだ。「お預り金額」の列も同じく、ほぼ空欄だから。ぼくがいささかなりとも金銭を受けとる唯一の仕事は執筆であり、その先行きさえもソーシャルメディアと電話と電子メールなしではけっして明るくないぞと、誰もが言う。執筆以外の仕事については、カネをとることなく、自分の大切な何かや誰かのためにする。よって、明細書に記載されるのは少額の口座維持手数料ばかり。アイルランドでは、口座残高が二五〇〇ユーロ未満の人はかならず手数料を支払わねばならず、二五〇〇ユーロ以上あれば手数料はかからない。実質的に貧乏人への課税ともいえよう。

明細書を火床《ひどこ》の上に置き、夜に備えて火口《ほくち》とたきつけをかぶせた。気温が下がり暗くなってからするより、いま済ませてしまったほうがいい。それから、朝の太陽を浴びるため、外で朝食をとる。おそらく生まれてはじめて、自分が満足していると実感する。この得がたい瞬間に眼前にあるもの——いま、ここ——以外の何物をも欲することなく。幸せや希望や興奮に満たされる経験は、過去にいくらでもあったが、ただただ満足だと感じたことは一度もなかった。

*

農作業場は、森番オリバー・メラーズとチャタレー夫人の密会場所のようなありさまだ。園芸用培土《ばいど》の空袋が机の上に乱雑に置かれ、床にはよくある緑色の安物じょうろがいくつか。プラスチック製の育苗《いくびょう》ポットやセルトレイがそこらじゅうに散乱している。もう四月に入ったことだし、この場所をどうにかして、次の農繁期に備える必要がある。

計画では八人が一年間食べていけるだけの野菜を栽培するつもり。そこで手始めに、古い木材と廃パレットで作業台をつくる。この台の上に、あらかじめ整理しておいた黒いプラスチックのセルトレイ一〇〇個を並べる。一個が一二のセルに分かれているから、うまくすれば約一二〇〇本の苗ができあがる。すべてのセルに培土を入れ、たっぷり水をかけてから、各区画にひと粒ずつ種をまいていく。大小の豆類から各種のケールまで、さまざまな野菜の種をまいた。ケールはいくらあっても困らない。小さなプラスチックの札やダンボール片に名前を書く。トウモロコシ、ヨコハマカボチャ、エキナセア、ホウレンソウ、ルッコラ、ズッキーニ、キュウリ、スウェーデンカブ、キンセンカ、芽キャベツ、ビーツ。日が暮れる前に、三〇種類以上のハーブや野菜の種をまき終えた。けっして興奮しやすいたちではないぼくだが、土から一斉に命が芽ぶく光景が早くも待ちどおしい。満足と頼もしさを感じる仕事だ。

しかし、そこでうっかり思考をはたらかせてしまったせいで、ことの成果が突然色あせる。札もじょうろもトレイも培土の袋も、何から何までプラスチック。作業場の壁までがプラスチックでできている。もともとあったビニールハウスのうち、ひとつだけを残して使っているのだ。食料栽培が昔からこうだったわけではないにせよ、農耕は産業化の前兆であり、両者が結びつくのは時間の問題だった。「持続可能」という単語が何を意味するのか、最近どうもわからなくなってきた（わかる人などいるだろうか）。それでも、これを持続可能といえるはずはない。プラスチックに依存した文化を持続させたいとも思わない。

もっともっと採集の腕を上げる必要がある。プラスチックにも、道具で埋めつくされた農作業場にも頼ったりせず、生け垣や草地などに自生する植物を集めることこそ、理にかなっていると思う。園芸用培土を購入する代わりに腐葉土をこしらえるべきだろう。一年生植物の代わりに多年生植物を中心にすえるべきだろう。まだほかにも、すべきことがたくさんある。しかし、こうしたことには時間がかかるのを忘れてはならない。たとえばフォレストガーデン［若い森の構造を模した循環型菜園。「食べられる森」］は、軌道に乗せるまで少なくとも一五年を要す。ローマは一日にして覆《くつがえ》らず、だ。

水やりを済ませてから作業場を出ようとして、手に載せた木箱のなかのはかなげな命の種が、今後一年間分の野菜を与えてくれる驚異に、心を打たれる。

＊

この文章を書いているいまも、指がヒリヒリと痛む。昼食にスープをつくろうと——干してお茶にもしようと——イラクサを摘んでいた。集めるのは、よく心配されるほどむずかしくはない。昔のアイルランドでは日常的に食べていたので、子どもにイラクサの摘みかたを教えるこんな古いわらべうたもある。

イラクサをやさしくつかめば
とげに刺されて痛い。
金棒《かなぼう》のつもりでしっかりつかめば

絹のようにやわらかい。

目の前のイラクサだけに気持ちを集中すれば、一日じゅう摘んでいても刺されはしない。ほかのことを考えはじめたとたん、一撃を食らう。葉の一枚一枚がブッダなのだ。

ひそかにぼくは、刺されるのを楽しんでいる。その刺激が血のめぐりをよくするとも聞く。不思議にも夜、服を脱いでベッドに入ろうとするころに痛みがぶり返し、日中過ごした時間を思いおこす。

＊

歩くこと自体を目的に歩くようになったのは、ごく最近だ。ぼくの育った産業文化において、歩いている時間は無為の時間とみなされ、無為は美徳ではなかった。散歩など、現役をしりぞいた老人が健康を取りもどすためにすることであって、これからキャリアを積み、家族を養い、事業を拡大し、健康を損なわんとする若者のすべきことではなかった。だが、ソローの「歩くこと」への賛歌を読んで考えが変わった。こんなふうにはじまるエッセーなら読まずにはいられない。

私は「自然」のために、つまり絶対的な自由と野生のために、お話したいと思います。それは単なる市民的な自由、市民的な教養とは対照的なもの（中略）です。

（ヘンリー・ソロー『歩く』山口晃編訳、ポプラ社）

読後、歩くことは、効率や生産性などの概念の押しつけに対抗する政治的態度表明の行為というよりも、継承にあたいする伝統的いとなみなのだと思えるようになった。あらかじめ計画など立てずに自然と足が動きだしたとき、おどろくべき発見、それまでの印象をくつがえされるような発見がある。

けさは、いかにもアイルランドらしい雨模様。家にいて書き物をしようと決めた。でも昼どきまでには、もうじっとしていられなくなる。ぼくは動物であって、肉体を離れた思索者ではない。そう自分に言いきかせ、衝動に従って散歩に出る。ブルマーズも呼びにいく。こいつはしつけを受けたことがなく、あまり利口な犬ではないので、路上ではひもをつけてやる必要がある。

いや、そんな言いかたは彼に失礼だ。「しつけを受けていない」という代わりに、「野生の」「意志堅固な」「飼いならされていない」など、ぼく自身も取りもどしたがっている属性で呼べばいいではないか。森や牧草地に行ったきり、何週間だって平気で居つづけることができる。被毛《ひもう》以外に何ひとつ背負っていないのに、自力でやすやすと生きていける。率直にいって、ぼくごときは足元にもおよばない。ところが、ひもにつながれたときの彼はわからず屋で、ひっきりなしに引っぱっては、気の向くままに動こうとする。まさにこの負けじ魂、生へのたゆまぬ熱意こそが、腹だたしくも、散歩に出る際に彼を連れていかずにいられない理由なのだ。

ぼくたちの入っていく場所は、たった数週間前まで森だった——いまはなんと呼んだらいいのかわからない。機械たちは仕事を終え、「機械経済」をもうしばらく回しつづけるために必要な資源を、すでに持ち去ったあとだ。最初のうちは頭がまだ書くモードを脱しきれず、なかなか散歩自体に集中できなくて、自分のことばかり考えてしまう。とはいえ、そういうときでもそれなりの収穫はあるもので、新鮮な空気を吸って体を動かすことにより、煮詰まっていた思考や文章表現に突破口が見つかる。考えたり書いたりするときは、しょっちゅう立ち往生してばかり。ぼくは生まれながらの作家ではないのだ。

一キロ半も歩くと、自分の足がしっかり地について、いま、この瞬間にいると感じられてくる。シカの足跡を発見し、隣接した数エーカーの森へつづいているのを確認する。覚えておこう。タンポポとイラクサがあちこちに生えていて、これは美味いビールになる。覚えておこう。機械たちが作業路に残していった無価値な木が、ぼくにはたいへん価値ある薪になりそうだ。覚えておこう。

小屋に帰りついたとたんに、また雨がふりだす。体に生気がみなぎり、頭がすっきりしたおかげで、夜遅くまで筆が進む。

*

近所のミックの家の庭に、古い床板だの垂木だの根太《ねだ》材だのがうず高く積まれている。息子が現在改修中の家からはがして持ってきたもので、ほとんどがマツとオーク。たき火にされてしまう前に好きなだけ持っておいき、とミックが言う。森から丸太を運びだすのとくらべたら、鼻先にぶらさがった果実にひとしい。それに、いまはちょうど薪を取りいれて乾燥させる時季だ。彼の申し出をありがたく受ける。

廃材の山を引っかきまわし、よさそうな木を選《え》り分《わ》ける。強度があって腐食や虫食いのないものはひとまとめに、いずれちょっとした大工仕事が必要になったときに備えて保管しておく。その他の、おもに解体時に破損した床材は、薪にする。まだ四メートル近い長さのものも多いので、細道《ボーリーン》の幅を考え、のこぎりで半分に切る、うちの差し掛け小屋まで、優に三〇〇メートル運ぶことになるから。

パッキーの家のドアをノックして頼む。「手押し車をお借りできますか」「ことわるまでもないよ。水臭いな」。パッキーの手押し車は並みのとはわけがちがう。若いころ自作して、いまだに現役バリバリ。こういう身の丈に合った道具が重機に取って代わられる前の時代に、泥炭運び用にこしらえたのだ。特大サイズで、側面の立ちあがりがない平らな形状のため、泥炭をたっぷり積みこんで移動できたことだろう。足元の悪い湿地を押していける肩の持ち主であれば、だが。この特製の運搬具を使えば、細道《ボーリーン》を一〇～一五往復もせずに三往復だけで済む。ただし、そうした理屈は四輪バイクやトラクターの使用につながりかねない。だから、効率に関しても「収穫逓減の法則」が当てはまるのだぞ、と自分に言いきかせておく。

ミックの庭に取って返し、先ほどの床材を運べるかぎりの高さまで、すきまなく積みあげる。二メートル長の床材を一度に約五〇本積んでも、手押し車は満杯にならない。とはいえ、かなりの重さで、ひっくりかえさず無事に差し掛け小屋まで押していくだけでせいいっぱい。三杯目を押しながら上り坂を歩いていると、かつて切りだした泥炭を積んで、夜明けから日暮れまで何日間も運びつづけた人たちに、あらためて敬服の念をいだく。

それから正午ごろまで木挽《こび》き台に向かい、ストーブ用の大きさにそろえていく。ぶ厚い材には弓鋸《ゆみのこ》を使い、残りは大型ハンマーで。空腹で倒れる前に作業は完了し、推定六週分の薪が増えた。

一歩下がって、薪の山をほれぼれとながめる。森のなかで過ごす一日ほどには満足のいく仕事ではなく、薪の山自体にもそれが見てとれる。たたき割った木材の山にすぎず、斧で割ってきっちり積みあげたトウヒ、ブナ、トネリコの、一日じゅうでも見惚れていられるくらいの魅力にはかなわない。

それでもなお、薪は薪である。

*

一九九六年、幼なじみが全員ベルファストの大学へと旅立った日に、ひとりゴールウェイ市行きのバスに乗る。生まれてはじめて、ぼくらは別々の道を歩みだした。小さいときから互いを知っており、悩み多き思春期をともに過ごした仲間だ。一緒にサッカーをし、勝つのも負けるのも一緒だった。一緒に面倒に巻きこまれ、一緒に窮地をまぬがれた。同じ「部族《トライブ》」の一員だったといっていい。

離ればなれになるのは、やはりさびしかった。週末に会う計画を立ててはいたが、ずっと故郷だと思ってきた地にまた全員が戻って暮らすことはないだろうと、心のどこかでわかっていた。ゴールウェイへの引っ越しは、人生を一からやりなおすようなものだった。縁もゆかりもない土地で、知り合いも親戚もいなければ、頼みとする信用も持たない。それまで片手で数えられるほどしか都市――牧場主で作家のジョン・コンネルが「あの人間牧場」と呼ぶ都会――へ出たことがなかったのに、いきなりその住人となったのだ。おそろしくもあり、また、おそろしい経験の多くがそうであるように、刺激的でもあった。

まもなく判明したのは、大学の講義にも中学高校の授業と同程度の興味しか持てないことだった。経済、情報技術、会計、数学、店舗マーケティング、労使関係、起業家精神などの科目を履修したが、どれにも心が向かない。問題は、郷里を離れたいま、自分の心がどこにあるのかさえわからないことだった。

そんなわけで、講義室よりもパブにいる時間のほうが長かった。いや、もしかしたらそれは、突然まとまったお金が手に入ったせいかもしれない。まだ一三歳だったとき、親友と二人で、時速一〇〇キロで走ってきた車にはねられたことがある。ぼくは即死状態とみなされた。現場に集まってきた人たちは、コンクリの柱に激突してまったく身動きしないぼくに毛布をかけると、道の真ん中に投げだされながらもかろうじて意識のある重傷の友人を介抱した。はねた車の女性は追い越しをしようとしていて、対向車が来たのに元の車線に戻れない事態に気づき、ぼくらが歩いていた緊急避難用の路肩へとハンドルを切ったのだ。ところが、それから三日のうちにぼくは一か所の骨折さえなく退院し（親友は一年以上も動けなかった）、最終的に一万三〇〇〇アイルランドポンドの損害賠償金をもらった。妙なもので、ふたたび生きるチャンスをもらったと感じた記憶はない。

カネらしいカネなど持ったこともない若造にとり、それは大金だった。だが、一八歳の誕生日から少しして、自分の銀行口座に賠償金が振り込まれた日、これとは一切かかわりたくないと感じた。理由はわからない。この時点で、お金という概念を批判的に見ていたわけでもない。ただなんとなく欲しくなかったのだ。オックスファム「貧困の根絶をめざす国際ＮＧＯ」に寄付してしまおうとしたが、本当にそれでいいと確信が持てるまで手元に置いておきなさいと、母さんに説得された。ひとえにぼくのためを思っての忠告だった。なにしろ周囲の誰も手にしたことがないほどの大金なのだから。そこでぼくはそのカネで、ゴールウェイでできた新しい仲間を道連れにして飲んだくれた。

二年次に上がるころには、何もかもがくだらなくて大いなる時間のムダだと感じており、実際に二度ばかり、退学を決意したこともあった。一度目は、辞めようと思って窓ガラス清掃業者のところへ求職に行った。面接の最後に、親方から懇々と諭される。「仕事が欲しければ喜んで雇うが、まず勉学を終えて、何かを決めるのはそれからにしろ」。その午後、彼の目に真剣な何かを感じたぼくは、大学に戻った。一週間後、三〇〇〇ワードの長さのレポートを保存したフロッピーディスクを提出日直前に紛失。それでプッツンとキレて、また辞めることにした。このときの決断は数時間しかもたなかった。一度も通った覚えのない原っぱを歩いていて、地面に何か落ちていると思ったら、傷ひとつないそのフロッピーディスクだった。これも何かの暗示だろう。その学年の最後までは大学に残り、それからあらためて検討することにした。

奇跡的に二年次を修了できた（うち一教科は追試で合格）。最後までがんばり抜けたのはうれしかったが、ここでいったん居場所を変える必要があった。ぼくは一年間の休学を決める。休学して何をするかについて確たる考えはなかった。それまでの人生はサッカーのためにあった。「ピッチの上にいようといまいと、仲間のために生き、仲間のために死ぬ」という心意気とともにあった。だが、サッカーから遠ざかるにつれて、そうした連帯感もじょじょに薄れていく。この世界のなかで自信をうしない、自分が何者で、なぜここにいるのか、よくわからなかった。

自分の人生に意味と目的を取りもどしたい。そこで何をすることにしたか。ゴールウェイの工業団地にある米国の製薬会社の工場で、流れ作業の仕事につき、その給料で毎晩飲み歩いたのだ。

*

午前中いっぱい、ハーブ園にしゃがみこんで草とりをする。単調で退屈な作業ではあれど、そのぶん、考えごとをする時間がたっぷりできた。この時間を利用して考える。狩猟採集生活を送っていた祖先たちが、いまのぼくを見たらどう思うだろうか、と。いらない植物を抜くのにせっせと時間をついやしている、こんなぼくを。

うっかり移植ごてでミミズを切ってしまい、まっぷたつにされたミミズは狂ったように身をよじらす。体に槍を突きたてられたら、ぼくだって同じようにもがき苦しむにちがいない。ミミズを殺すのは、これが最初ではないし、これが最後でもなかろう。それでもなお、ぼくのハーブは――ぼくのかどうかにかぎらず――ビーガンだといえるだろうか。それとも、ミミズの命はシカの命よりも価値が低いのだろうか。自分が引きぬいている草には、よく知っている種類もあれば、あまり知らないものもある。どこか居心地の悪い傲慢さを感じる作業だ。それぞれの特性についても、この場所で果たす役割についてもよく知らずして、ある植物は雑草と呼んでさげすみ、別の植物はハーブと呼んで重用する。ぼくらの文化が理解できる特性を持つ存在には生きることを許し、それ以外の存在は殺す。だが、ある人にとっての雑草も、別の人にとっては薬になるのだし、ぼくよりも偉大な何かだけが、物事の真の目的を知っている。

　多くの有能な野菜農家が、イラクサ――栄養たっぷりで風味豊かなうえ、高タンパクなリーフカード「葉から抽出したタンパク質を凝固させた食品」の原料にもなる草――をヒステリックに抜きまくるかたわら、レタスにたかるナメクジの防除に必死になっている。タンポポやスギナもイラクサと同じ運命のもとにある。少しばかり理解が足りないせいで。

　すわって昼食をとりながら、ゴシキヒワが小さな赤い顔を上げ下げしてタンポポの花をつついているのをながめる。まもなく、彼（オスはメスよりも顔の赤みがあざやかで、羽の黄色い縞の幅が広い）のもとに、つがいのメスがやってくる。すぐ近くではミツバチが、サクラソウとブルーベルの咲いた一画で仕事に精を出している。万物が自分の場所を心得ている。ぼくも自分の場所を忘れぬよう気をつけなければ。

畑に出て作業していると、地元の農家兼道路工事人のジムが立ち寄っておしゃべりをしていく。

「きょうが聖金曜日《グッドフライデー》［復活祭前の金曜日］だというのをお前は知らんのか。アイルランドじゃ神聖きわまる日で、パブさえ強制的に休みになる年に二日のうちの一日なんだぞ」。きょうが金曜とも知らなかったし、ましてや格別にグッドな金曜とは思いもよらなかった。そう答えると、ジョークだと思った彼は笑う。

ジムが言うには、聖金曜日にパブが休業を強制されるのも今年が最後だそうだ。復活祭《イースター》の週末は国際的に大型連休の時期にあたり、このキリスト教の祝日にパブを閉めることによって首都がこうむる損失ははかり知れない――ダブリンの政財界のそんな主張が通ったのである。

*

ダンキンからグレート・ブラスケット島へは約二〇分の船旅。エンジンの始動と舵《かじ》とり以外、ほとんど人間の労力は必要ない。行楽シーズンをはずれたいま、乗客はぼくらだけだが、たとえ一〇〇人乗せたところで航行速度には影響しないと思う。かつて島民の足だった定員八名の手漕ぎ舟《ネイボーグ》ならば、気象状況や積載量によって、四五分から一時間ほどかかったろう。舟いっぱいのサバから、もっと重いときは子どもの亡骸まで、荷重には幅があった。

　おだやかな日なので、苦もなく着岸できる。容赦ない嵐に見舞われ、一向に陸に近づけなかった島民の話は、本でさんざん読んだ。岩場から、草の生い茂った急坂を登って、まっすぐトマス・オクリハンの家（もしくはその遺構）をめざす。行ってみると期待以上の保存状態だった。目下、政府機関である公共事業局（ＯＰＷ）によって改修がほどこされている（ＯＰＷは概していい仕事をする）。こうした遺跡を修復して永久保存すべきか、それとも土に還るのにまかせるべきかは、人によって意見が分かれるところだ。この改修工事を見ていて気になったのは、大量生産品の安っぽい建材が使われている点で、オクリハンの旧居に郊外風の味気なさを与えてしまっている。最後期の住民らは家の修繕に、島に流れついた難破船の残骸を利用したものだが、改修工事ではそういう方法はとらない。資材はヘリコプターで運びこむ。トマスみずから石を加工した熟練の手わざを見るにつけ、複雑な思いにとらわれる。改修によって物体としての家屋は残しながらも、その精神を残そうとせぬ危険におちいっているのではないか。

　観光地図を頼りに、ほかの民家も見てまわる。家から家へと張りめぐらされた道筋が、現在でもかろうじて見てとれる。過去にはロバート・マクファーレンとロジャー・ディーキンが、そのような痕跡こそが人びとのつながりの象徴だと指摘した。ただし今日、これらの小道を絶やさずに生かしつづけているのは、経済的に相互依存しあう村人ではなく日帰りで訪れる人びとであり、そんな行楽客どうしのあいだには、かりそめの関係以上の真のつながりは成立しえない。こうした行楽客トレイルをたどっていくと、まず著名な作家たちの家を訪ねることになる。とはいえ、どの家も同じ石で建てられているのだが。オクリハン旧居の次はモーリス・オサリバン（『育ちゆく二〇年（*Fiche Bliain ag Fás*）』の著者）が少年時代を過ごした家、それからペイグ・セイヤーズの家へ。しかし突然、ひどくまちがったことをしている気分に襲われる。これも一種の、セレブの追っかけにすぎないのではなかろうか。そこで代わりに、共同井戸、集会所《アン・ドイル》、カトリック墓地、小さな学校、郵便局を見てまわる。最後のブラスケット王の屋敷「ティー・ナ・リー」も見たが、ほかのどの民家より小さい。

　ペイグ・セイヤーズの家でダーモット・リンという男と会う。観光客ばかりのなかで異彩を放っていた。作業着姿に、もじゃもじゃのあごひげ、人なつこさを浮かべた顔つき。一日じゅう、ほかの訪問客と無言ですれちがっていたぼくが、思わずハローと声をかけ、会話した。彼はボランティアとして島に来て、ペイグの旧宅ではたらいている。あとでフェリー乗務員から聞いたところによると、数か月前に、彼を題材にしたドキュメンタリーがテレビ放映されたそうだ。どうやらハーリング「アイルランド式ホッケー」の有名選手だったらしいが、乗務員が言うには「プッツンきちまって」すべてを投げだし、ケリー県西部に移住、いまでは島でボランティアの日々を送る。その午後に話をしたとき、彼の顔のどこにもプッツンきちまった形跡は見えなかったけれど。

　じきに彼は親しい友人の親しい友人であることが判明し、ほかにもおおぜい共通の友人がいた。どうもそんな気がしたのだ。ぼくの思いこみに反して、この島では訪問客によるキャンプが許されているとのこと。キャンプしたがるほど頑強なやつであれば、だが。使うこともないと思って、テントは持ってこなかった。すると彼は、古民家のうちの一軒に泊まったらいいとすすめてくれる。いたって質素なつくりだが、屋根も壁もしっかりしているから、と。ぼくらには十分すぎるほどの宿だ。今晩は彼の仕事を手伝おうと申し出、予想外のなりゆきに心をときめかす。が、フェリーの最終便が日帰り客を本土に送りとどけるまぎわになって彼は、ぼくらが一泊してもかまわないかを上司に確認することにした。すでに長々と話しこみ、多くの関心と考えかたを共有するのがわかっている以上、問題ないはずだ、と彼は踏んでいた。ところが、それは甘かった。

　上司は親切で思慮ぶかい男性であったが、彼にこう言いわたす。宿泊させるのは保険上のリスクとなるから、まだ乗り場で待機している最終の船で帰ってもらわねばならない、と。不満げな表情のダーモットに、「しかたがないよ、いまは世の中がそうできているのだから」とぼく。苦笑いしながら、ここグレート・ブラスケット島において、保険上の理由で一夜の宿をことわられるなんて、前代未聞の珍事ではないかと思う。

　さあ、それからフェリー乗り場へと坂を駆け下りていく。愛想のよい乗務員たちが辛抱づよく待ってくれていた。下船後、ぼくらはディングルへの長い道のりを歩きだす。いずれ再訪の日が来る予感をいだきつつ。

*

　クックー、クックー。グレゴリオ暦とおさらばしたぼくは、けさカッコウの初鳴きを聞いて、四月の第三週になったことを知る。オスの歌声はのどかで、心が落ちつく。ただし、そう感じるのはぼくだけ。ほかの鳴禽類《めいきんるい》にとって、その声は凶兆である。遠からず、気の毒なメスが巣に戻ると、自分の卵は影も形もなく、代わりにカッコウの卵が置かれているだろう。そして彼女は、この偽の卵がかえるまで面倒を見つづけるのだ。

英国とアイルランドには古い迷信があって、カッコウの初鳴きを聞いたときポケットにお金が入っていたら、その年はお金に不自由しない、といわれている。きょうのぼくは短パン姿で、ポケットすらない。

泉のそばにしばしたたずみ、その姿を一目見たいと願うが、結局かなわず帰途につく。

*

めずらしい手紙が郵便受けに入っている。知らない人からで、こう書いてきた。オーストラリアの保険会社で支払請求を扱う部署の課長をしていたが、最近になって退職し、いまはもっと意義を感じられる仕事を探している、と。自身の決断に対し家族や友人から受けた重圧と批判について触れたあと、ぼくにアドバイスを求めていた。キャリアカウンセリングは不得手だけれど、心の声に従うようにすすめておく。彼からはその後、探求のすえに、最近のことばで「スピリチュアルサービス」と呼ばれる業界の仕事と出会ったと報告があった。更年期アドバイザー、死の産婆「終末期の人に寄りそうカウンセラー」、散歩随伴者《コンパニオン》、等々。どうやら、その方面の需要は増えているらしい。

産業資本主義の究極のビジョンが完成する日も近そうだ。隣人にお金を払って散歩につきあってもらわねばならないなんて。

＊

「長い牧場《ロング・ファーム》」とは、細道《ボーリーン》の両脇に沿って草の牛えた部分をさす古風な表現で、アイルランドに最後まで残された共有地ともいえる。四月に馬用の牧草が見つかるのは、ここぐらいなもの。そろそろ、ぼくらの農場にも放放地《パドック》が必要になってきた。ということは、柵をめぐらす必要がある。気の進まない作業だ。電気柵は問題外なので、あまり元手のかからない、支柱と横木だけの柵にしよう。

横木には、小屋の建築時に余ったトウヒの板を使ってしまいたい。板は二二枚必要なところ一一枚だけしかなく、これに関しては都合のよい面と悪い面がある。よい面は、板の幅が必要な幅の二倍あるため、半分に切って使うことができる点、悪い面は、板の長さが合計八〇メートルあり、木の性質にさからって縦方向に手鋸で切らなければならない点。大変な労力のいる仕事だ。

背に腹は代えられぬ。ギリス（まだ滞在中）と相談のうえ、一度に一枚ずつ、両端から互いにのこぎりを入れていって中央で出合う方法をとることにする。早朝から仕事にかかり、二人とも目の前の一枚だけに全力を注ぎこむ。左右の腕を交互に使ったにもかかわらず——長時間のこぎりを使用する人は体のバランスを考えて、どちらの腕でもまっすぐ切る訓練をしたほうがいい

――午後に全部切り終えるころには、相当体にこたえた。

使い終わった手鋸を道具置き場につるす。床の上には、トミーが数年前に置いていった帯鋸《おびのこ》があ る。壊れかけてはいるものの、これを使えば同じ仕事を一五分で終わらせることができ、ぼくらもあんな苦労をせずに済んだはずだ。それについては午前中に何度か考えたし、まったく誘惑を感じなかったといえばうそになる。海の精セイレーンのようにそこに身を横たえ、まばゆい電気の魅力で誘いをかけてくる。しかし自分の決めた道なのだから、手道具に操《みさお》を立てることに、ぼくは満足している。

*

森にまた伐採機械が来ている。今度は別の区画だ。執筆していても音が聞こえる。明け方から夕暮れまで、休むことなく。森にはぼくのつけた道筋――歩きまわる際の秘密のコース――があったのに。トウヒの立ち並ぶなかに一本だけ小さな実生《みしょう》のヒイラギが育っており、過去二年間にわたり生長を見守ってきたすえ、妙に愛着を感じるようになっていたのに。いまでは風景が一変してしまい、どのあたりにヒイラギがあったのかさえもおぼつかない。

しょせん、すべては雇用と繁栄と成長のためなのだろう。どういうたぐいの雇用と繁栄と成長のためなのか、ぼくにはよくわからない。あの小さなヒイラギにとっての生長でないことはたしかである。

＊

きょうはメーデー。クモマツマキチョウ、セイヨウオオマルハナバチ、ヨーロッパクロスズメバチが騒々しい。いずれも、誇り高き労働者である（それとも虫たちとしては遊んでいるつもりか、あるいはただ生を全うしているだけなのか）。決然たる挑戦と抑えきれぬ歓喜とにぎやかなおしゃべりが、さえずるように、歌うように、開け放した天窓からふりそそいできて、目が覚める。心が浮き立ち、二度寝する気にもならないので、日の出どきを一刻も無駄にせず、今年初のオオバコ摘みに出かけることにする。

　花粉症に悩む多くの人たちと同様、ぼくも人生の長きにわたり、六月と七月が近づくと複雑な心境になったものだ。花粉症には少年時代から苦しめられた。すばらしい快晴の日はたいてい家に閉じこもり、くしゃみを連発し、かゆい涙目に濡れタオルを載せて過ごす。鼻の内側は鼻汁でぐじゅぐじゅなのに、外側は干からびて赤い。友だちをつくるのもつきあいを維持するのもむずかしくなり、症状のいちばん重かった一〇代の自意識の強い時期は、特につらかった。

　かつては、子どものころ花粉症に悩んでも年齢が上がると治ったものだが、大気中の二酸化炭素量の増加で樹木の花粉生産がうながされるため、いまでは逆の傾向が見られるようになった。子どものころはまったく症状のなかった人たちが、三〇代や四〇代で発症している。

　思春期には、薬局で売っている製品をかたっぱしから試した。本当に効いたものはひとつもなく、ほとんどが眠気を引きおこすだけ。一八歳のとき、我慢の限界に達して病院へ行き、症状を緩和するステロイド注射を受けた。三年は効くでしょうと医者に言われた。たしかにそのとおり、楽になったのは二一歳までだった。以後は症状がぶり返し、かえって前より悪化する。そこで、あきらめてまた市販薬を買い、基本的に花粉症とつきあって生きていくことにした。

二九歳でカネを使わない生活をはじめ、抗ヒスタミン剤を買う手だてがなくなったので、突如として新しい対処方法を探さねばならなくなった。そのとき、ウェブサイトの訪問者に教わったのが、オオバコ――よく舗道の割れ目から生えている、あのたくましい雑草――の知られざる特性である。オオバコは天然の抗ヒスタミン剤で、五月の頭になると姿をあらわす。ちょうど飲みはじめたい時期と一致する。その女性のアドバイスによると、夏のあいだじゅうストレスのない生活をするとともに、ほこりっぽい場所や汚染された環境を避けることも、「外敵」に対する身体反応の改善に役だつ。

それは功を奏した。完全にとまではいかなくても、数週間のうちに、朝方に鼻が詰まるのとたまにくしゃみが出る程度になり、人生を左右する大事ではなくなった。

外に出てみると、天然の薬局にオオバコはまださほど出まわっていないようだが、ぽつぽつと生えているのが見つかる。さしあたりはこれで十分。葉がまだ若いので、一株から一枚ずつを摘むにとどめる。さもないと、光合成によって株が生長する能力を阻害してしまう。いま辛抱すれば、長期的には双方が得をすることになる。

約二〇枚の葉をかごに入れたら、たき火小屋へ持っていって、適量の湯をロケットストーブで沸かす。大ぶりなティーポットで成分が抽出されるのを――できれば二時間以上――待つあいだに、ハーブ園で生葉を収穫したチョコレートミント茶で一服。ヤナギの古木にもたれて、周囲の動きを観察する。頭のなかはやるべきことでいっぱいだが、体のためには、しばらくここに寝そべっているのがいちばんいいだろう。目の前のアカマツに止まった二羽のモリバトも、同様に休んでいる。

　コマドリが寄ってきた。胸部の模様とでっぷりした体型で、彼だと見分けがつく。以前にぼくの手からイモムシを食べたことがあり、パッキーをほうふっとさせる性格の持ち主だ。つまり、あつかましい。いつもと同じく食べ物を期待しているが、いまはおあいにくさま。それなのにこいつは、野心的な上司のごとく、ぼくにさっさと仕事に戻ってほしくてしかたがない。頭上では猛禽類《もうきんるい》が旋回をはじめた。ここからではよく見えないが、ハイイロチュウヒだろうか。地上の何者かにとって、かくも美しい日に世界が終わろうとしているのだ。

＊

　きょうで三八歳になった。そろそろ中年の危機に直面するのだろうか。もうすでに突入しているものと、ほとんどの人から思われているかもしれないが。

　自分の誕生日について騒ぎたてるタイプではないし、少なくともそう自戒している。そんなぼくにも、例年だったらソーシャルメディア経由でおめでとうのメッセージが届くところだ――誕生日であることをフェイスブックからの通知で知ったにすぎない人たちから（それですら、思いだしてもらえてうれしく感じたのだから、人間とは妙なもの）。家族や友人らは電話やショートメールを寄こしていた。「きょうはどう過ごすつもり?」とか「しこたま飲めよ」とか、お決まりの文句だ。母さんは律儀に電話をくれる習いだった。そのたびに「いやあ、いつもと同じ一日さ」とか「この年になったら忘れたいね」とか、適当にぼかした答えを返していた。

　きょうは誰からも連絡が来ないので、いつもと同じ一日だということさえ、簡単に忘れてしまえる。

*

果樹園が荒れ果てた様相を呈している。無秩序の状態。野生状態といってもいい。去年はひまさえあれば小屋づくりのほうに力を注いでいたから、ほぼ丸一年、下草を刈っていない。草はからみあってマット状になっているし、イグサの藪と去年の枯れ草ばかりが目だち、果樹園らしい美しさがだいなしだ。

　大鎌をひっつかむ。さすがに、なんとかしなければ。誰か訪ねてきたときに期待を裏切らぬよう、写真映りのよい景色を取りもどすべきなのだろう。大鎌はよく研がれ、草の上で規則正しく打ち振るわれる用意ができている。うまく使いこなせば、エンジン式草刈り機にも機能はおとらない。それどころか、毎年開催される大鎌草刈り選手権で、大鎌使用者が草刈り機使用者を実際に打ち負かしてさえいる。しかし、扱いが下手だと時間がかかり、切れ味も悪く、うんざりしてしまう。刃をつねによく研いでおくのが、快適かつ効果的な大鎌使いのコツである。多くの物事にいえるように「急がば回れ」だ。

刈りはじめて間もなく、丸々と太ったカエルが刃の上を跳びこえる。あやうく傷つけるところだった。よく見ようとしゃがみこんで、ハッと気づく。ぼくらが最初に越してきて、この場所の所有者であるかのようにふるまいはじめたとき、ここにどれだけもっと多くのカエルがいたことか。この土地はそれ以前、五年以上も人間が住んでいなかった。あらゆる点でチェルノブイリを想起させられる。かの地の野生生物にとって、原発事故の放射性降下物と隣り合わせの現在のほうが、産業社会の人間と隣り合わせだったころよりも生きやすい環境であることを。

手にしていた大鎌を置き、じっくり観察する。ワスレナグサが、ぼくの忘れていた場所に生えている。農家の敵ハイキンポウゲがあちこちを占領し、そのあいだを飛びまわるミツバチ――農家の友だという事実は忘れられがちな――が、一年前にはなかった蜜源を喜んでいる。もつれあった草の一画を指でかきわけると、いまのいままでまったく注意を払わなかった、昆虫たちの命のからみ合いが見えてくる。虫たちは古来の生存技法をせっせと実践しつづけているらしい。生け垣からほんの数メートルのところで、忙しくて草刈りしていなかったあちらこちらの地表面を破って、若木がひざの高さまで伸びていることに気づく。それどころか、こうした若木がそこらじゅうにいくらでも生えている。生け垣の近くだけでも三〇、四〇、いや五〇本もあろうか。一一月になったらもう一度植樹作業をしようと計画していたが、その必要がなくなった。この土地にとって何が最善かは、ぼくなんかよりも土地自身がずっとよく知っているし、さらにありがたいことには、その仕事を無償で、ぼくの助力を必要とせず、やってくれるのだ。ドイツの森林管理官で『樹木たちの知られざる生活』の著者ペーター・ヴォールレーベンによれば、この人間が介入しないアプローチをとったほうが、樹木が長生きする可能性もはるかに高まるという。

もっと先へ行くとスイバが生えており、いつも目ざわりだと思っていた。現代の農家には毛嫌いされるスイバだが、土壌に酸素を供給するはたらきがあり、このあたりの圧縮された重い粘土質の農地にはかえって有益ともいえる。ひょっとしたらスイバは、人間の理解を超えた何かを知っているのかもしれない。イグサを見る。これも、手入れされた庭を見慣れた目には醜く映る。だが、ぼくにはロウソクの芯を与えてくれるし、かつては家々の屋根を葺《ふ》く材料にもなった。ほかにも生態系にかなった機能を果たしているにちがいない。きっと、ぼくがそれを知らないだけなのだ。

自分のものとぼくが呼んでいるこの土地は、あきらかに森に戻りたがっている。おそらく、土地の声にもっと耳をかたむけてやるべきだろう。

四年前に苗木を定植した栽培品種のリンゴに若葉が生い茂り、勢いづいてきた。これらの木はもう少し世話を焼いても文句は言わないだろうから（文句を言う栽培種や家畜がいようか）、大鎌を片づけ、熊手と手押し車をひっつかんで堆肥置き場へ。人間の手で飼いならされたすべての存在と同様、接ぎ木したリンゴの木はぼくらに依存して生きている。すなわち、古来の生きかたを捨て、産業社会に依存するようになってしまったのだ。その産業社会がいまや、気候をどんどん悪化させつつある。

＊

ニュースをまったく知らずにいるのはむずかしい。パッキーが教えてくれる。「またしてもテロ事件が起きたよ」。つまり、前にも起きていたらしい。「ヨーロッパのまた別の街でさ」。どの街だったか、彼は思いだせない。トラックが群衆に突っこみ、多数の死者が出た。世界はおかしくなっちまった、とパッキー。ぼくはうなずく。世界はたしかにおかしくなっている。

こういう重要な世界情勢は知っておくべきだと感じる一方で、カスリーンが何か手伝いを必要としていないか、様子を見にいくほうが先だとも思う。

＊

頭上で本物の戦闘がくりひろげられている。ウタツグミとカササギが空中で激しくぶつかりあう。先に攻撃をしかけたカササギがいまや必死で逃げだそうとし、自分の職務に忠実なウタツグミは断固としたメッセージを突きつける。「とっとと失せろ、おれの巣に近づくな」。なんと劇的な光景。警察も、裁判所も、被害者支援も介在しない。鳥たちはただ、命そのものを直接生きている。

形勢が変わる。カササギが先ほどとはちがう鳴き声を上げると、仲間が巣の方角へ飛んでいく。戦闘は最初、この巣の近くで勃発したのだった。カササギを歌った古い童謡があって、こんな出だしではじまる。「一羽なら悲しみ、二羽なら喜び」。ただしこれは、ウタツグミには当てはまらない。出し抜かれたウタツグミはあわててあとを追い、数のうえでの劣勢にもかかわらず、なんとかもう一羽のカササギも追いはらう。巣は守られた。いまのところは。

地上には別のウタツグミが降りたち、三回ずつ小さく跳ねながら地面をつつきまわしては、ミミズや昆虫など、同じく自分の職務を忠実に果たしている生き物たちをついばむ。

空と大地の中間に人間がいて、成功を追いもとめ、新しくアスファルト舗装した地面をつつきまわしては生きがいを見いだそうとし、スーパーマーケットへ車で乗りつけては、牛乳、シリアル、ベーコン、ディーゼル燃料、便利グッズ、徳用品を買いこみ、ウタツグミやカササギのような野蛮で暴力的な生き物よりえらくなった気でいる。

*

郵便局長に一週間分の手紙を差しだしたところ、つい最近、切手が三割近く値上がりしたと知らされる。ざっと計算してみる。現在、ひと月に投函している約二〇通のコストは、以前に払っていた携帯電話の使用料と変わらず、インターネット接続料の半額近い。それらの料金は切手とは逆に値下がり傾向にあるのだ。郵便事業の財政難は前からささやかれているが、この先結局どうなるのかは、まだ誰にもわからないようだ。

帰りしな、掲示板に貼られた二枚のポスターが目に入る。片方は地元出身のパラリンピック卓球選手を応援する資金調達イベント、もう片方は近所のパブで開かれる伝統音楽セッションのお知らせだ。どちらも行かねば。二人の男性がブレグジットについて話しているのが聞こえる。西に何百キロと離れたアイルランド大西洋岸に住む農夫たちにとっても、英国の動向は生計に影響を与えかねない。二人の意見は異なる。ひとりは、ＥＵに残留するほうがよかった、人種差別が横行しているらしい、と言う。相手の男は、多少のカネを損しようとしなかろうと屁とも思わぬし、機会があれば自分も脱退に一票を投じていたさ、と息まく。「アイルランドの中小農家の生活などまるで知りもしないメルケルや官僚どもに牛耳られるなんて、おれはまっぴらごめんだね」。この点にいたって双方の意見はめでたく一致し、彼らは笑い声をたてたあと、トレーラーのローンを組む。

*

ウイスキーを飲んでいけとユージーンに誘われる。たそがれどきの薄明かりが消えいそぐいま、二〇キロの家路に自転車を漕ぎだすべきではあれど、抵抗しても無駄なことは自分でもわかる。農家のユージーンは、ぼくの釣り場のひとつである湖のすぐ近くに住む。とある夕刻、ごくふつうの自転車に四九ccの（税金がかからない）エンジンを取りつけて乗っている彼と出会った。彼が牛の群れを集めるあいだ立ち話をし、この次に何匹か釣れたら一匹あげましょうと約束した。

　ぼくとの再会に、ユージーンはおどろいた顔を見せた。いい魚だ、と彼。このカバンにしまってある魚ほどではないけれど、とぼく。ぼくと友人の大きなグラスに酒を注ぎながら——ダブルか、トリプルかも——「ことば《ザ・ワード》」を持つこと（このあたりでは「約束を実行すること」の省略表現）は存亡の危機に瀕しており、本当に一匹持ってくるとは期待していなかった、と明かす。ぼくらは話しこむ。彼は頭を振り振り、こぼす。おれも夕方には釣りをしたいものだが、神の与えたもう時間は残らずはたらきづめ。収入はほとんど、投資した農業機械のローン返済に消えていく。機械なしでは競争に勝ち残れない、今日の農業とはそういうしくみなんだ。じいさんも農家だったが、大の釣り好きで、ダーグ湖に行くのを無上の楽しみとしていた。

　別れの杯を交わし、彼は公道までぼくらを見送ってくれる。彼が購入したばかりのピカピカの掘削機《くっさくき》の前を通りすぎるとき、不用品放出市で五ユーロで買ったシャベルのことを思う。柄は木製で、製造後二〇年はたっており、刃先も上等の品だ。

*

　一九九九年、製薬工場の流れ作業の仕事について七か月がたった。くりかえしの多い単純作業で考える時間がたっぷりできたものの、どのような人生を送りたいかは全然見えてこなかった。旧友たちがみな、夏休みにニューヨークへ行ってアルバイトとサッカーをするつもりだというので、ほかに計画もないぼくは同行を決めた。

ニューヨークでまず気づくのは、なんでもかんでもが売り物になっていること。経済理論でいう「分業」ここにきわまれり、と思わせる場所である。夜間にパブの改修工事の現場作業員として、ぼくは週にほぼ六日、しばしば七日はたらき、ときに二四時間ぶっつづけのシフトもこなす。不法就労のうえ素寒貧《すかんぴん》では、ほかに選択肢はなかった。合衆国市民であっても、ニューヨークではかならずしもマシな生活が送れるとはかぎらない。多くの市民にとって、取得できる休暇は年に二週間のみ。金銭的には豊かでも時間的には貧しい街で、ほとんどの人が、一週間はたらいたかせぎでほかのすべてのものを買うことになる。文字どおり、すべてを。

あの街で過ごした期間、一度も料理をした覚えがない。たいてい疲れきって料理などする気が起きなかった。電話でピザを注文するとき、配達員に途中でトイレットペーパーや歯みがき粉を買ってきてくれるよう頼むこともできた。チップをはずめば、けっしてことわられない。必要にせまられて自分の足を使う場合、最寄りの食料雑貨店にたどり着くまでに、薬、みやげ物、クリーニングサービス、セックス、爪の美容のほか、約一〇種類ものファストフードを調達できてしまう。ぼくらのアパートからわずか五〇メートルのあいだで、だ。

ニューヨークでの暮らしが暗礁に乗りあげるまでに、時間はかからなかった。最初についた仕事が人生最悪だった。職場はイタリア人ばかりで、昔から同じクソ仕事を取りあってきたアイルランド人を毛嫌いしている。いまだにぼくらは、仕事を奪う競争相手なのだ。ぼくもほかの「ミック」「アイルランド人に対する蔑称」も、ときに、椅子、工具、棒などを投げつけられた。実質的に休み時間を与えられなかったり、しょっちゅう「ケツの穴に弾《たま》をぶちこむぞ」と脅されたり。おそまつなマフィア映画の世界にまぎれこんだようだった。不快ではあったが、ぼく個人としては、向こうの態度が人種差別的だとは思わなかった。単に経済的な理由によるものにすぎないのだ。

踏んだり蹴ったりだったのは、最初の週の仕事帰りである。混雑した電車を降りたときに、かばんを盗まれたことに気づいた。どうやら、居眠りしているあいだに脚の下から抜きとられたらしい。なんたるマヌケさ加減だ。かばんには持ち物の一切が入っていた。着替え一式、最初の週の給料、パスポート、カメラ、それに前日に会った女の子の電話番号。唯一残されたのは、背中にしょっていた仕事着だけ。一緒にニューヨークに来た友人たちが服と現金を貸してくれ、ぼくらはブロンクスにあるアイリッシュバーへ飲みにいった。その店なら、お国訛りが身分証明書代わりになる。

ニューヨークにうんざりし、都市というものにうんざりしかけていた。そこで自分が何をしているのかもわからなかった。何か意味のあることをしたかった。だが、何を？　そもそも、意味という語は何を意味するのだったっけ。

ひと夏を過ごしたあと、到着したときと同じく一文なしでニューヨークを去る。国に戻ろう、大学を卒業しよう、身を入れて勉強しよう、すべてはそこからだ。金持ちで時間貧乏なニューヨーク式の生活は、ぼくに向いていない。それがわかっただけでもよかった。

*

リアム・クランシーが、ジョニ・ミッチェルが、ルーク・ケリーが、パール・ジャムが懐かしい。イワン・マッコールの歌う「ジョイ・オブ・リヴィング」が聴きたい。

存命中に直接会ったこともない人物を見聞きできないからといってさびしがるのは、どこか奇妙で不釣り合いな話である。相手はぼくの存在すら知らなければ、当然愛してくれるでもないのに。これらの人たちを音源やビデオをとおして「知った」わけだが、どのような人間である——であった——かは何ひとつ知らない。その音楽を聴いて育ったミュージシャンたちの多くは、死んで、電気の魔法によって後世に残り、まるで死んでいないかのように人びとに享受されつづけている。テレビ、ラジオ、インターネットがつくりだす不死の世界を拒否すると決めた瞬間、ぼくに関するかぎり、その歌声や音楽は突然、本人を追って墓へ入った。あたかも、同じ日に全員がそろって死んだかのごとく。そう考えると、悲しくもある。

土曜の夜。〈ヒル〉は超満員。地元ミュージシャン一〇人が演奏している。全員がカイルブラック村周辺の出身だ。それに色を添えるのが、聴衆のなかから随時、一曲披露せんと進みでる者たちの歌声で、この土地のならわしに従って、みなは静かに耳をかたむける。楽器の演奏も聴衆からの歌も良質。とはいえ、大物スターの技量にはかなうべくもないが。けれども、ときどき思うんだ。世界的にすばらしいミュージシャンの演奏にたえず接することによって、地域にいるふつうのミュージシャンとの関係性が損なわれてしまってはいないか、と。偽物の三四ＤＤサイズのバストや一〇インチのペニスを持つポルノ俳優に接することによって、ふつうの男女——恋人、夫や妻、彼女や彼氏と呼ぶ相手――との性的関係が損なわれてしまっているのと同じように。

　近所のマイケルがアコーディオンを弾いている。先週カースティとぼくは、草の尽きた放牧地から逃げだした二頭の馬を午前中いっぱいかけてつかまえ、その後夕方までかかって持ち主を探しあてた。それが彼だった。世話になった礼に何杯かおごろうと言われたが、何もたいしたことはしていませんよ、ぼくらが越してきて以来受けたすべての親切に対して酒をおごっていたら、ノックモイルじゅうが酔っぱらってしまうでしょう、と答える。

　パブのオーナーと地元客数人からカースティに、音楽に合わせてフラフープを披露してくれないかとリクエストがあった。「喜んで」と彼女は応じ、その晩がお開きになるまでにはほとんど全員が踊りだす。年輩の常連男性がフラフープに挑戦して見せ、〝瞬間芸〟に終わったものの大喝采を浴びる。

*

　一日一五分の瞑想の時間がとれない人には一時間の瞑想が必要だ、といわれる。ぼく自身も瞑想を日課にしたって悪くないとは思うのだが、いかんせん昔から、足を組んですわって呼吸に集中できるようなタイプではなかった。それよりは、木を削るほうが性に合っている。

　木を削る行為は、仏教文明やヒンドゥー文明よりも古くから存在した実践的瞑想の一種。方法はいたって簡単だ。スプーンをつくるには木の枝を一本用意する。カバノキが好みだが、ヒイラギ、ブナ、カエデ、サクラも適す。針葉樹は避けたほうがいい。長さに合わせてのこぎりで切り、斧で半分に割り、つくりたいスプーンの形を下書きしてから、小型の木彫りナイフで削っていく。

ナイフも、自分の感覚も、よく研ぎすます必要がある。考えごとや、心配ごとや、夢想に気をとられた瞬間に、運がよくても、ひと切れの木片を削り落としてしまい、修正に二〇分かかるだろう。最終段階なら修正さえ効くかどうか。運が悪ければ、自分の指からひと切れの肉片を削り落としてしまい、治るまで一、二週間かかるかもしれない。流血の心配ほど心を集中させるものはない。あるいは、ぶかっこうで使いにくいスプーンを恋人の目にさらすはめになるかもしれぬ心配も、同様だろうか。

たき火小屋でロケットストーブのそばにすわり、お茶の番をしながら、スープスプーンの仕上げをする。完ぺきなできではないけれど、どの欠点もぼくの過ごした午後について物語ることで、ぼくに——ぼくだけに——とって申し分のない品と化す。きょう以降スープを飲むときは、底部にできた小さなへこみが、わがブッダとなる。だけど、それで満足だ。不満なわけがない。

*

グレート・ブラスケット島の文学が一個のサブジャンルとして——いまではおおむね忘れられた存在だとはいえ——二〇世紀半ばに確立されていた事実のわりに、この島の歴史は意外なほどわかっていない。その名前の由来さえ、ちょっとした謎に包まれている。〈ブラスケット島センター〉の案内係は、古代の島の様子を知るための考古学的発掘調査が、とっくに実施されていてしかるべきなのですが、と語っていた。いまだ島を家と呼ぶ野生生物たちが、はたしてそんな文明寄りの見解に賛意を示すだろうか。個人的には、何千年も前に住んでいた生き物よりも、いま現在そこに住んでいる生き物について理解を深めたい。過去や未来を解明する過程で、いともたやすく現在を破壊してしまうケースが多すぎる。島を去りぎわに思った。発掘調査が巨額の予算を要する一大事業として、政府（または民間の提携企業）によっていつまでも先送りされつづければいい、と。野性と野生地の消えゆく世界では、謎のまま残しておくほうがよい物事もある。

ぼくが島にいだいた第一印象はこうだ。現在はケリー県南西沿岸の五キロ沖に位置するこの島も、かつては本土のダンキン教区と陸つづきだったのではないか。つまりダンキンとの関係は、一九世紀初頭から最後の住民が退去する一九五三年までのあいだに見られるような社会的つながりにとどまらなかったのではないか。後日教えられるのだが、すでに地質学者らも同様の見立てを立証済みであった。本当の意味では知ろうともせぬ場所を「知る」ことに対する、この人間のやみがたい衝動は、E・O・ウィルソンのことばを想起させる。

> 人間のとる進路に危険があるとすれば、それはヒトという種の存続が脅かされているというより、むしろ生物進化の究極的な皮肉が実現されそうなことにある。生命は、人類の精神によってはじめておのれを理解した瞬間、自らの創造した最も美しいものを破滅の運命に突き落としたのである。

（『生命の多様性Ⅱ』大貫昌子・牧野俊一訳、岩波書店）

正体不詳の先史時代の住民は「クロハン」と呼ばれる石のドーム型の小屋をいくつも残し、のちにそれを修道士らが使用した。おそらくこの修道士か、あるいはその後やってきたヴァイキングが、島の高台「アン・ドゥーン」に砦《とりで》を築いたものと思われる［アイルランドへのキリスト教伝来は五世紀、ヴァイキング襲来は八世紀末］。

島を訪ねて以来、考えている。こうした初期住民たちは、産業革命の黎明期に移り住んだ人たちよりも、さらに厳しい生活を送っていたのか、それともいくらか楽だったのだろうか、と。古代・中世の住民は、一八〇〇年前後に漁のありかたを一変させた引き網漁船の恩恵に浴すことがなかった一方で、英国、フランス、スペインの巨大なトロール船との競争にさらされることもなかった。これら列強国の大規模漁船は後年、増大する植民地人口の食料をまかなうために、ブラスケット海峡のサバなどの魚をたちどころに——効率よく——枯渇させていく。のちの世代がより痛切に思い知るとおり、グローバル化の進む世界においてテクノロジーは、最高のテクノロジーの持ち主のみを利するのだ。

また、修道士らもヴァイキングらも、地主に地代を支払うための苦労をせずに済んだ。略奪のかぎりを尽くした征服者たちから土地をおもに継承した地主階級があらわれるのは、一八世紀である。そして、借地料がアイルランド全域で一八〇〇年ごろに大きく引き上げられたことこそ、人びとがアイルランド本土を出て、この離島に逃げこんだ、そもそもの理由であった。

どこの地も、しかし、法外な地代をまぬがれることはできなかった。一九世紀初頭の第一世代の島民は、牛一頭あたり五ポンドの地代を徴収された。その孫の時代に五分の一に減額されてもなお支払いに汲々としていた事実を思えば、当初の負担の重さがきわだつ。額面の多寡《たか》にかかわらず、コーク伯への地代支払いを拒否する固い意志は、どの世代にも共通していたようだ。実際、島の人びとの抵抗の激しさはよく知られている。

ある日、銃で武装した執行官の船がやってきて上陸を試み、あたうかぎりの財産を差し押さえようとした。魚、家畜、島民のなけなしのカネや持ち物を。トマス・オクリハンの『島の人（*An tOileánach*』によると、多くの島民が「夜までには島内の家もがた減りだろう」と危ぶんだ。ところがそのとき、独自の武器——石——を手にした島の女性たちが、上陸地点を見下ろす崖の上に集結し、島に足を踏みいれんとする役人を待ちかまえたのである。「自分の家をおっぽりだされて夜露の下で寝るくらいなら、死んだほうがましじゃないか」とひとりが問う。濃色の制服を着て背高帽をかぶった執行官らが岸に近づこうとすると、女たちは銃を向けられながらも石の雨をふらせた。もうおしまいだと思いつめたある女などは激昂のあまり、石が尽きると自分の赤ん坊を投げつけようとし、仲間に制止される始末だった。どぎもを抜かれた執行官らはいったん船まで退却したものの、さらに二度、上陸を試みる。それでも彼女らは、男たちの集めてきた石で再武装し、誰ひとりとして一歩もあとへ引かなかった。のちにオクリハンは述べている。「女たちは恐れよりも霊感に打たれていた」ため、「その日、船は乗組員もろとも引きあげていきました。銅貨一枚奪わずに」。

また別の折、羊毛や羊や豚を売りに町へ来ていた島民の漁船何艘《なんそう》かが、ディングルの警察に没収されたことがあった。コーク伯の意を受けた警察は、島全域の地代を要求し、支払うまで漁船を返さないと言いわたす。漁師たちの生計がかかっていた船である。ダンキン周辺の友人らが、要求された金の援助を申し出たが、島民たちは親切に感謝しつつも固辞した。島民は漁船を地代取立人のもとに残し、手漕ぎ舟《ネイボーグ》による漁への回帰を選択する。後日、執行官は漁船を競売にかけたが、まったく買い手がつかず、結局、船は野ざらしに。オクリハンは述べる。「この一件があって以降、わしら島の人間が支払った地代は、数えるほどにすぎません」

かくもタフで妥協知らずの島民たちから、ブラスケット文学は生まれた。「意外性に満ちたジャンル」との形容では、その魅力を伝えきれない。自伝『ペイグ（*Peig*）』が近年までアイルランドの学校で必読図書に指定されていたペイグ・セイヤーズは、読み書きができなかったので、息子で詩人のミホール・オグイハンが母のために口述筆記した。ようするに彼女の作品は口承文芸であり、自身が傑出した語り部のひとりでもあった。

アイルランドが英国による支配に抗して闘っていた時期に島へ足しげく通った二人のイングランド人、ロビン・フラワーとジョージ・トムソンの存在がなければ、アイルランド語文学の二大傑作——トマス・オクリハンの『島の人』とモーリス・オサリバンの『育ちゆく二〇年』——は、おそらく書かれることもなかっただろう。この二作品を皮切りに、島民とその子孫による回想録が多数生みだされた。アイルランド語辞書編纂《へんさん》者にしてオクリハンの孫でもあるポドリグ・オマローンは、そうした回想録を「いずれも、哀切な懐旧の念を一滴も余さずすくい上げた」と評す。

この語りの集積があるからこそぼくらは、島の人たちの日常生活と文化とをかいま見ることができるのだ。ぼくの世代の人間にとっては想像を絶する暮らしぶりを。

＊

ぼくは「回復途上にある」マンチェスター・ユナイテッドのファンだ。さいわい近所では、この事実を知る人も少ない。子ども時代からゲーリック・フットボールとサッカーの両方をプレーして育った。多くの少年の例にもれず、プロのサッカー選手になるのが夢だった。そして、これも多くの少年の例にもれず、プロになれる才能など持ちあわせなかった。

献身的なサポーターである父さんの影響でマンUを応援しはじめたのは、一九八三年、まだ四歳のとき。ノーマン・ホワイトサイドの活躍でFAカップ優勝を果たしたり、サー・アレックス・ファーガソンが監督に就任したりする時期より、数年早かった。当時のクラブは若い選手——多くが地元マンチェスターの若者——を起用する方針を誇りとし、「魂」らしきものをうしなっていなかった。

クラブが米国の億万長者に買収され、高額の契約金を与えられるわがまま選手の集まりに変質したあとも長らく、ぼくはサポーターでありつづけ、サッカーに夢中でありつづける。それほどの中毒ぶりだったから、複雑なテクノロジーを使わない生活を考えたときにいちばんつらかったのは、「本日の試合ハイライト」を観られなくなる点や、マンチェスターの近くに住んでいない以上、わが愛するチームがプレーする姿を二度と目にできなくなるという点。サッカーチームのサポーターだった経験がない人には、そんなのは先進国のぜいたくな悩みと映るだけだろうし、たしかにそのとおりだ。だが、幼少時からひとつのクラブに情熱を注ぎつづけてきた者にとっては、親友との別れにもひとしい。最近のぼくは、企業化したサッカーチームを応援することに懐疑的になっており、共通の目的で結びつく部族《トライブ》に属したいと願う人間の根源的欲求をまぎらす、一種の有害な代用品にすぎぬのではないかとにらんでいる。しかし、ワンシーズン盛んに声援を送りつづけた選手が、翌シーズンに九〇〇〇万ユーロでライバルチームへ移籍した日には、もうシャレにさえならない。

サッカーから離れて五か月たったいまも、「もう五月だから正念場だな」と考えてしまう。興奮、緊張、熱狂、咆哮、喝采、罵声。ある日、湖からの帰途、通りかかったパブの窓越しに、まばゆい大画面のテレビで放映中の試合が見えた。立ちどまってしばしながめ、自分の反応におどろく。まるっきり何も感じないのだった。

＊

ぼくは森で作業中。何本もの朽ちかけた倒木と深い溝でできた障害物コースを踏みこえ、落下する枝をかいくぐり、のこぎりで丸太を切り、大汗をかく。そのあいだにカースティは小屋でディナーのしたくをしている。野草のミックスサラダに、ぼくが前日釣ったカワカマスとラッド「コイ科の魚」。ぼくらは伝統的な役割分担をなぞっているのだろうか。男は森《ウッド》で、女は料理《フード》。そう見えるかもしれないが、そういう意識はない。彼女もぼくも、したい仕事を自由にすればいい。ただ、たいていぼくは森の仕事を好むし、彼女は台所仕事を好む、というだけ。

*

頭のなかを、やらねばならぬ一千一個の仕事が去来する。しかも、それぞれがまったく別種の仕事である。畑の草とり。馬の水やり。コンポストトイレを空にする。ジャガイモの土寄せ。無料宿泊所の雨どいの修理。追加のサラダ野菜の種まき。アブラナ科野菜の水やり。道具置き場の掃除。洋ナシとプラムの木に追肥。コンポストトイレを空にしたりジャガイモの土寄せをしたりの作業に関する記事の執筆。薪風呂づくり。

手早く馬に水を飲ませてしまおうと細道《ボーリーン》を歩いていくと、向こうからトミーがのろのろ運転でやってきた。彼は車を止め、自分の牧草地にいる雌牛のほうを見やって話しだす。過去の街暮らしでしみついた思考回路が、またぞろ首をもたげる。おしゃべりしている時間などないぞ、ぼくは忙しい男なんだ。そんな都市流の考えに気づいたら知らんぷりしてやり過ごすようにし、自分の体と心をこの瞬間この場につなぎとめるべく最善を尽くす。トミーは、繁殖用の雄牛が牧草地に連れてこられた際の様子について、ひとしきり弁舌をふるう。「気に入ったメスを見つけると、一日か二日、ずっとそばにすわりつづけるんだぜ。互いに見つめあわんばかりにしてさ」。が、ひとたび「ことを済ませ」て子種を授けたとたんに全関心をうしない、まだ交尾していない別のメスに目移りしては、そばへ行ってすわりこむ。「誰かを思いだしますね」とぼくはあいづちを打つ。

馬に関して頼りになる助言をもらい、また先へ歩いていくと、近所に住むＪＰとばったり会う。あいかわらず絶好調で、とても六〇代も終わりに近づいた人とは思えない。そういう意気軒高たる若々しさは、今日、若者のあいだでさえめずらしくなった。体格はぼくの七三歳の父に似て、年をとることは健康を損なうことだとの通念をみごとに裏切っている。ほがらかで、少々あつかましげで、言いあらそう気を相手に起こさせない部類の、得な面立ちだ。何か妙薬でもあるなら、ぼくも試してみたいと思う。ある日、彼が教えてくれた。「バイアグラだよ」。呵呵大笑《かかたいしょう》して歩み去る彼を見送りながら、はたして信用していいのかどうかわからなかった。

一瞬、満杯のコンポストトイレが脳裏をよぎる。ＪＰはアラン諸島から帰ったばかりだった。島へ渡ったついでに、四〇年前に彼が建てた家に施主の夫婦がいまでも住んでいるか、確かめに行ったという。夫婦はまだそこにいた。自分のことを覚えているかどうかすらあやしかったが、過ぎた年月にもかかわらず、二人はすぐに彼を認めて、午後いっぱいをともに過ごしたそうだ。ＪＰも仕事に行く途中だったので、「じゃあまた」とあいさつを交わし、ぼくは馬たちのもとへと歩を進める。

ようやく馬たちに水をやり終え、家に戻る道すがら、フランシーと行きあう。馬を置かせてもらっている牧草地の持ち主だ。いま放牧している区画をたがやそうと思うんだが、きみらの馬を別の区画に移してもらえるかな、と聞かれる。もちろんですよ、とぼく。畑の手伝いが必要なときは声をかけてください、とも言いそえる。足が悪くなってきてね、と彼がこぼす。「でも、まだ生きとるんだから御の字だよな」。彼は八四歳だ。そう言い残すと家に帰っていく。自分の馬たちに水をやりに。

小屋に戻ったぼくは、やることリストに「馬の移動」「堆肥集め」と書き足す。堆肥は、菜園と果樹園で来年使う分だ。「記事の執筆」をこすって消す。

*

六か月前に現代生活の気散じを排した生活をはじめたとき、自分がどんな反応を示すかに興味があった。じっとしていられないたちのぼくは退屈してしまうだろうか。時間の進みかたを遅く感じるようになるだろうか。もし時間がゆっくり進むのだとしたら、それを楽しめるだろうか、それともつらく感じるだろうか。

実際には不思議な経験をしている。一日一日は以前よりもゆったりと、焦りやストレスをおぼえることなく過ぎていく一方で、季節のめぐりはこれまでになく速く感じられる。ぼくらはみな、自分の時間にあれこれの用事を詰めこんでいながら、いちばん大事な問いについて考え忘れているのではないか。貴重ないまの時間を何についやすのが最善か、という問いである。

ときどき、この実存的難問が解ける前に老人になってしまいそうに感じる。三八歳にして、将来迎える老年期がじょじょに現実味を帯び、他人事ではなくなってきた。けれども両親の姿を見るにつけ、人の年齢は、太陽の周囲を何度回ったかとはほぼ無関係だと気づかされる。少なくとも、その周回軌道上で自分の時間をどう過ごすかのほうに関係が深い。

　特に寒い日をのぞけば、料理や湯沸かしに小屋内のストーブを使うと暑くなりすぎる。きょうみたいな忙しい日には、ガスコンロのラクちんさがふと恋しくなったりも。ダイヤルを回して、ボタンをポンと押すだけで、サッとお茶が入る。生まれてから二九年間ずっと、それが当然だと思っていた。この島国の歴史において、ぼくらは、それ以外の方法を知らない初の世代といえよう。ときどき自分に言いきかせなければならない。ガスコンロ、ダイヤル、ボタン、スイッチの代価を支払うためにいやな仕事を我慢する苦痛など、恋しくもないはずだ、と。人は忘れっぽい生き物である。

　ロケットストーブにはなべが一個しか載らないので、アウトドア料理は必然的にシンプルになる。二人ともシンプルな食事のほうが好きだから、それでかまわない。過去一〇〇日間のディナーの献立は、生野菜のサラダと、ゆでたジャガイモ、そして、ジャガイモをゆでる蒸気を利用してなべの上部で蒸した野菜だった。今晩はそれに、けさ釣ったカワカマスが一匹加わる。

　このあたりの住人は、それぞれにディナーをとる時間が異なる。パッキーは午後二時、トミーは三時、同世代の連中はほとんどが六時半以降だ。ぼくらは夕方早めの時間に食べるようにしている。そのほうがよく眠れるからだが、いつも思いどおりにいくとはかぎらない。

　ロケットストーブの熾火《おきび》が冷めるころ、静かな夕刻の空気が、遠くでうなりを上げはじめたチェーンソーの音に破られる。丸太に腰かけ、エンドウ豆、スイスチャード、からし菜、さやいんげん、ビーツ、フェンネル、ルッコラを、ジャガイモとカワカマスに添えて食べる。ぼくは、それぞれの食材が持つ独自の風味を、個別に味わうのが好きだ。ようやくチェーンソーの音がやんで平穏が戻り、ぼくらは月が高く昇るまで外にすわりつづける。

*

たまにはぼくも、動揺したり、怒りをおぼえたりするし、その両方の感情に同時に襲われることもある。まったく、なぜだかわからない。いや、そう感じる理由はわかる。わからないのは、なぜ、たまにしか感じないのか、である。たとえば道ばたで、野生の大きなアナグマが死んでいるのを見かけたとき。あるいは、希少な原生地域において産油業界や株式市場や権勢欲の圧力にあらがう、先住民族の生存をかけた闘いについて、たまたま訪ねてきた人から聞かされたとき。すべての元凶である機械化・均質化・産業化を強いる殺戮《さつりく》の文化に、おのれ自身が加担していることに、心底むかつきをおぼえる。

ぼくにはわかっている。明日にはこうした感情も通りすぎていき、この西欧の片隅で、また満ちたりた気分になるであろうことが。その一切を、いったいどう考えるべきなのか。

そんなとき、ウェンデル・ベリーの詩になぐさめを見いだす。「マニフェスト——怒れる農民解放戦線（Manifesto: The Mad Farmer Liberation Front）」で彼はこう書く。

世界の終わりを予期せよ。笑え。
笑いとは計測できぬもの。心に喜びを持て、
あらゆる事実を考えたすえにも。

笑いが変えてくれるのは、せいぜい、われわれの日常の質ぐらい。ぼくはそれで十分だと思う。

*

「ボイルくん、クラスのみんなに説明してやってくれんかね、どのように……」企業の貸借対照表の某項目を算出するのか、だって？　ああ、なんてこった！　二年のブランクを経て復学した初日、休学前にぼくを落第させた会計学のジョージ・クランシー先生に、名前を覚えられていただけでなく、二〇〇人いる受講生のなかから一分とかからず見つけだされてしまうとは。最後に顔を合わせて以来、起業家志望者や（志望せざる）官僚予備軍を一〇〇〇人は教えてきたはずだというのに。クランシー先生に嫌われているのは知っていたが、ここまでとは思わなかった。これでは落第したのも無理はない。

ご指名どうも、ジョージ。そう礼を言い、いまとなってはもう思いだせない答えを述べる。先生はうなずく。遅れをとりたくなかったぼくは、新年度開始の数週間前から、会計学と経済学と

マーケティングに関する推薦図書を読みはじめていたのだ。ニューヨークでひと夏はたらいたあとでは、ジョージ・クランシーもまだかわいいものと感じられたし、会計学にさえ以前よりは興味がわいた。あくまでも、以前よりは、だが。

街角の個人商店で、時給四ポンドのアルバイトをはじめる。当時は一九九九年。いまだアイルランドに最低賃金の規定もなくユーロも使われていなかった時代だから、平日も週末も仕事か勉強か、たいていの日は両方をこなして、週に一〇〇ポンドかせいだものだった。

小売マーケティング、統計学、IT、管理会計論など、ほとんどの学科はめっぽう退屈だったが、そのころにはもう、最後まで投げださずにやり抜く覚悟を決めていた。しかもずいぶんひさしぶりに、何かでよい結果をおさめたい心境になったのだ。ひとつだけ退屈だと思わなかった科目は経済学で、担当教官とも馬が合った。おかげでぼくは、知らず知らずのうちに政治意識に目ざめていく。彼女から教わった公正貿易《フェアトレード》の思想は、二一世紀に入ったばかりのころにはまだかなり進歩的な概念だったし、不公正貿易とくらべて市場におけるシェアがきわめて小さい事実を考えれば、今日でもそう変わりなかろう。資本主義、社会主義、共産主義などのイデオロギーを、批判的に検討する方法も教えられた。何よりも、ぼくら学生は、自分の頭で考え、何事も疑ってかかる態度をたたきこまれた。卒業後何年もたってから、彼女の授業にゲストとして呼ばれ、カネなし生活の経験について話したこともあった。

取りくむ姿勢が変わると大学生活も変わる。二か月たたぬうちに学年代表に選出された。冬休み前には、朝の登校時にジョージ・クランシーが車に乗せてくれるほどになり、卒業式でおどろいたような笑顔を浮かべながらぼくに優等学士号を授与したのも、ほかならぬ彼であった。ただし、すでにこちらは、そんな紙切れや成績などどうでもよくなっていたけれども。

四年間ビジネスを勉強したすえに、ひとつどうしても気になる点があった。この間、ただの一度も「エコロジー」という単語の出てきたためしがなかったのだ。当時のぼくですら、変だなと感じた。あらゆる経済構造が本源的に依存する自然界について何も知らずに、はたして経済学を理解したといえるものだろうか。

やると決めたことはやりとげたが、わが人生に何か重要な方向転換が必要だと思った。単なる気分転換にどこかへ行ってくる、というだけではなく。どこへ行こうとも、この自分はいなくならないのだから。以前から「しばらく酒を断ちたい」「ベジタリアンになりたい」と思っていたが、ゴールウェイの友人連中とつるんでいては、どちらも実現はむずかしいだろう。あいつらがベジタリアンになるのは睡眠中だけだ。考えてみたら、酔っぱらっていないのも睡眠中だけという輩《やから》が大半である。ぼくは荷物をまとめ、みなに別れを告げて、多くの先祖たちにならい海を渡った。アイルランドにはもう帰ってこないかもしれないと思いながら。

数日のうちに英国のエディンバラでアパートを見つけ、数週間後にはスーパーのレジ係としてはたらきはじめる。仕事は簡単で、給料で生活費も——ぎりぎり——まかなえたが、顧客への接しかたや服装について細かく書かれた業務マニュアルを読んでいると、たちまちうんざりしてしまう。それに、サンドイッチや飲み物を一個買った客にも全員、プラスチックの袋を提供しなければならないのもいやだった。以前にはたらいていた小さい商店では、ほとんどの客の名前を覚えていて、誰がどのタバコを吸うか、曜日によってどの新聞を読みたがるかも把握していた。ともすれば、買ったロトくじの番号さえも。それがいまは、自分の口から自然に出ることばではなく「いらっしゃいませ」「ご利用ありがとうございました」と言えと教育される。

食料品は毎週、ライバルのスーパーで買っていた。そっちのほうが値段が安かったのだ。当時はまだ安いことはよいことだと思っており、自分の得がほかの誰か（農家、工場労働者）や何か（土地、昆虫、動物、魚、川、森、海）の損になるかもしれないとは考えもしなかった。ある日、プラスチック容器に入った南米産の豆腐を手に取ると、「オーガニック（有機）」のマークがついていた。どういう意味かさっぱりわからなかったぼくは、容器の裏に書かれたストーリーを読んでみる。マーケティングをさんざん勉強したので、そこに書かれているほとんどがまさしく物語《ストーリー》にすぎないだろうとは思ったが、それにしても考えさせられた。子どものころからずっと、自然界には愛着を持ちつづけてきた。が、多国籍スーパーの店内で、通路の端から端まで並んだ冷蔵ケースの前にたたずんでいる、いまこの瞬間にはじめて、自然界に積極的に関与したいとの気持ちを自覚したのだった。

二週間たたぬうちにスーパーを辞め、オーガニック食品会社でロジスティクスマネージャー――ようするに倉庫係――の仕事についた。現実の経済に関していかに無知であったかを、ここで知ることになる。

＊

死んだカワカマスが特大まな板の上にごろりと横たわっている。顔つきに凄《すご》みがある、強く美しい古代魚だ。殺した瞬間を思いだす。草の上でばたばた跳ねまわる彼は、疲労のうちにも懸命に抵抗していた。目には生気が横溢《おういつ》し、恐怖の色などみじんも見せない。アイルランドに生息する野生生物のなかでカワカマスは、ぼくも比較的ためらわずに殺せる部類に属する。とはいえ、いやしくもほかの生き物――特にこいつのように野性味にあふれた自由な生き物――の命を奪う行為は、食べる必要上いたしかたなくなされるべきことには変わりない。

そんな文明人の感傷など持ちあわせないカワカマスは、目に見えぬわが釣り糸の先で動くものを魚と勘ちがいして襲いかかった。致命的な判断ミス。エサにはありつけず、彼自身が餌食となるのだ。その点を心に留めつつ、冷たい岩の上に彼を押さえつけ、頭部を強打する。一度、二度、三度。命ある生き物にはけっして知りえぬ何事かを突然悟った覚者《かくしゃ》の色が、かっと見開かれたその目に浮かぶまで。

カワカマスの腹をやさしくしごくと、最後の晩餐の残滓《ざんし》が尻の穴からにゅるっと出てくる。その穴からえらに向かって縦方向に切りひらく。はらわたを取りのぞくのは簡単だった。腸のなかに何か硬い手ごたえを感じ、不思議に思って切ってみると、砂利の小片が入っていた。これら内臓は最終的に、この地の野生生物への供物となる。

えらのうしろに二度、斜めに包丁を入れて頭を落としたあと、ひれも取る。アラはすべて、はらわたや、こそげ落としたうろこも一緒に、なべに投入する。ロケットストーブで加熱してからヘイボックス［干し草で断熱した保温調理用の箱］におさめれば、ゆっくり煮込まれてチャウダーができあがる。脳みそ、骨、ひれ、皮、心臓、目玉——滋養たっぷりの一皿だ。身は厚切りにし、肝臓だけフライパン調理用に取っておく。自分以外にあと五人いる農場の住人全員で食べても余るほどだろう。

カワカマスのスープは濃厚だ。ぼくは科学者ではないし、そうなりたいとも思わないが、このスープが栄養満点だということは一杯飲めば体でわかる。栄養がないわけがない。昔は、この骨とアラのスープが隣人の間をめぐりめぐって、各家庭で煮立てて飲まれたものだった。しかしそれも、大量生産・大量廃棄の時代がやってくる前の話だ。今日では、食のローカル化を唱えるぼくの友人たちでさえ、アラ汁など飲もうとしない。魚臭くてダメだと言うのだ。

*

グレート・ブラスケット島民にとって、島の大地や周囲の外海でとれる物だけに頼る食生活は、みずから選びとった道というわけではなかった。ぼくの場合はそうした生活様式をあえて選んだと言われることがあり、そう言う人の気持ちもわからなくはない。ぼくとしては、本当のところ、もはや選択うんぬんの問題だとも思っていないのだが。ともあれ、島民にとって自給自足は動かしがたい暮らしの現実であり、また、その文化の筋骨に深くしみこんでもいる。

アルド・レオポルドはかつて述べた。小さな農園で過ごす時間を持たぬ暮らしが「精神におよぼす危険性」のひとつに、「朝食とは食料品店で買ってくるものだと思いこんで」しまう点がある、と。そのような危険を避けるためには「畑をつくるべきだ。できれば、状況をややこしくするような食料品店が近くにない場所に」。グレート・ブラスケット島民はそうした危険性と無縁だった。最寄りの商店はディングルにあって、五キロ舟を漕ぎ、さらに二〇キロ歩いていかねばならない。それも、海が渡れるときにかぎられ、渡れない日も多かった。であればこそ、近場で育つ食料を最大限に利用せざるをえないし、気まぐれなディングルの市場や、めったに手にできないお金になど、頼ってはいられなかった。

　島民は自然でバランスのよい食生活を送り、当時のアイルランドとしてはもっとも健康的な人びとだったといわれている。必要がそうさせた。島には医者も看護師もいなかったのだから。ジャガイモは主食で、どこの家でも栽培していた。一九世紀半ばのジャガイモ飢饉《ききん》は、アイルランド本土と同じくこの離島をも襲ったが、食習慣の多様性が比較的高く、その習慣を維持する技能も持っていたので、都市部よりはずっとましな生活ができた。

　さらにはオーツ麦やライ麦も栽培していたし、サバを売った金でディングルで小麦粉の大袋を買うこともあった。その他の野菜はたいして食されなかった。おそらく、気候の関係であまりうまく育たなかったのだろう。その代わり、海藻類をよく食べた。コンブ、バダーロックス、ダルス、アオサ。ダルスは屋根の上に広げて干し、噛んで食べるスナックにする。海藻は豊富にあったものの、海岸で集めて村までの急な坂道を運びあげるのは骨の折れる仕事だった。煙突についた煤《すす》や、近くのビギニッシュ島でとれるムール貝の殻のほか、海藻も、ジャガイモ畑の肥料として使用した。つまり、実質的にはジャガイモの形でも海藻を食べていたのだ。

多種多様な海産物が食生活の中心を占めていた。カサガイやタマキビガイを浜で拾いあつめた。夏には新鮮なサバを、やっとこ鋏《ばさみ》の上であぶって食べた。サバとブリーム以外は煮魚にするほうが好まれた。サケを食べる習慣はなく、ポドリグ・オマローンによれば、サケが釣れたときは海に放すか、切りきざんでロブスター釣りのエサにした。今日、そこそこ大きいサケなら一匹一〇〇ユーロ以上の値がつくのに。

冬には、あらかじめマントルピースの上につるして乾燥させておいた干し魚を食べた。朝食に魚ではなく、飼っているニワトリの卵を一、二個食べる人もいた。ニワトリは家屋には困りものであって、しょっちゅう葦《あし》ぶき屋根のなかに巣づくりしてしまうのだった。あるときトマス・オクリハンの父がディナーを食べていると、屋根から落ちてきたヒヨコが、牛乳の入ったマグカップに飛びこんだという。

自家栽培のオーツ麦を朝食にする人もいた。雌牛を飼育している家――つまりほとんどの家――では、濃厚で酸味のある、殺菌処理していない牛乳を添えたかもしれない。その牛乳を攪拌《かくはん》してバターがつくられ、その副産物としてバターミルクもできた。仔牛――そして牛乳――の供給を絶やさぬためには、帆布張りの小舟で雌牛を本土まで連れていき、雄牛に種をつけてもらう必要があった。きつく危険な仕事で、丸一日かかることも少なくない。あるときなど、雌牛が角で帆布を突き破ってしまい、舟に乗っていた男たち全員が溺れかけた。とうとうケリー県議会から島に、雄牛一頭が無償で支給された。島民は雄牛を連れ帰り、島内の雌牛を順ぐりに受精させる。最初の年、すべての雌牛との交尾を終えた雄牛を、近隣の小島のビギニッシュ島へ島民数名で連れだし、安全な場所に放牧しておいた。翌朝見ると、雄牛は島へ戻ってきていた。情欲に駆られたそいつは、ハーレムめざして夜の海を泳いで渡ったにちがいない。

　当然ながら獣肉は、島の食事において魚ほどの重要な役割は果たさなかった。生息数は多くても狩りに危険が伴うアザラシの肉は珍重され、ディングルの市場へ行けば同重量の豚肉と簡単に交換できた。オクリハンの青年時代にはアザラシの皮だけでも八〇ポンドで売れたが、晩年を迎えるころにはアザラシ肉の人気もなくなる。おおかたの家庭では年に二回、羊をつぶして食べ、一部を加工保存した。島では、所有する雌牛一頭につき羊二五頭を放牧することが許されており、大半の家庭で少なくとも「販売用に一頭、毛刈り用に一頭、食用に一頭」の羊を飼っていた。

　島には多数のウサギが生息していた。モーリス・オサリバンは若い友人らと一緒に、フェレットやわなを使ってウサギ狩りにいそしんだ――ビギニッシュ島でカモメの卵を盗みだしているとき以外は。オクリハンが「王たちを満足させるのはさほどむずかしくなかった」と評した地「グレート・ブラスケット島のこと」で王位につく前のポドリグ・オカハンは、教師が死んで島の新しい学校が休みになった日、一ダースものウサギをつかまえた。彼らの親世代は、機会さえあれば海鳥――カツオドリのひな、ツノメドリ、ウミツバメ、オオハシウミガラス――をつかまえ、直火にかけた鉄なべでローストにしたものだった。

　この食生活が、島民たちの健康を維持した。当時はまだ医療体制も産業化されていなかった。人工透析器も、ステントも、人工股関節置換術もなければ、病気になったとき助けに来てくれる救急車もなかった。具合が悪くなったときは、ほとんどの場合、家庭でできる治療に頼っていた。マイケル・カーニーによる回想録には、足を骨折した際、父親に小舟に乗せられ、海峡の荒波を越えてダンキンにいるほねつぎのもとへ連れていかれた思い出が記されている。ほねつぎは同地の農民であったが、麻酔薬も使わず、ちゃんと元どおりに治してしまった。その父は原始的な歯医者も兼ねており、ペンチや、ドアに結びつけた糸を使って、抜歯をおこなった。

ふだん女たちが水くみにいく井戸は、高台の集落にあり、低地の集落からも近かった。そこは、男たちを狼狽させるようなうわさ話に花を咲かせる場でもあった。野外仕事の前には、島民らはこの水に牛乳少々を混ぜて滋養をつけた。紅茶という飲み物の存在を知るにいたったのは、ある日茶箱が岸に流れついたからだ。最初のうちは倹約してクリスマスにだけ味わい、「残りは次のクリスマスまでとっておいた」。しかし、やがて毎日飲むのが習いとなり、それをきっかけのようにして島の食習慣がすっかり変化する。一日に二食、しっかりした朝食とディナーをとっていたのが、少量の食事を四度とるように変わり、うち二度は紅茶とパンだけ。オクリハンは「ほんのひと口かふた口ばかりの貧相な食事」と嘆いた。

野菜、卵、牛乳、肉、魚からなる食生活を送りながら、冷蔵庫も冷凍庫も――さらには電気一切も――なしで済ませていた。ガスも油もなしで調理していた。楽な暮らしではなかったが、そもそもあの時代に育ったどんな人も、楽な暮らしを期待したことなどなかったのである。M・スコット・ペックが『愛すること、生きること』の冒頭で書いていたのを思いだす。楽な人生であってほしいと期待するのをやめると、人生はとたんにずっと楽になる、と。島民たちにもこれが当てはまる。現代社会において抗うつ薬がいかに広く使用されているかを考えれば、産業化の進んだ世界でもなお、人生は楽でないようだ。

いまのわれわれの観点からふりかえると、ぼくの世代の人間にとって島民の暮らしは極端に見えるだろうが、島民自身にとってはそれがふつうだったのだ。もし島民たちが未来を見通せたとしたら、ぼくらの世界をはたしてどう思っただろうか。

＊

パブは超満員だ。ジョン・オハロランが弾くメロディオン〔アコーディオンの一種〕の音色と溶けあう、さわがしくも音楽的《メロディアス》な笑いさざめきに誘われ、今晩はカースティも一緒に来た。扉を開けて入るとき、店内の様子にパトリック・キャヴァナの詩「イニスキーン・ロード：七月の晩(Inniskeen Road: July Evening)」を思いおこす。

今宵はビリー・ブレナンの納屋でダンスがある。
そこには、半分言って半分隠す、秘密の会話規範がある、
目くばせと肘でする、お楽しみの言語が。

年齢層が高めの聴衆のなかに若いカップルがひと組だけいた。二〇代とおぼしき二人は、ぼく

らの左斜め後ろのテーブルにすわっている。彼氏がスクロールするスマートフォン画面のぎらつきが、パブの暗がりのなかで、ぼくの目を射る。彼女のほうはボーイフレンドの手をにぎろうとしているのに、その慎ましやかなアプローチに彼は気づきもしない。哲学者アラン・ド・ボトンは言った。「真の愛とは、一緒にいるときにスマートフォンをチェックしたがらぬこと」

すでにカースティはフロアに進みでて、友人オハロランの弾くリールに合わせて伝統的なシャンノースのステップを踏んでいる。「リバーダンス」で広く知られた現代風ダンスよりもずっと歴史の古い、もっとなめらかで硬さのないアイリッシュダンスである。彼女のダンスを見ていると、すばらしい気分になれる。パフォーマンスとしてもなかなか悪くないが、それ以上に、彼女は踊っているときにいちばん生き生きと輝くからだ。

オハロランが三曲目のリールを演奏し終えるころ、若い女性はまだ恋人の手を取ろうとしていた。彼氏はサッカーの試合結果をチェックしている。とっさに、どっちが勝ったか聞きたくなるが、やめておく。女性は立って化粧室へ向かい、カースティはふたたびフロアに出ていく。

*

電灯のスイッチを最後に切った冬至の日、自然光で薄暗く感じる時間と真っ暗な時間とを合わせると、二四時間中一六時間を占めていた。あの時期の太陽の低さときたら、家の南側に立つ針葉樹からやっと顔を出すかどうかというほどで、蜜ロウキャンドルを一日に軽く二、三本、消費してしまう。あれからおよそ六か月たったいまは、一本も使わずに済む。

アイルランドの電気使用者は、国のエネルギー政策に沿って、バカ高い基本料に少額の従量制料金を上乗せして支払う。背景にいろいろと財政的な事情はあるにせよ、世界じゅうの科学者が各国政府に排出量削減を訴えているこの時代に、こうした政策方針が実質的に何を意味するか。エネルギーの使用を必要最低限に抑えようと思わせる金銭的誘因がないにひとしい、ということだ。スイッチのうしろにひかえているエネルギーを実際にどれだけ使おうが、負担はほぼ一緒なのだから。基本料金を安くしてゼロに近づける代わりに、従量料金を引き上げて無駄づかいが負担増に直結するしくみにすれば、使っていない電灯、コンピュータの画面や周辺機器は、即座にスイッチを切られるにちがいない。現状では、たとえ六月に電気をまったく使わなくても、料金を支払わねばならない。それで思いだすのが、「人が何かを学ぶときは、すでに遅すぎるもの」というアイルランドの古いことわざだ。ぼくらは実際、すでに遅くなってから学んでいる。

バリー・ロペスの『極北の夢』を読んで、時間の概念や一日というもののとらえかたが、目に見える暮らしの物質的側面と同じく、いかに場所によって異なるかに気づかされた。北極に住むエスキモーの生活に「〝太陽が東に昇り、西に沈む〟という観念は通用しない」し、「〝昼〟が、朝と午前と午後と夕刻からなる」というのも、「深く頭にしみこんでいるため、あらためて考えることさえほとんどない通念」にすぎぬとわかった。夏至の日に北極点に立ったとしたら、地平線の上を二三・五度きっかりの角度で、太陽が平らな軌跡を描いてぐるりと一周する様子を見ることができるだろう。ロペスはつけ加えて言う。

温帯では薄明は毎日朝と夕方に起きる現象である。これは極北では、季節的な現象でもあり、秋に太陽が沈み、春に昇るときには、一日じゅう、そして連日つづく現象である。温帯では、冬には昼間の時間がどんどん短くなり、夏には長くなるが、毎日必ず夜明けが訪れ、ある時間続く〝日の出〟が新しい一日のはじまりを告げる。極北の地では、毎日必ず夜明けが訪れるとは限らない。

（以上、『極北の夢』石田善彦訳、草思社）

ぼくの暮らしにおいては事前の準備が肝心だ。一一月に冬越し用の薪をつくっていては遅いのと同じで、暗闇についても六月から考えはじめる。そこでぼくは、ジャガイモ畑へ行ってイグサを刈る。イグサの髄《ずい》は、ロウソクの芯に必要とされる特性をすべてそなえており、冬を明るく過ごすのに役だってくれる。そのうえ、六月の畑に生えてもらうための基本料金を徴収されることもない。

*

この農場へ来て間もないころ、ぼくらはシャベルで池を掘った。丸二日間たっぷりかけて、尻まで泥につかりながら。長靴は完全に水中にもぐって意味をなさなかった。スリッパで入っても同じだったろう。何のための池掘りかといえば、菜園とジャガイモ畑、そして風景全体にとって、有益な生物たちの住みかをつくろうと考えたのだ。

いま、岸近くで産卵中のカエルを見ながら、命の再生とはいかに単純なことかと気づかされている。本当に必要なのは、われわれ人間の機械類と支配欲から守るための住みかを提供し、少しばかり時間を与えてやるだけらしい。あとはすべて自然が――しばしば不思議な力で――取りはからってくれる。

きょうの池はおどろくほど静かで平和に感じられる。清らかな水がちょろちょろと西側から流れこみつづけ、東側から流れ出ていく。完ぺきだ。もしも新しい水がまったく流れこまなかったら、遠からず池はよどんでしまう。流れこむ水が多すぎたり、速すぎたりすれば、安定が乱れ、いずれは上流から押し流されてくる泥で埋まってしまう。

だとしたら、池の世話人たるぼくのすべき仕事はただひとつ、適正なバランスが保たれるよう気をくばるのみ。

夏

現代は本質的に悲劇の時代である。だからこそわれわれは、この時代を悲劇的なものとして受けいれようとしないのである。大災害が起り、われわれは廃墟《はいきょ》の真っただなかにあって、新しいささやかな棲息地《せいそくち》を作り、新しいささやかな希望をいだこうとしている。それはかなり困難な仕事である。いまや未来に向かって進むなだらかな道は一つもないから、われわれは、遠まわりをしたり、障害物を越えて這《は》いあがったりする。いかなる災害が起ったにせよわれわれは生きなければならないのだ。

――ロレンス『完訳 チャタレイ夫人の恋人』
（伊藤整訳、伊藤礼補訳、新潮文庫、原書発行一九二八年）

きょうは一年でもっとも昼が長い日、夏至である。街に住んで朝の七時から夕方六時まではたらいていたころは、毎日が同じ長さに感じられた。電灯や、目ざまし時計や、終業時間によって、ぼくの経験する四季は標準化されていた。近代社会の中核には、資本、化石燃料、野心だけでなく、グリニッジ標準時《ミーン・タイム》も鎮座している。作家ジェイ・グリフィスは『《まるい時間》を生きる女、《まっすぐな時間》を生きる男』でこの時刻体系を、多様な時間のありかたのうちでもっともしみったれた時間《ミーン・タイム》と呼ぶ。

ぼくは、いまが何時か知らずに目を覚ます。もう、これがふつうになった。頭上の開けはなした窓からさしこむ、やわらかく赤味を帯びた光を浴びながら、いまが何時か気にかけてもいない自分に気づく。いいご身分だといわれるかもしれない。たしかに会社員とちがって時間の束縛は小さいものの、ぼくらカップルは、ここアイルランドで単身世帯の貧困ラインとされる収入の何分の一かで、電気も水道もない生活を送っている。だから、多くの人が考える「いいご身分」ではなかろう。

　何時であるにせよ、かなり早い時刻にちがいない。ゆっくりと覚醒しながら、すがすがしさをおぼえる。朝の光とともに目ざめるのはいい気分で、自然で、前向きに感じられる。ゆうべは完全に真っ暗になる前にベッドに入ったので、この時期の夜の長さが約六時間であることを考えると、ぼくにしてはよく寝たほうだ。それどころか、遮光ブラインドを使っていたころよりも長い。睡眠の質も改善したように感じる。

　これが六か月前ならば、ちょっとした奇跡ともいえる快挙だ。いまや、夜よく眠れることがあたりまえに思えてきた。何かをあたりまえに思うのは、あまり好きではないが。

*

　堆肥置き場は全部で七つに区切ってあって、うち六つはすでに満杯である。満杯とはつまり、半分まで埋まった状態を意味する。というのも、枠にした廃パレットの高さぎりぎりまで積みあげてあった堆肥が、いまの季節にはすでに中ほどの印までかさを減らしているから。風雨や好熱性細菌が仕事をさぼっていない証拠で、喜ぶべきことだ。だがおかげで、けさ一番のぼくの仕事は、堆肥の山を切りかえし、二区画分を一区画にまとめる作業とあいなった。目的はふたつある。ひとつは、スペースを空けるため。もうひとつは、空気を送りこんで分解を促進するためだ。ほとんどの野菜農家も自給的農家もわざわざ堆肥を切りかえしたりしないし、何がなんでも欠かせない工程ではない。それでも、ひと手間かけるだけの意義はあると感じている。

ぼくらの農園では、人間の大小便を利用した「人糞堆肥《ヒューマニュア》」システムを取りいれているため、目の前の堆肥の山には、ここに住む全員に加えて訪問者何名かも寄与している。たいていの人は、この手の堆肥をひっくりかえした経験などなく、考えただけでも嫌悪の念をもよおす。けれども、それは一面的な見かたにすぎない。ぼくには堆肥のなかに、物語が、思い出が、歴史が見える。そしてまた、場所とその住人のあいだの壮大な結合も。実際にやっているのは土づくりにほかならず、一日のはじめかたとしても悪くないではないか。作業しながらたびたび気づかされるのは、ぼくらを養ってくれる大地とぼくらとのあいだの境目が、人間の思いたがるほど明瞭ではない、という事実だ。

*

インド亜大陸を六か月旅してきた友人から、みやげ話を聞く。パキスタン辺境の地を流れる川のほとりで、小さな村の人口にも匹敵するほどの女性たちと出くわした。老いも若きもそこにつどい、集団で洗濯をしていたのだ。ことばが通じず、彼女たちが何を言っているのかひとことも理解できなかったが、その楽しげな様子は強く印象に残っている。ひっきりなしに笑い、おしゃべりし、たわむれあいながら、自分なら絶対ご免こうむる——と友人の言う——仕事にいそしんでいた。

ぼく自身が経験してきた洗濯は、そのような光景とは似ても似つかない。個人主義が進み、分断されゆくアイルランドにおいて、ぼくが経験してきた何事にせよ、そのような光景にはほど遠かった。わが人生のほとんどの歳月、洗濯とは、ドラムに衣類を詰めこみ、ダイヤルを回し、ボタンを押し、その場を立ち去って何か別のことをする行為を意味していた。ところが、七か月前にあらゆる自動機械を手ばなすにあたって、これも変更を余儀なくされる。洗濯機をまったく見たことがなかったならば、あるいはパキスタンの辺境の村で育ったならば、自分の着た服を手洗いするなど、取りたてていうまでもない日常生活のひとコマだったろう。でもぼくは洗濯機を見たことがあり、それがいかに手早く効率的であるかをよく知っているし、ぼくが育ったのは、手で洗う面倒をスイッチのひと押しで済ませるためには何だってするような時代だ。だから残念ながら、ぼくが洗濯を楽しめる日は来そうにない。特に、社交的要素が入りこむ余地のない、孤独な作業であるかぎりは。

そんな事情もあって、最近では服の着用をケチるようになった。いまの時期なら、たいがいショートパンツ一丁で過ごす。なまじ夏に服を着すぎると体がやわになり、厳しい冬に耐えられない。よって洗濯物かごが満杯に達するのは、せいぜいひと月にいっぺん程度か。

洗濯すると決めた日の明け方。乾いた小枝を集めてロケットストーブに火をつけ、黒ずんだ古なべをかける。なべにはたっぷりの湧き水に、ざく切りしたサボンソウ（*Saponaria officinalis*）を入れてある。サボンソウは、農場で育てている多年生植物だ。サポニンが含まれており、衣類だけでなく体や髪を洗うのにも使える。利用の歴史は長く、古代ローマ時代の浴場跡付近にいまだに自生していたりする。

　サボンソウの有効成分は煮立たせると死んでしまうので、沸騰させぬよう気をつけながら十分に加熱する。たぶん、蛍光グリーンの洗剤をスーパーで買ってくるほうが早いだろう。けれども、人生のすべての瞬間から最大限の金銭的価値を引きだそうという考えは、とっくの昔に捨てた。

　次に服をたらいの水につけておき、そのあいだに、なべのサボンソウ液を小型の手回し洗濯機に注ぎ入れる。水気をしぼった服を洗濯機に移し、約一〇分間ハンドルを回しつづける。回しながら、六人家族だったらこれどころの苦労では済まないと想像すると、今日の共働き夫婦が洗濯機をありがたがる気持ちもよくわかる。他方また、そのような現代的なものの見かたが、もっと大きな経済と文化と生態系の問題の一角を占める理由も、よくわかるのだ。

　手回し作業が終わったら、洗濯物をたらいに戻してこすり洗いをしたあと、水が透明になるまで何度もすすぐ。それからローラー《マングル》式しぼり機をとおして水気を切り、いまの季節なら庭の物干しロープに干す（冬は、カースティがハシバミの枝でこしらえた物干しラックに吊るして、小屋のストーブの上で乾かす）。ほぼ午前中いっぱいかかる仕事で、すべてが完了するころには、あと一か月はやらなくて済むことを喜ばずにいられない。

マングルを片づけながら、心はまたパキスタンへとさまよい出し、ぼく自身とぼくの進歩的文化とが進歩の過程でうしないつつあるものについて考えてしまう。それで思いだすのは、ジャワ島の、どことも正確に覚えていない場所でのできごとだ。ある夏、インドネシアを旅行中に、友人のギャヴィンとナイジェル――二人ともきたえあげた体の持ち主――と一緒に急峻な山へハイキングに行った。灼熱の太陽に照りつけられ、勾配のきつい山道を数百メートル歩いたところで小休止する。立ったまま周囲の景色をながめ、さらにつづく坂道に備えていると、あとから七、八歳とおぼしき女の子が登ってきた。両手には水がたっぷり入ったバケツを下げ、「ハロー」とほほえむ。ぼくらはどぎまぎして目を見あわせ、女の子のうしろについて歩きはじめた。代わりに持ってあげようと申し出るべきだろうか。しかし、彼女がバケツを苦にしている様子はみじんもない。それに正直いうと、ぼくらの誰よりも力がありそうだった。

さらに数百メートル行った地点に彼女のめざす小村落があり、粗末な家々の前で五人ほどの男女が洗濯をしていた。おかしなことに当時のぼくは、なんと原始的な暮らしだろうと思ったものだ。いまならば、再訪して教えを乞いたい。

*

自分自身の経験を別にすれば、カワカマス釣りに関する知識の大半は、モーリーンから仕入れた。モーリーンは、二〇キロ離れたポータムナの町にある、いちばん近い釣具屋の店主だ。はじめて店に入った日のことは忘れない。いま考えると不必要な用具を探しにいったぼくは、買うのを思いとどまるよう彼女に説得された。「三か月たって釣りが本当に楽しいと思えたら、またいらっしゃいな。そのときには見つくろってあげましょう」。彼女は正しかった。結局ぼくは、その用具を欲しくも必要にもならなかった。釣りに飽きたせいではないけれど。

店にあいさつに寄る。モーリーンは経営が苦しいとこぼす（意気消沈している様子はうかがえないが）。物価の安い国の工業団地に大きな倉庫を持つようなオンラインショップに、うちみたいな店はとうていかなわない、と言う。それはそうだろう。自分のあきなう品物を買うなと説得するウェブサイトなど、見たことも聞いたこともない。しかも、インターネット上で販売される不必要な商品は、まず在庫切れを起こさないのだ。

*

明日はどうしても早起きする必要がある。ふだんから朝は早いほうだけれど、今回は大事な場所へ行かなければならない。つまり、文明化した場所へ。目ざまし時計がないので、自分を信頼するしかない。長きにわたって現代の宗教――テクノロジー――を信じてきたあとでは、容易ならざることだ。それでも、とにかく信頼してみよう。

目が覚めた。早朝だ。時間どおりあらわれたぼくに面会相手は「体内時計のおかげですね」と言うものの、ぼくは歯車やぜんまいでできた機械ではない。感情と欠如、長所と短所、本能と直感でできた動物である。テクノロジーという新宗教の司祭たる科学者がどう説明するか知らないが、ぼくを起こしてくれたのは、デカルト流の歯車のかみ合わせではなかった。それよりも、理知を超えた知だと考えたい。

*

何年も前に友人のマルコム・ハンドルからブッシュクラフト［文明の利器に頼らない野外生活術］の講習を受けたとき、初日の朝に森へ歩いていく途中で、こう提案された。「みんな、履いているブーツやゴム長を脱いで、はだしで歩いてみないか」と。おどろいたぼくらは「本気か？」と目をむき、互いに顔を見あわせた。受講生のひとりがマルコムに理由を問いただす。なにしろ一一月の半ばである。

そのときのマルコムの返事が、以来ずっと頭を離れない。「ボクシングのグローブを手にはめたまま生活すると想像してみてほしい。長靴のなかの足は、まさにそういう思いをしているのだ」。しぶしぶブーツや長靴を脱ぐぼくらに向かって、彼は切々と説く。「分厚いごわごわの手袋につねに守られているせいで、何ひとつ素手でさわれなかったとしたら、どんな気がするか考えてみろよ」。そんなふうに考えたこともなかった、とぼくは答えた。「よし」と彼。「ブーツはそこに置いて、ぼくについてきて」

霜の降りた晩秋の朝、ぼくが第一に心配したのは、足がかじかんで講習を楽しめなくならないか、という点だった。最初はやはり冷たかったが、歩きだしたとたんに温まってくるものだからおどろいた。血行がよくなり、足の神経がうずき、あたかも探検したくてたまらないかのごとくに。足のマッサージとリフレクソロジーの施術をかけ合わせた感じとでもいおうか。物心ついて以来はじめて、足が生気を帯び、その下に息づく偉大な野獣とつながったように思われた。

第二の心配は、ケガをするのではないか、だった。しかし、それも杞憂にすぎなかった。おのずから、一歩一歩に細心の注意を払い、とがった石やとげのある植物をよけ、ふだんなら見のがしていたであろう潜在的危険物に気づくようになる。歩きかたが、より丁寧に、より意識的に変わる。ゴム長などの日常的テクノロジーに頼っていたときとちがって、無神経に物を踏みつけて歩くばかりではなくなった。足裏の下の異物や割れ目や感触に急に敏感になったのは、単にそうせずにはいられないからだ。これは、大地との精神的なつながりではなく、大地との肉体的・実際的なつながりであった。あるいは、ひょっとすると両方であったのかもしれないが。

講習が終わってもう一度ゴム長を履いたきり、いまのいままで履きつづけていた。「習慣は強力な弱音器」と言ったサミュエル・ベケットは正しい。

ゆうべは空気も空も澄みきって、真っ青な夏空のきのうときょうとを分かつにふさわしい夜だった。東の地平線上にちらりと頭を出したばかりの太陽が、昨夜のキャンプファイアの残り火のように見える。本日最初の仕事は、畑の水やりだ。出がけに、ふと思いたって長靴と靴下を脱ぎ、前回マルコムに会って以来はじめて、はだしで家を出た。

やわらかな朝露に触れ、たちまち足先が内側から目ざめていくのを感じる。たしかに冷たさは先に立つ。ついさっきまで毛布の下にあった足だ。しかし、夏の晩に湖に飛びこんだときの体の反応と同じく、足もまもなく新しい条件に順応する。農作業場のほうへ歩いていくと、牧草のすきまからオオバコの若葉が顔を出しているのに気づく。朝露のしずくがクモの巣に降りている(どれほど多くのクモの巣を、ぼくは気づかぬうちに破壊してきたことか)。これからの一日を思い、いつもの悪いクセで先のことに気をとられたとたん、鋭く突き出た岩に爪先を引っかけた。痛い。その痛みに、目の前の物事に集中する大切さを教わる。

　湧き水をくみにいこうと細道《ボーリーン》に出ると、周囲の野生に目を向けるどころか、視線は路上にくぎづけとなる。大小の石にいちいち刺激をおぼえ、軟弱な足は二、三歩ごとに痛みにたじろぐ。きたえてやる必要がある。足はあきらかに喜んでいないにしても、気分は悪くない。ぼくの足は、どこを歩けばいいかを承知していたようで、道の中央を帯状に走る緑の草の上へと這いあがり、周囲の世界はふたたびやさしく生き生きと息づきはじめる。

　泉のほうへと角を曲がりしな、カスリーンがもう起きてうろうろしていませんようにと願う。こんな朝っぱらにはだしで歩いているところを見られたら、ついに頭がおかしくなったと思われてしまう。

*

カースティは心に葛藤をかかえている。自然界に対してごく当然の愛情をいだいている――あるいは少なくとも、進歩の名のもとに人間が自然界にふるう仕打ちを憎んでいる――彼女だが、それでもまだ、その愛情はどこかしら頭でっかちで、すっかり骨の髄までしみとおったものではない。あちこち「関節」がはずれかけたぼくら世代にとって、頭で考えた観念が全身に行きわたるには時間がかかる。長い長い時間が。地球の生態系が――よって人間の社会も――待ったなしの状態に置かれており、生きとし生けるものとの関係性を根本から変える必要があることは、彼女も理解している。ぼくの出会った誰よりもよく理解しているかもしれない。頭で理解するだけでなく、心で感じとってもいる。ときとして、痛々しいほどに。でも、彼女が本当に好きなのは踊ること。そして、踊ることよりも好きなのは、生の音楽に合わせて踊ることだ。それは見ればわかる。

もともと社交的な性格だから――ほとんどの人が、ある程度はそうだろう――この田舎では、世の中から隔絶された感をおぼえがちなのも無理はない。結びつきの強いコミュニティであるとはいえ、若者たちは、移民船に乗りこんだ前世代にならって都会へ出ていってしまい、地域の繁栄に必要とされる若々しいスピリットが欠けている。ぼくらは、この地にそんな活気を取りもどそうと努めているけれど、それは長く、ときに孤独な道のりである。車を持たないぼくらにとって、アイルランド農村部のいまの公共交通事情では、文化が豊かで自然の貧しい場所へ出かけていくのも容易ではない。

きょうの彼女は、ひどく落ちこんでさびしそうだ。見ているこちらもつらい。つらく感じる理由は、世界で何よりもいちばん彼女を愛しているから――それを態度であらわすのを忘れがちではあっても——というのがひとつ。もうひとつの理由は、ぼく自身にもその気持ちがわかるからだ。すべての命に対する愛情——人間社会への愛情にとどまらず——が頭から血管や骨へとしたたり落ちていくまでは、この暮らしはきつく感じられるだろう。人づきあいを求めるのは人間の自然な欲求であるから、消えてなくなることはないし、どこかに帰属したいという渇望にしてもしかり。ウェンデル・ベリーの言う「野生の平和」を感じとれるようになるまで、ぼくは一〇年以上かかった。それを感じるようになったいまでさえ、かつて慣れ親しんだものを懐かしく思うことも多い。ましてや彼女は、まだそれだけの時間を経ていない。しかも生まれつきの放浪者ときている（人間はみな放浪者の気質を持つのかもしれない。探検や脱出と称して世界各地へ飛行機で出かける行為が、真の旅の有害な代用品となった昨今の風潮を見るかぎり）。土地に根ざした生活に彼女がなじむことは、けっしてないだろう。そんな考えが頭をよぎる。いまの日常に放浪生活の冒険を織りこむ手だてを、ぼくらは見いださねばならないのかもしれない。

　ほかにどうしようもなく、ただカースティを抱きしめる。さあ、お気に入りの服に着替えて、フラフープとタップシューズを持って（シャンノース・ダンスもかなり上達した）、一緒に音楽を探しにいこう。「ティンホイッスルをまたはじめてみたら」とやんわり要求されつづけて、もう一年以上たつ。「そうすれば夜、二人で一緒に練習できるのに」。あれこれ口実をつくっては先のばしにしてきた自分の態度を、ちょっぴり恥じる。

　パブに入るとみなが一斉に寄ってきて、ダンスを披露してよと彼女にせがむ。当地ではフラフープの存在もまだめずらしい。彼女は地域の人たちみなに好かれている。自分の好きなことをしている人間は、誰だって好かれるものだ。「クーリーズ・リール」と「ドラウジー・マギー」の曲に合わせてステップを踏むうちに、彼女は生き返ったように元気を取りもどす。

こういう時間を、それに彼女と過ごす時間を、ぼくはもっとつくらなければ。忙しかったからと自分に言い訳してばかりいるが、往々にして優先順位をまちがえているのだ。またやってしまった。いまさらながらに気づく。どうか、まだ手遅れではありませんように。

*

近くで有機農園をいとなむ友人が、コンテナ二杯分のクロスグリの実、二二キロをかついであらわれる。何年も前にクロスグリをどっさり植えたが、ジャムなどの保存食をつくる人が減って、収穫物の売り先がないのだという。

願ってもない到来物だ。ざっと見積もって、ワイン七五リットルとジャム二〇瓶がつくれ、残りを朝食用にしても来週一週間分はたっぷりある。一日半の仕事が必要となるが、これで次の冬じゅう、誰もが酒とジャムに事欠かない。しかもこのあと、ブラックベリーとラズベリーの季節もめぐってくる。

友人のついやした労力が痛いほどよくわかるので、ぼくは買いとろうと申し出たが、彼は聞きいれようとしない。そこで代わりに、ワイン飲み放題という約束にする。

＊

いま郵便局で買ったプリペイドカードを携帯電話にチャージしてもらえないか、と隣人に頼まれる。「老眼鏡を忘れちまってね」と言うが、ぼくは彼が字を読めないことを知っている。いつかの夜、酒を何杯か飲んだあとに、みずから明かしたのだ。おかしな時代だ。現代人は知的技能の欠如を恥じるくせに、ごく基本的な生活技能——身近にあるもので食や住の必要をまかなうといった——の欠如には、まるで平気な顔をしている。馬に関してこの隣人が持っている知識は、ぼくが一生かかっても知りえないほど多い。

イデオロギーの出る幕でもなし、差しだされた携帯電話を受けとる。実に九か月ぶりに電話に番号を入力すると、プリペイドカードに記載された番号が入力できるようになり、さらに別の数字いくつかの入力を求められる。自動生成された「声」がチャージの完了を告げる。この瞬間に隣人は、世界の裏側にいる人と話をするだとか、ほかにもいろいろ、もうぼくには手の届かぬ芸当が可能になったわけだ。

＊

グーズベリーに実がついて、そろそろ収穫できそうになってきた。いや、まだ少し早い。タイミングがすべてだ。早すぎれば、苦すぎて粒も小さい。遅すぎれば、気づかぬうちに鳥に全部食べられてしまう。お金を使わずに暮らしていたころ、ある朝トレーラーハウスから外に出ると、果樹園のクルミの木に一三匹のハイイロリスが群がっていた。それまでは一度に一匹しか見かけたことがなかったのに。リスたちはしかるべきタイミングを正確に知っており、ぼくが行く直前に現場に到着していたのだ。自然界においてもっとも繁栄しうるのは、そこの風景にもっとも調和する者であり、生命の律動をもっとも敏感に察知する者である。条件に合った者というよりも、合わせられる者が生き残れるのだ。

　夜明けとともにグーズベリーを摘む。大半は朝食用のつもり。鳥たちもすでに初物を賞味済みだ。さしあたり必要なだけを摘んだら、あとは熟すまで残しておく。自分自身のために、そして、生きかたと歌とで魂に滋養をくれる鳥たちのために。いま庭にすわってこれを書いているあいだにも、一羽のクロウタドリが、ぼくの取り残しをついばんでいる。

*

　手に鉛筆をにぎっている。一月にも同じ鉛筆をにぎりながら「こんなこと絶対無理だよ」と悲観していたのを思いだす。三週間というもの、コピー&ペーストや削除キーやスペルチェックやインターネットなどの助けなしに、文章を書こうと試みつづけていたのだ。平らな長方形のプラスチック上でかつて利用できた、ほかの調査ツールや編集ツールにも一切頼ることなく。以前、文章を書くのは比較的簡単だった。自分の考えを電子画面上に吐きだしてから、マイクロソフト社のＷｏｒｄを使って意味が通じるように修正する。ところが、コンピューターとインターネットの使用をやめて、はっきりわかった。大人になってからのぼくは、ずっとサイボーグライターだったのだ、と。ページの上のことばは、半分人間で半分機械である何者かが書いたのだった。過去に出版した本も、もしもコンピューターを使わずに書いていたら、きっと、よくも悪くも相当ちがう作品になっていただろう。それどころか、そもそも書かれさえしなかったかもしれない。

　冬のさなか、気づくとぼくは用紙をぐしゃぐしゃと丸めてばかりいた。どの一枚にも、文法のまちがいや、誤字脱字、考えちがいが多すぎるか、木材パルプの一片が消しゴムに耐えきれぬほどの手直しが必要だった。丸めた紙玉を木のかごに投げいれるのがうまくなり、少なくともきょう一日の仕事は翌日の火おこしに役だつと考えて自分をなぐさめる。ぼくの使っていた用紙は値段が安かった。あまりに安すぎた。友人のファーガス・ドレナンが「野山で採集した素材から本をつくるプロジェクト」で試みたように、自分の手で紙をつくらねばならなかったら、あれほどがんがん浪費できたはずがない。前々から自分でキノコの紙をつくろうと考えてはいたが、それより先に文章の書きかたを学びなおす必要があると悟った。さもないと、紙をつくるだけでフルタイムの仕事になってしまう。

　四月までに、いくらか進歩と希望が見えてくる。書くのにえらく苦労する点は変わりない。でも、絶対無理かといえば、あながちそうも思わなくなっていた。

　七月になったいま、本書も中盤まで書きすすんだ。生まれてはじめて、書く過程そのものを本当に楽しんでいる。日がな一日根を詰めたあとも、頭痛に悩まされなくなった。一字も書かずに果樹園のほうをずっと見つめているかと思えば、いったん手が動きだすと一五〇〇語を一気に書きあげることも。思考のペースは以前より落ちた。大工の世界で「二度測って、一度で切る」が推奨されるのと同じく、ぼくも「二度考えて、一度で書く」ように変わってきた。

出てくることばはあいかわらず、愚かで、粗雑で、人間らしく不完全かもしれないけれど、少なくともそこには、ぼく自身の考えが、ぼくなりの順序に沿って書かれている。人の暮らしも思考も、使うテクノロジーによって形づくられる以上、コンピューターの助けなしに書くことが、ぼくには重要と感じられる。シドニー・J・ハリス［米国のジャーナリスト、コラムニスト］がかつて言ったとおり、「真に危険なのは、コンピューターが人間と同じように考えはじめることではなく、人間がコンピューターと同じように考えはじめること」だから。

*

ノックモイルじゅうが安らかに眠るなか、じっとしていられない性分のJPとぼくだけが野に出ている。JPは、ぼくが畑用の馬糞《ばふん》を集めにきた場所から二区画先の農地でせっせと作業中。いま手を振ってあいさつしたと思ったら、気づけばもう隣の農地に移動してきている。半時間前に出かける予定だったんだが、と言いながらも、まるで気にしているように見えない。JPは農業をいとなむかたわら、大工および建設作業員の仕事もこなす。このあたりでは、彼のみならず誰もが、自分の技能を活かして農業収入を補うのだ。

娘の家を新築している現場へ出向く前に、最新ニュースをぼくに吹き込んでいく。銀行が二万件の住宅ローンを提供するんだとよ、市場に出ている家は一万戸しかないのにさ、と彼。そのうちまた何もかもが「とち狂っておかしくなっちまう」と言う。「〝人が何かを学ぶときは、すでに遅すぎるもの〟」

彼の話はさらにつづく。米国政府が法人税率の引き下げを決定した。米国の巨大テクノロジー企業がアイルランドにとどまっているのは「魅力的」な税率ゆえにすぎないから、フェイスブックやグーグルやアップルなどの企業が帰っちまわぬよう、わが国の政治家連中は引き止めに必死だろう。政治的独立を勝ちとるためにあれだけ血と涙を流したのは、経済的独立――アイルランド人としての自立――をむざむざ明けわたすためだったらしい。この国はつねにアメリカの影響下に置かれていて、その支配力はいよいよ強まるばかりだ。

立ち去りぎわに、もうひとくさり。おれが若いころ、アメリカのうわさを聞いた。あちらには年とった親を入れる老人ホームというものがあって、子どもたちが出世に励むため、人に先んじるため、あるいは単に家計を破綻させないために利用するのだ、と。「年寄りにそんな仕打ちをするなんて、ひでえ国だな」と当時思ったのを覚えている。それがどうだ、いまのおれらを見てみろよ。

じゃあまたな、マーク。生きて健康でいるには、うってつけの朝じゃないか。そう言って彼は去っていき、ぼくはふたたび草地の上の新鮮な馬糞を拾いはじめる。

＊

科学というものは、ぼくの父さんによく似ている。ぼくが育ちざかりのころ、父さんはいつも、どこも壊れてなどいない品々を、おもに好奇心から分解して調べていた。だから、物の動くしくみを人に説明できたし、それを聞くのはおもしろかった。だけど母さんにとっては別だ。母さんはしょっちゅう腹を立てていた。父さんがいじくりまわしていたラジオや電話を元どおりに組みたてていくと、たいてい、いくつかの部品――ときに重要でなかなか替えがきかない部品――が足りないことに気づく。しばらく「あれは最初から必要ない部品だったんだよ」と言い張ったあとは、使い物にならなくなった家電類が納屋で棚ざらしにされるのであった。

＊

われらがもぐり酒場《シビーン》の木の丸テーブルに、空いたグラスがいくつも放置され、楽しかった夜の余韻がそこらじゅうに残っている。カウンターや椅子のあちこちには、ギター、マンドリン、バンジョー、フィドル、ティンホイッスル、バウロン。まだ赤く輝きつづける暖炉の熾火。部屋にたちこめる自家醸造酒の気が抜けたにおい。

グラスの底に残ったビールをバケツに集めて、ぼくは菜園へ向かう。小ぶりな容器にビールを注ぎわけると、即席のナメクジ捕獲器《トラップ》ができあがる。無料宿泊所でそろそろ目を覚ます連中同様、ナメクジもビールが大好物なのだ。しかし、飲みすぎで多くの善人や家族が身を滅ぼしてきた反面、ナメクジにはたったひと口が命取りになりかねない。

翌朝、容器を調べにいく。大虐殺が起きていた。最初の容器に六四、次のは四四、その隣は二四……といった具合。抜群の効果である。そこまで抜群でなくてもよかったのに。ぼくのなかの文明に毒された思考が首をもたげ、この行為自体の倫理を疑いはじめる。一方で、ぼくには食べる必要があり、ナメクジは、ぼくの好きな植物をあまりにも正確に探しあててしまう。他方で、ぼくは感覚を持つ生き物を故意に――ビールの海でとはいえ――溺れさせている。ぼくが植えたというだけで自分のものだとみなしている葉物野菜を、おいしく味わった罪で。何がとはうまくいえないが、どこかしら受けいれがたいところがある。

ビールの容器から一匹ずつナメクジをつまみあげ、畝《うね》を囲っている木枠に載せて乾かす。ふとナメクジを食べてやろうかと思いついたが、置き去りにした場所に戻ってみると、もう影も形もない。ひどい二日酔いとともに目ざめ、暗がりへ身を隠したか。それとも、ほろ酔い機嫌になりたい野生動物が生け垣にひそんでいたのか。

＊

男の子あこがれの職業とはいえぬものの――そもそも子どもが何かの職業にあこがれたりするだろうか――エディンバラの独立系オーガニック食品会社に二〇〇二年ごろ就職したぼくは、たちまち奇妙な生きがいを見いだす。前にいたスーパーマーケットの職場とはちがって、従業員は、人にやさしい本物の食べ物やフェアトレードの酒を販売することに情熱を燃やしており、当時のぼくと同じく全員がベジタリアンだった。ぼくのものの見かたは五年後に劇的に変わるわけだが、そのときは、自分が何か大きくて有意義な存在の一部となった気がしていた。

同僚たちの熱意はすぐさまぼくにも伝染し、ほとんどニューヨーク時代と変わらぬぐらいはたらきづめにはたらいたが、同時に学ぶところも多かった。自分自身を知るというよりも、自分を取りまく政治的状況についてである。地元の有機食品生産者との関係構築も、ぼくに課せられた職務だった。生産者から経済について教えられたことは、大学でビジネスを専攻した四年間に得た知識以上に多い。毎日、少しずつ生産者らの話を聞く。生計の立てかた、そうする理由、ときには身の上話、そして逆方向へ進みゆく世界のなかで直面する困難についても。その信念、その忍耐、そのねばりづよさに、敬服させられっぱなしだった。

花粉を媒介するミツバチの根本的重要性について、蜜ロウの用途について、ネオニコチノイド系農薬がミツバチの群れに与える影響について、養蜂家は教えてくれた。殺虫剤と化学肥料がいかに土壌を汚染して生物多様性をむしばみ、河川の水を飲めなくし、水生生物の住みかを奪っているかを、野菜農家に教わった。工場畜産のめんどり——さらには放し飼いと称される鶏でさえも——が置かれた悲惨な飼育環境について、地元の小規模養鶏農家から教えられた。いつしかぼくは、ノーム・チョムスキー［米国の言語学者、哲学者］、ナオミ・クライン［カナダのジャーナリスト、活動家］、ジャレド・ダイアモンド［米国の地理学者、歴史家］、ヴァンダナ・シヴァ［インドの環境哲学者、活動家」の著書を読みあさるようになる。仕事は単なる仕事にとどまらず、政治的行為かのように思われてきた。

神の与えたもうた時間すべてを仕事につぎこんだおかげで、奨学金を完済できた。ゴールウェイ時代、神の与えたもうた時間すべてを個人商店でのアルバイトにつぎこんだにもかかわらず、背負いこんだ借金だ。ところが、エディンバラに住んで二年たっても、街になじむことはできなかった。まぎれもなく豊かで、手入れが行きとどいた清潔な街である。それなのに、わが街という実感がどうにも持てない。ぼくはいよいよ社会運動――あらゆる種類の運動――への関心を深めていくが、この街では変化を起こすような動きを見つけることができなかった。賃金水準が高いと、変化を求める機運は高まらないものだ。

はじめてできた恋人、フィンランド人のマリと一緒に、政治運動の盛んなブリストルへ引っ越すことにした。ぼくらが借りた二階建てのアパートは交通量の多い高架式道路に面していて、日曜の早朝には、ガード下で酔っぱらい相手にフェラチオをする売春者の姿が見える。騒音もひどく、マリがひとりで外出する夜などは心配でたまらなかった。

ブリストルに越して二週間後、また別のオーガニック食品会社へアルバイトの面接に行く。その会社は、スーパーマーケット、カフェ、定期宅配サービス、レンガ塀で囲まれた庭園を擁していた。その場所――あるいは運営のしかた――をひと目見て好印象は受けなかったので、オーナーとの面接で正直にそう伝える。採用されないだろうし、採用されても受けないだろうと思いながら、その場を辞す。五分後にオーナーから電話がかかってきて、自分の代わりに会社を運営してみないかと問われた。思いがけぬ機会の訪れに興奮をおぼえ、承諾の返事をする。

大変な努力と犠牲を伴う一年間のうちに、そこの軌道修正に成功した。厳しい上司と化したぼくの原動力は、誠実な生産者や養蜂家が苦労している実情と、これ以上苦労させたくないという思いだった。顔の見えない企業が地球の裏側からぶんどってきた産品ではなく、地元のこうした生産者のつくった食べ物を地元の人たちに買ってもらうのが、ぼくの仕事だ。ところがある日、事務室を出て店の通路を歩いているとき、にわかに体が凍りつく。売り場の端から端まで、見わたすかぎりプラスチックだらけではないか。プラスチックの袋入りのカカオニブ、プラスチックケース入りのビタミン剤、プラスチックボトル入りの水。バナナはドミニカ共和国産、サツマイモはイスラエル産、マンゴーはまた別の遠隔の地から。三年間、持続可能性《サステナビリティ》だなんだと、あれほど熱弁をふるってきたのに。その瞬間、その場で、自分のいるオーガニック業界さえも持続可能性とは五〇〇〇マイル離れていることに、はじめて思いあたったのだ。いくら持続可能といえども、プラスチック文化を持続させてしまってどうする？　ぼく自身にとってすら、それは持続可能でなかった。労働時間は週に六〇時間以上に達していた（しかも部下たちにも無理をさせていた）。アフリカの農家とのフェアトレードを支援し、東南アジアにおける搾取労働に反対する会社のために、だ。会社を大きくするプレッシャーはプライベートな時間にも影響をおよぼし、ついにマリとも別れてしまった。

グリーンだと思っていたオーガニック業界に幻滅を感じたぼくは、仕事を辞め、ブリストル港に買ったばかりのハウスボートでしばらく休むことにする。大学を出て以来ひさしぶりに、理路整然と考えたり、内省したり、近くに誰もいないときには声を上げて泣いたりする時間ができた。おのれをわざと忙しくしつづけてきた理由に気づかされる。見えないがゆえに忘れている遠方の地と、そこに住まう人間やほかの生き物たちに対し、ぼくの文化とぼく自身がどんな仕打ちをしているのか、考えずに済むようにしていたのだ。そのすべてに自分が加担している事実、それについて何もできない無力さを痛感した。

すっかり気が動転し、西洋人特有の罪悪感に責めさいなまれるうちに、何かまったくちがうことをしてやろうと決意する。何かバカげたこと、何か自分でも予測のつかない方向に人生を変えてしまうようなことを。

*

街に来ている。埠頭のそばで旧友と会うためだ。そしていま、チェーン店のバーのなかにいる。正面入り口には「お客さま以外のトイレの使用はお断り」と注意書きがあった。しかし、逮捕の恐れなく根元に小便できるような木など、中心街のどこにも存在しない。この際、先人たちにならって掲示を一切無視するとしよう。

小便器の上方、顔から三〇センチと離れていない位置に、広告が貼ってある。いかなる余白も機会の損失を意味するとの論理にもとづけば、こういうのが賢い新機軸とみなされるわけだ。貼られていたのは、おなら消臭機能つき下着の宣伝である。思わず二度見した。風刺アートの作品か、企業広告のパロディーではなかろうか。
　いや、ちがう。正真正銘の製品広告だ。

＊

　きょうはアイルランドの観測史上でもっとも暑い日だ、とパッキーが言う。明日は、きょう以来もっとも暑い日になるだろう。摂氏三三度。ここ一週間、ノックモイルの気温はリスボンやロサンジェルスよりも高い。

　夜明けとともに自然に目ざめ、ダーグ湖へ釣りに出かける。暑くなってくるとカワカマスは涼《りょう》を求めて水中深くもぐってしまうので、いま時分に食料を得たければ、早起きは欠かせない。アイルランドじゅうがまだ眠っており、二〇キロの距離を自転車で行くあいだ、一台の車も見かけない。ぼくにとっては好都合だ。道中、空の色がピンクからオレンジ、そして青へと変化していく。生きている意味を理解できるひとときである。
　二、三時間後、桟橋《さんばし》にユージーンがあらわれる。トラクターのうしろに積んだタンクに、ポンプで湖の水をくみ上げに来たのだった。この天気はどうだい、と彼にたずねる。殺されちまうよ、との答え。六週間というもの、ほとんど一滴の雨もふっていない。雨がふらなければ牧草が育たず、牧草が育たなければ乳牛のエサがなくなり、エサがなくなればユージーンの収入がなくなるのだ。ただでさえ小規模農家は、スーパーマーケットの値付けや非情な競争のせいで悪戦苦闘しているというのに。大麦生産者らもまた苦境にある。ダブリンでは、洗車や芝生の散水などの行為に対し、罰金が科されるらしい。このアイルランドで渇水とは。まったく変な時代になった。ぼくの使う泉は、人びとの記憶にあるかぎり枯れたためしがないと聞く。今年、この記録も塗りかえられたりせぬことを願う。

ラッドを一匹釣りあげる。まだ小さい。ふだんなら、これほど小さいのは殺さないけれども、腹が空いていたため、ぼくなりの敬意を表して生で食べる。湖で水浴を兼ねて泳ぎ、誰もいない水ぎわに上がって体をふく。

＊

木挽き台に載せた丸太を、横挽き鋸を使って六〇センチの長さに玉切りしていく。この手道具なら騒音が出ないから、ウェンデル・ベリーによる「当座の作業にふさわしいテクノロジー」の定義に当てはまる。すなわち「出産をひかえた妊婦の眠りをさまたげぬかどうか」である。のこぎりを動かしていると、アルド・レオポルドの随筆「良質のオーク」が思いうかぶ。そのなかで彼みずからも横挽き鋸を手に、落雷で立ち枯れたオークの木を切りすすめながら、自分の小さな農場があるウィスコンシン州の生態史を物語っている。「ひと挽き、またひと挽きと繰り返すごとに、十年また十年と時間を遡《さかのぼ》り、この素晴しいオークが生き抜き、年輪に刻み込んできた歳月のさまざまな出来事を、目《ま》のあたりにする思いだった」（『野生のうたが聞こえる』新島義昭訳、講談社学術文庫）

という。

　レオポルドのオークには年輪が八〇本あったが、それでも本来の寿命からすればまだ若造だ。彼は、稲妻がこのオークの生長に終止符を打った年、すなわち第二次世界大戦末期からのこぎりの刃を入れ、芯に到達するころには南北戦争末期まで時代をさかのぼっている。一本の木が直径七五センチの太さに生長するあいだに、ウィスコンシン州の——そして米国全体の——生態系は大きく変化した。

　ぼくの前のトウヒには年輪が二五しかない。ということはつまり、一九九二年に林業家によって植林されたのだ（レオポルドのオークは、おそらくリスによって植林されたものと思われる）。ぼくがまだ一三歳で、携帯電話を持たずに暮らしていた最後の年である。この生長の速い木に二五本の年輪ができるまでの時間に、世界はインターネットに席巻され、数知れぬ生物種の生態的地位や古来の役割は、人類によって亡きものとされた。切断した最後の玉木が地面にころがるのを見とどけて、考えこむ。ぼくが植え、生長を見守った木々の年輪は、ずっとのちの世の人に、どのような物語を語ることになるのだろう。

*

　カイルブラック村まで歩いてマス釣りに行く。隣人が言うには、カイルブラック（Kylebrack）とは英語化された地名で、もともとのアイルランド語名コイルブレッヒ（Choill Bhreac）は「マスの森」を意味する。

カイルブラックにはもう本物の森は残っていないし、ぼくの見るかぎり、この川にはもうマスもいない。はるか昔の住民らによって名づけられた当初、この地がどのような場所であったのか、想像をめぐらしつつ、釣りざおを片づけ、帰路につく。

*

ソローはかつて「木はぼくを二度温めてくれる」と言った。一度目は薪割りをしているとき、二度目は火のそばにすわっているときに。さて、ソローは簡潔な物言いをするたちだったのか、あるいはぼくよりずっとたやすく仕事をこなしていたのか。ぼくの場合、木は六回温めてくれる。肩に載せて三〇〇メートル運んでくるとき、のこぎりで挽いているとき、薪割りをしているとき、積みかさねているとき、火のそばにすわっているとき、そして最後に、その火をとおした料理を食べることによっても。

忘れられがちな事実だが、体はまず何よりも内側から温まるのである。ブラスケット島民らはそれをよく知っていた。健康的な――今日の水準からしても非常に健康的な――食生活を送っていたばかりか、その食事は体を一度ならず温めてくれたはずで、かの地の気候の厳しさを考えれば、けっして悪い話ではない。吹きすさぶ風が家々の戸をふるわすようなとき、暖炉の燃料を調達しにやむなく外へ出る際は、あおられて崖から転落せぬように、互いの体を縄で結びあわせたものだった。

　ぼくやソローとちがって島民たちには、暖房に使用できる木が一切手に入らなかった。一九世紀の島には一本の木も生えておらず、その点は今日まで変わりがない。ぼくと同じくすべての島民には、島内の泥炭を採掘する法的権利があった（ぼくがこの権利を行使しないのは、アイルランドにおける泥炭地がいまや消滅の危機に瀕しているため、また泥炭使用時の二酸化炭素排出量が石炭と同程度に多いためだ）。島民が泥炭を切りだす際に決まって使用したのが両刃のすき《スローン》であり、同型の品が現在〈ブラスケット島センター〉に展示されている。往復約五キロの道のりをロバを連れて泥炭を集めにいくのは、たいてい女たちの役割で、クリールと呼ばれる木製の編みかごに入れて運んだ。泥炭を補うために用いたハリエニシダやヘザーは、島にふんだんに自生しており、再生可能なエネルギー源であった。流木も拾って利用したものの、家の暖房にはあまり有用とみなされなかった。

　強い風雨を避けて、ほとんどの民家は丘の斜面にへばりつくように建てられた。大きさはいまどきの家の居間よりも小さく、島でとれる石と粘土モルタルだけでできた家だ。戸に掛けがねはあっても、鍵はついていない。現代のインテリアデコレーターならば「オープンプラン型」と呼びそうなつくりで、中央を食器戸棚でふたつに仕切った。片側は寝室である。木製のベッドの下にジャガイモを収納した。マットレスの素材はガチョウの羽毛、シーツは小麦粉袋の再利用、掛けぶとんには羊毛を使った。ベッドとベッドのすきまには小便容器が置かれ、夜は家族全員でこれを使いまわした。

通常、家の台所側のほうが大きな面積を占めた。というのも、ダンスをするために、また誰かが亡くなれば通夜をいとなむために、それなりの広さが必要だったからである。どの家にも頑丈なつくりのテーブルがあり、ジャガイモがころがり落ちて犬を喜ばせぬよう、パンのこね鉢状にふちを高くしてあった。まわりに並べた椅子は、座面を麦ワラの縄で編んだもので、ぼくも同様のをひとつ使っている。壁ぎわに置かれた木の長椅子では、夜に漁に出る男たちが午睡《ごすい》をとったのかもしれない。教会の信徒席のようなこの長椅子の下が、鶏小屋にも早変わりした。

ひとつ屋根の下に三世代が同居する場合もあり、台所は女たちの領域だった。台所に備えてあった品は、フライパンと鉄なべがひとつずつ、木製のマグカップ、皿、椀、それに泥炭の火でパンや魚を焼くためのダッチオーブン。トマス・オクリハンの若かりしころは、夜になると牛やロバや犬を台所に入れて、残り火で暖をとらせたという。鉄なべは、洗濯する衣類をつけておくためにも使ったが、住民自身は大西洋の冷たい海水で体を洗った。熱い風呂につかってくつろぐ習慣がなければ、それを恋しいと思うこともないのだろう。

厳しい自然環境に対する最大の防御は、この世に生を受けて以来、島民自身のなかにつちかわれつづけた頑健さである。ペイグ・セイヤーズの時代には男も女も、自分の結婚式の日に生まれてはじめて靴を履くのがふつうだった。男の子は半ズボン、女の子は手づくりのワンピースを着ていた。丈夫だとはいえ、冬のあいだ、および海上では、苛酷な気象条件から身を守る必要がある。漁師らは、水をはじくオイルスキンの上着を身に着けた。また、ガーンジーと呼ばれるセーターや靴下は、女たちがみずから紡いだ毛糸で手編みした。男たちは自慢のハンチング帽をかぶり、女たちは頭部をショールでおおうことが多かった。司祭にまみえる際は、つねにいちばん上等の服を着た。ダンキンへミサに行くときも、死んでひつぎに入るときも。

　ここで書き物の手を休め、イラクサを摘みにいこう。あとでカースティが種を干すつもりでいる。一日に茶さじ一、二杯を摂取するだけで、髪にも肌にも副腎にもすばらしい効果があるのだ。外に出ようとすると、雨がふっていた。マレーシア製の防水ジャケットをはおりながら、自分のことを自立した人間だなどと夢にも思える日さえ、ほど遠いものだなと思う。

＊

　街へバスキング［街頭で芸を見せること］に行ったカースティが、いましがた戻った。最近、彼女はよくヒッチハイクで出かけていく。人からいくら恐ろしい忠告を受けても動じぬ彼女の度胸には感心するけれど、無事帰宅してドアを開ける姿を見るたびに、ぼくは胸をなでおろさずにいられない。

　さっき乗せてくれたのは大工さんだった、と彼女が言う。その男性のバンに乗りこむなり「きみは自由人だなあ」と言われて話しこんだ。彼によれば、自分もかつてはそうだったが、いまや週に四五〇〇ユーロかせがないと、若い衆の給料すら捻出できない。親方としての責任は重い。プレッシャーがきつくて、最近よく眠れないんだ。カースティは、すっぱりやめてしまえば？　人生は短いのだから、とすすめてみた。そう簡単にいくものか、と彼。銀行が深くからんでいるんだよ。がんじがらめにされて、もう引くに引けないさ。

きみは何をやっているのと聞かれ、路上でバスキングと答えた。へえ、それで生計が立つのかい？　まあ、どれくらいの生計を立てる必要があるかによるわね。

*

石垣で区切られたモザイク状の牧草地をぶらつきながら、二本の川が合流するような淵を探して――探しあぐねて――いるうちに、マイケルと出会った。このあたりに農地を所有する農家だという。話してみると、数日前の晩にはじめて顔を合わせた相手だった。〈ホロハンズ〉の月例セッションでバウロンをたたいていた男性である。あそこのパブも店をたたむかもしれない、と彼が言う。若者は都会へ出ていってしまうし、スーパーで売っている缶ビールやワインはひどく安い。おまけに警察は、小さい村をねらって酒気帯び運転の検挙を強化している。だから、セッションも先日で最後じゃないかな。

なんてこった。店をたたむかもしれないと聞かされたパブは、ここ一週間で二軒目だ。遠からず、この近辺の飲み屋はわれらがもぐり酒場《シビーン》を残すのみとなりかねない。市場の独占など、ちっとも望んでいないのに。ぼくらの無銭パブだけが廃業の危機と無縁らしいだなんて、そんなおかしな話になるのは、もともと営業していないせいか。

何かしら手を打たないとまずい。だが、こうして草地でマイケルと、ハーリングや、音楽や、農業の将来について立ち話をしていても、「何かしら」というのが何なのか、さっぱりわからない。

＊

湖に釣り糸を投げいれながら、心はわが来《こ》し方《かた》へとさまよい出す。確固とした信念を持ち、物のわかった気でいたころへ。わずか一〇年前には、ビーガンで動物の権利《アニマルライツ》活動家を自任していた。それがいまはこうして、息をのむほどすばらしい生き物の息の根を止めんとする行為に励んでいる。運が向けば、その頭を強打したのちに身と脳みそと心臓と眼球を頂戴し、ぼく自身のそれへと変容させるわけだ。

再度、釣り糸を投げこむ。まだアタリがない。隣の釣り人はウキの周囲にサシなどのエサをまいて、ラッドやローチ「コイ科の魚」やパーチをおびき寄せている。ぼくとは大ちがいで、ホイホイと自在に釣りあげては数を記録し、また水中へ投げもどす。やたら多くの、おそらくは何千ポンドもの大金を投じたであろう装備に加えて、プラスチックバケツ入りのエサも一〇キロはあろうか。「何匹釣れるかを楽しんでいるだけなんですよ」と彼は言う。「それに、いつか記録的な大物を手にしたくてね。いずれにせよ魚の味は好きじゃない」。見ばえのいいラッドを引きあげながら、ご満悦である。

ぼくは再度、釣り糸を投げこむ。ようやく心があちこちさまようのをやめ、さおの先に意識を集中する。始終さおを動かして、ルアー——古い銀のスプーンの頭部に赤いペンキでしま模様を描き、釣り針をつけたもの――に手負いの魚をよそおわせる。
さおの先が激しくたわむ。アタリですぐにカワカマスだとわかる。まずまちがいなくカワカマスのオスだろう。オスはメスよりも小さく、ぼくのスプーン疑似餌を好む可能性が高い。とはいえ、なかなかのサイズだ。死にもの狂いで抵抗してくる。死にたくないというカワカマスの心意気に敬服するし、こっちだって本当は殺したくない。彼がもがき苦しむ姿に喜びはおぼえないものの、そうかといって感傷をいだくこともない。そもそも彼が針にかかった原因も、ぼくの目的と一緒で、食うためである。水面を突き破り、身もだえをくりかえして針をのがれようとし、また全力をふりしぼって水中にもぐっていく。やがてついに疲労の色を見せるようになり、彼にとっての世界が終わりに近づく。この瞬間、彼がどんな心境にあるのか、知ったふりをするつもりはない。恐怖だろうか。ぼくが人類学からひとつ学んだとすれば、死への恐れは人類のあいだでさえ普遍的な感情ではないという事実だ。ましてや異種の生き物であれば、なおさらのこと。

　彼を引きあげ、その目をのぞきこみながら命を取る。彼の旅路を安かれと願う気持ちに、いつわりはない。ぼくもまた、いつの日かこんな瞬間に直面させられるだろう。しばらくのあいだ、彼の体はぴくぴく動きつづける。その野生の精神は、いったいどこへ浮遊していくのだろうか。あるいは、あとでこの肉体を食べるとき、一緒にわが体内に取りこまれるのだろうか。手を休めて見物していた隣の釣り人が、いい魚だ、だけど殺さなくちゃいけないのは残念ですな、と感想を述べる。ぼくもそう思う。

　ノックモイルへの帰り道、古いアーチ橋の上で、ペダルを漕ぐ足を止める。見下ろすと、砂利の堆積した浅い小川が淵に流れこんでいる。つがいのマガモが水面をのんびりとただよう。周囲の美しさにひたっているのだろうか。音も立てずにメスがひょいと水中にもぐったかと思うと、まもなく浮かびあがってきたときには、何か瀕死の生き物をくちばしにくわえている。釣りざおも使わず、調理のためのロケットストーブも必要とせず、倫理意識も持たない。二羽はゆっくり泳いで岸へ向かい、陸に上がると、夕暮れ前のひとときを日なたぼっこにいそしむ。

　家にたどり着かぬうちに、突然、雷鳴がとどろき、強い雨がふってくる。ぼくはずぶぬれになり、くたくたに疲れ、生きている実感をおぼえる。

*

朝。もうじき空がほのかに明るみだす。ということは、この季節であればかなり早い時間のはずだ。クロウタドリさえ、まだ起きていない。

　ぼくはすでに起きだして森にいる。重さ約四五〇キロ分の丸太をここから差し掛け小屋へ運ぶ必要があり、手押し車で公道上を行かねばならぬ距離も長いため、いまがいちばん安全な時間帯なのだ。一度に積みこめる上限量の約一二五キロを載せて、実質一キロメートルの道のりをえっちらおっちら押していき、その後、同じ距離を引きかえして次の荷を載せる。しかも、手押し車が入れる場所までの約一〇〇メートルは、木を一本一本かついで搬出するしかない。朝食前に血のめぐりがよくなるのも、まちがいなし。

こんなときばかりは、子どものころから親に命じられて、雨のなか手押し車で重たい荷物を運んでいたらよかったのに、と思ってしまう。そうすれば、きょうのぼくみたいに些細なことで、ぶつくさ不平を言ったりしなかっただろうに。

＊

木枠で囲った植え床のひとつから被覆《ひふく》シートをはがす。ここの一画は、現在小屋が建っている場所から掘りだした土を入れて以来、作物を植えもしなければ外気にも当てておらず、乾燥して見える。レインボーチャード、スベリヒユ、エンダイブ、ルッコラをここに植えよう。芽キャベツやケールなどの耐寒性野菜と合わせれば、冬のあいだもサラダを楽しめるはず。

この植え床には雑草の影すらなく、まるで生気が感じられない――かと思いきや、見れば片隅で大騒ぎが起きていた。そこにアリの巣があったのに、いきなり屋根をはぎ取られ、これまで築きあげた世界はずたずたに、卵は天敵から丸見えとなり、将来の安定がすっかり揺らいだのだ。

かがみこんで観察に熱中する。あわてふためき右往左往しているだけのように最初は思われたが、よくよく見ると、無秩序のなかから一定の行動パターンが浮かびあがってくる。半数のアリは卵に向かって歩いており、もう半数は木枠ぎわのトンネルを通って地下へもぐっていく。自分の体とたいして変わらない大きさの白い卵を、一個一個、穴の下のどこか安全な場所に運んでいるのだ。どのアリも不平ひとつこぼさず、この非常事態を録画してメディアに知らせたりユーチューブにアップしたりする者もいない。ただひたすら、自分たちの世界の再建に励んでいる。今度はプラスチックに依存しない世界をつくりあげる仕事に。

もう一度プラスチックのシートをかけてやりたい気もするが、どうも自然界のいとなみに干渉すればするほど、ほかの存在に迷惑をかけてしまうようだ。だから、自分のサラダ野菜を植える作業に戻ることにしよう。やがてアリたちは、アブラムシの出す甘露を吸いに帰ってきて、ぼくのような人間に「耕作」や「野生」といったことばの区別を考えなおさせてくれるだろう。

*

ある晩、ロウソクの明かりで書き物をしていると、訪問者の男性に注意される。目を悪くしないように気をつけて、と。彼がどこかで聞いた話によれば、大昔の手書き写本の写字生たちは、修道院の暗い部屋で目を凝らしてばかりいたため、失明する者が多かったらしい。なるほど、それにも一理ある。彼自身、まだ若いのに太い黒ぶちのオタクっぽいメガネをかけているものだから、「きみはどうして目を悪くしたの」とたずねてみる。「さあ、どうしてなのか」との答え。「ただ視力が悪いんです」

彼が泊まりにきて六日目、きょうが最後の日である。しばらくのあいだ都市を離れて頭を整理したい、これからの人生に何をしたいか考えたい、こういう生活が自分に合うかどうか知りたい、とのことだった。ここで過ごした一週間は楽しかったし、いろいろな面で非常にうらやましく思う、と彼はふりかえる。だけど同時に、身体的な安楽を与えてくれるものとの再会が待ちどおしくもある。ゲーム機、セントラルヒーティング、テレビ、音楽。とりわけ音楽が恋しい。

「おかしな話ですよね」と彼。

*

一年間酷使した自転車には、修理と点検が必要だ。車体をさかさにして仕事にかかろう。まず、やっかいなブレーキから。しばしじっと見つめて、なんとも奇妙な代物だと思う。対向車に突っこんでいって死にそうになる事態を未然に防いでくれる反面、ブレーキをこの世にあらしめている政治的イデオロギーは、自分たち人間が自然界に依存する存在であることも忘れ、自然界に突っこんでいって死にそうになっている。

ブレーキは直った。次に片方の車輪をはずし、ゆうべ発見した小さなパンクの修理にかかる。接着剤の原材料表示は外国語だが、三つの警告マークは世界共通だ。「強い可燃性」「刺激性」「環境への危険性」。その危険は、ぼくが封を開ける以前からすでにおよんでいるのではないか。ポリ塩化ビニル（塩ビ）で裏打ちされた紙ヤスリの小片のほか、何種類かの補修用パッチがそろっており、どれも片面がアルミ箔で、もう片面が透明のプラスチックシートで保護されている。これら一式がコンパクトにおさめられた硬質プラスチック製の緑色の箱が、ぼくの自転車に関するかぎり唯一「グリーン」な品といえよう。

どこをどう見ても、原始的でも中世的でも前工業社会的でもなく、心苦しさを感じる。こんなのはあきらかに先進国の人間にしか持ちえないぜいたくな悩みだけれど、修理キットのようなグローバル製品にぼくが依存している以上、発展途上国とも無縁の問題ではない。アイルランドでひとりの男がブレーキをかけるとき、西洋の消費者が聞いたこともない場所で、広大な海洋と土壌とが荒廃する。以前に乗っていた「トランジット」バンとくらべたら、この自転車などかわいいものさ――そう自分に言い訳したって、しょせんは程度の差にすぎない。汚染物質や排ガスをみんなの肺に注入しないまでも、同じくまちがったイデオロギーに依拠している。

毎度のことながら、状況は単純ではない。工業化や農地の囲い込み《エンクロージャー》がはじまる以前、人びとがこぞって都市へ出ていくようになる前の時代、友人どうしはほとんどが同じ小教区や村に住んでいた。近くを流れる川には魚があふれていた。しかしながらいまや、そのような世界はリョコウバトと同じく絶滅の道をたどり、そうでないふりをしたところで、あまり意味がない。ぼくが生きているのは産業革命後の社会であって、地域の川は枯渇し、友人たちはあちこちに散らばっている。それでもなお、ぼくは心のどこかで感じている。将来は――少なくともぼくの将来は――徒歩にある、と。

車輪を元どおり取りつけ、タイヤに空気を入れ、鎖歯車《スプロケット》に油をさし、ディレイラーのほこりをきれいにぬぐう。これでよし。自転車の使用をやめるべき理由は多々あれど、きちんとした手入れを怠る理由など、どこにもない。

長年乗ってきた自転車だから、旅の思い出も多い。あるときイングランド南東部のフォレストロウという森林地帯を走っていて、道路脇にいる真っ白なシカと遭遇した。神話上も重要な生き物であり、実際に会ったのは、あとにも先にもこれ一度きりだ。ぼくは魔法をかけられたように魅了され、畏怖の念に打たれた。その姿を見て疲れも忘れ、全力でペダルを漕ぎつづけたが、しばらくして別の考えが頭をよぎる。こんな速度で疾走していて、もしもシカが目の前に飛びだしてきたらどうするつもりか。過去にも車で走っているとき、そういう経験が何度かあったではないか。それからほどなく、大柄の堂々たる雄ジカが森のなかからあらわれ、まさにぼくが突っ走っていく先にすわりこんだ。運命の神《ウュルド》だ。急ブレーキをかけたぼくと長いこと見つめあっていた彼は、その後、ゆったりした足どりで道の反対側の森へと歩み去った。

イカレていると思われるかもしれないが、この雄ジカは何かを伝えたくてぼくを停止させたのだ、とそのとき感じた。以来、それを忘れぬよう努めている。

*

うっかりして、木製のジョッキに入っていた水を机にこぼしてしまう。午前中の仕事の成果を、あやうく水びたしにするところだった。鉛筆の文字を書きつらねた、薄っぺらで破けやすい数枚の紙を。

気をつけなくては。そう思ってバインダーにはさみこむ。このバインダーには、過去七か月に書いた原稿の一切が入っている。「クラウド」上にもメモリースティックにも保存されていない。

コピーも取っておらず、保管のため自分のメールアドレス宛に送信してもいない。この一六〇枚の紙は簡単に盗みだせるだろうし、灰にするのも、水に濡らすのも、置き忘れるのも簡単だ。手で全部書き写して、副本を作成しておこうか。毎晩二〇〇〇ワード――七枚――ずつ写すとして、約四週間かかる。遅くまで夜ふかしして、ほかのことを何もやらずに、四週間だ。書き写さなかった場合、不注意や逆運のせいで、七か月分のはたらきを瞬時にうしなうかもしれない。とりあえずバインダーを片づける。なるようになる《ケ・セラ・セラ》。宇宙を信頼してまかせよ。アッラーの思《おぼ》し召《め》しのままに。神の御心のままに。どうとでもなれ。その他、言いかたは人それぞれでかまわない。書きかけの一節を完成させ、ほかの束と一緒にしまって、外へ出かける。しょせん、重要なことなどひとつも書かれていないのだし、真に保存が必要なのは、生きて実在する風景、生きとし生けるもの、多様な考えかた――ようするに強欲な軍勢が数値に還元したがっているもろもろ――である。

*

上昇と下降の話をしよう。足を使ったそれの。

テクノロジーを手ばなす二、三年前、ぼくはエスカレーターの下にひしめく群衆の後方にいた。ロンドンの地下鉄内部から広大な地上世界へとまっすぐ伸びるエスカレーターである。きっと誰かが倒れて、みんな救急車の到着をいまかいまかと待っているのだろう、と思った。だが、まもなく、さほど深刻な事態ではないと判明する。単なるエスカレーターの故障で、あふれる人波の前の動く金属段が、かつて「階段」と呼ばれていた代物に変貌しただけだった。人混みの中ほどで誰かが「足を使いなよ」と叫ばなかったら、将棋だおし事故が起きていたかもしれない。

けさは、この本の打ち合わせで人と会うことになっている。彼女の職場が入っているビルの受付に行くと、係の男性が「七階へどうぞ」と言う。階段を上りかけたところで、「二階じゃなくて七階ですよ」と呼びとめられ、エレベーターは階段のすぐ脇にあると教えられる。「足の運動になるので」とぼく。彼は、単身で北極遠征に出かけるとでも聞いたかのように目をむく。七階にたどり着いたら、面会相手は不在。急なキャンセルをぼくに知らせる手だてがなかったのだ。しかたがない。

昼食どき。友人との待ち合わせ場所へ行くために、鉄道駅の階段を下る。隣を動くエスカレーターはがら空きで、乗っているのは三人の子を連れた女性だけ。親子は身動きをしないまま、ぼくと同じ速度で下へ進んでいく。エスカレーター下で上を見上げて立っている男性、たぶん子どもの父親が、携帯電話を家族に向けている。いったい何をしているのだろう。ああ、そうか。エスカレーターに乗る家族の動画を撮っているのだ。決まっているではないか。

＊

ぼくの味覚も体も、ふだん食べている簡素な料理をますます好むようになってきたが、ときどき心配になる。友だちや訪問者を食事に招いたとき、客人に手抜き料理を出したと思われないか、と。一〇年前だったら、ぼくもそう思っただろうから。

実のところ、うちの食事にはかなり手がかかっている。きょうの夕食を例にとろう。オーブンで焼いただけのジャガイモ（ローズマリー風味）は、草とりと水やりと土寄せに何か月もの時間を要したし、ゆで野菜やミックスサラダについてもしかり。カワカマスは、自転車を四〇キロ走らせ、三時間かけて釣りあげたものだ。見た目は、一〇分でささっと用意したような献立であっても。

*

二〇〇六年、ブリストル港に係留していたハウスボートを売ると決めたその晩のうちに、ぼくは船の寝台から起きあがり、「売り出し中」と手書きした看板を船体の正面にかかげた。衝動に駆られてのことだったが、直感的に正しいと感じ、即座に行動する必要があると思った。さもないと、そうせずにおく数々のもっともな理由に、いとも簡単に屈してしまうだろう。手ばなすのは非常につらいけれど、ボートのあるすばらしい生活は、もはやぼくのよしとするところではなくなった。当時は動物の権利《アニマルライツ》活動家で環境活動家だったのに、わが日常生活がどんなものでできていたかといえば、アスファルト、プラスチック、ストレス、搾取、石油、ショッピングセンター、ラッシュアワー、飲用に適さない水、よごれた空気、動物を虐待してつくられた衣料品、その他、人工的な一切合財だ。おまけに、自分の物的ニーズはすべてお金でまかなっている。お金こそが、生態系・社会・個人をあまたの危機におとしいれた立役者であると思われるにもかかわらず。

みずからの経済を身近な人びとや風景に依存させたい。地球の裏側にいる見知らぬ人びとに金銭を介して依存するのをやめたい。そんな心境に変わっていた。自分自身の物的ニーズに責任を持ち、自分の行為の結果ときちんと向きあいたい。お金はじゃまになるだけだ。お金があるからぼくは、イタリアの見知らぬ生産者がつくったトマトを買える。南米の元・熱帯雨林だった農地でとれた大豆を買える。中東で掘りだされた石油を、中国の工場で製造された人工皮革のブーツを、ありとあらゆる地から届く不必要な品々を、お金で買うことができる。一方で、そうした品々を生みだすのに必要とされるすべて——油田の掘削装置、採石場、露天掘り鉱山、大量生産システム、軍隊ほか、環境活動家を自任するぼくが反対をとなえていた一切——の光景、騒音、臭気は、わが目と耳と鼻から遮断しつつ。お金があるからぼくは、都市を転々として、嫌っている産業社会からもたらされる果実を享受できる。ありのままの現実——血、死、排泄物、泥——には、指一本触れることなく。なるほど、その点にかけてはお金は何物にもまさる。

暮らしを根本的に変える必要性はあきらかだった。お金を使わない生活——消費する品々と直接的な関係を結ぶ生活——とはどのようなものかを、試してみたいと思った。けれどもぼくには、どこからどう手をつけたらいいのか、そもそもそんな生活が可能なのか、さっぱりわからなかった。そこで、やってみようと決めたことがふたつある。

ひとつは、誰でも、世界じゅうどこにいる人でも——自分を含めて——近所どうしでスキルや道具を分かちあえるようなしくみのウェブサイトを立ちあげること。ハウスボートが売れて手にしたお金をプロジェクトの資金に当てた。参加は完全に無料で、広告も表示されない。その成功には、われながらおどろいた。一年たたぬうちに、一八〇か国以上に会員を擁する、世界一大きなスキルシェアのプラットフォームに成長したのだ。自宅の寝室で運営するには手に余るほどの規模である。このサイトを通じて会員たちは、現に住んでいる地域で助けを必要としている人のため、自分の時間や労力を無償で――交換条件も、現金も、クレジットも、ポイントも、評価づけもなしに――与えはじめた。また並行して、自分で対処できる方法を相手に教えてやる人も多かった。最先端のテクノロジーを利用することによって、産業資本主義の魔の手から真のコミュニティ意識を取りもどせるだろう。当時のぼくは、そんな期待をいだいていた。

　七年後、ぼくはちがった結論に達する。この贈与経済のウェブサイトが実はどうやら、いまの社会をいくらか居心地よい場に変えることにより、かえって産業文明を補強・延命してしまっているらしいぞ、と。大規模な都市化の動きをさらに助長すること、贈与経済がごく自然に――手のこんだウェブサイトなど必要とせずに――実践されている場所から人びとを引きはなすことを、自分が望んでいるとも思えない。そこで、このサイトを別のプラットフォーム「ストリートバンク」に統合する決断をくだした（ストリートバンクの運営チームはまだ、複雑なテクノロジーが善《よ》き力たりうると考えていたのである）。一〇年近くの歳月、このプロジェクトに心血を注ぎつづけ、貯金もはたいたあとでは、なんともつらい幕引きであった。

　だが、そのウェブサイトの人気がまだ上昇をつづけているころ、もうひとつ決めたことがあった。イングランド南西部のブリストルから、インドまで、お金を一切使わずに歩いてみたかったのだ。いまふりかえると「なんてベタなヒッピー野郎だ」と思う。いうまでもなく、この計画は完全なる失敗に終わる。おもな原因は、ぼく自身の無知と経験不足だ。イングランド南西部から南部沿岸までは、まあうまくいった。ただし、減らす必要のない体重が一〇キロ近く減りはしたけれども。フランスに到着するまで、多ければ日に八〇キロの道のりを――ときには夜どおし――歩き、その一方で食事量は、会社づとめのころの約半分にとどまった。道中、出会った人たちが現金をくれようとするが、自分に課した厳格なルールゆえに、受けとることはできない。フランスに入国してから雲行きがあやしくなり、六週間後、しっぽを巻いてイングランドに引きかえす。当然ながら、メディアは好き放題に書きたてた。しばらくして『オブザーバー』紙に出た記事によれば、ぼくには、堂々といさぎよく失敗する能力が欠けているそうだ。

　世間の批判は気にならなかったけれど、後日、母がそうした批判を逐一読んで悲しんでいたと知り、その点だけが心苦しかった。それともうひとつ、古来の流儀のよさを伝えられなかった点も、申し訳なく思った。しかし、お金とお金で買える品を使わない生活がどのようなものか、試してみようという決心は揺らがない。自分を取りまく風景とどれだけ密接にかかわりあって暮らせるものか、実験したかった。

　すべきことはただひとつ。別の方法でやってみることだ。

＊

よい知らせと悪い知らせがある。悪い知らせ——ぼくにとっての——は、ここ数日のあいだにミツバチの一群が失踪してしまったこと。なぜ、どのような経緯によるかは、はっきりしない。あいにくこうした話は、原因はそれぞれ異なるにせよ、いまやめずらしくなくなった。めずらしくないどころか、恐ろしいほどありふれている。友人は去年の夏、ミツバチに寄生するダニのせいで、九つの群れのうち八つまでをうしなった。また、ネオニコチノイド系農薬と携帯電話の電磁波は、ミツバチの方向感覚を絶え間なく攪乱《かくらん》し、その生息数を大幅に減らしたといわれている。蜂蜜の短期的な収量増を目的とした人為的介入もまた、事態を悪化させるばかりだ。

よい知らせ——ぼくにとっての——は、巣箱いっぱいに残された巣房《すぼう》から蜜を採取できること。一部はワイン（蜂蜜酒《ミード》と呼ばれる）とビール（そのうちケースのなかで何本かの瓶が破裂する音を聞くはめになる）にも使い、蜜ロウはロウソクにする。さほど甘党ではなく、ロウソクを必要としているぼくは、蜂蜜よりも蜜ロウのほうに関心が向く。

この春、小屋のまわりにアカツメクサを植えた。それがいま、深みのある赤い花を何百と咲かせ、サワギクとハイキンポウゲの黄色、キツネノテブクロ（ジギタリス）のピンクがかった紫色、フランスギクの白、ケシの赤、その他グリーンの濃淡と交ざりあって、半野生の庭をじゅうたんのようにいろどっている。花々に囲まれて木製のベンチで書き物をしていると、数種類のマルハナバチが好機到来とばかりに、アカツメクサの周囲で忙しく立ちはたらく様子が目に入る。ハチたちは、どこかに隠れ家をつくり、うまくやっているようだ。クモ、アリ、テントウムシ、イトトンボ、ハムシ、スズメバチ、アメンボ、各種のチョウも庭を徘徊中。すべてがしかるべき姿にある。

新しいミツバチの群れを導入しようかとも考えたが、少なくともいまは、野生の花園づくりに時間をついやすほうがいい。ハチがぼくに求めているのは、何にもまして、安心できる生息域なのだ。次にまたハチを飼うときには、介入の都合に合わせて商品化された巣箱は使わず、歴史家にしてブロードキャスターのアレクサンダー・ラングランズが著書『手わざ（Cræft）』で紹介しているスケップをこしらえるとしよう。麦ワラの軸をよりあわせてイバラのつるでたばねた、伝統的なかご状の巣箱である。熟練の養蜂家でもあるラングランズは、手持ちの巣箱すべてのうちで「どう見てもまちがいなく、スケップにいるハチがいちばんよい暮らしをしている」と請けあい、重ねて言う。「養蜂のわざ《クラフト》とは、ハチにおせっかいを焼くことではなく、家を準備してやることだ」

だが、この試みに際しては忍耐づよくあらねばならない。スケップに適した種類の麦ワラを育てるだけでも、一年を要するのだ。手わざには時間がかかる。

＊

二〇代のころに多くの目的共同体——コミューンとも呼ばれる——に住みこんだり訪ねていったりした経験から、うまく回っている場所とそうでない場所とがあるのはなぜか、だんだんとわかるようになった。ぼくはわが身の自由を重んじる男だし、道を誤ったカルト集団の話をさんざん聞かされてきたので、一から新しいコミュニティをつくる試みに関しては、けっして用心を忘れたためしがない。そうしたコミュニティのメンバーには、部族社会や先住民社会の特徴である血縁関係と文化的共通性がまったく欠けている。この二点は本来、時間をかけて醸成されるしかないのだ。

　過去に滞在した目的共同体のいくつかは、かなりの機能不全におちいっていた。往々にしてそういう集団は、「大地へ帰れ」主義者、ニューエイジ思想の持ち主、迷える魂、産業社会から逃げてきた「難民」の寄り合い所帯にすぎず、そこには共通の価値観がほとんど見られない。たとえ価値観を共有していたとしても、その実践にどれだけ積極的に関与するかは人によりけり。熱烈な肉食愛好者が動物の権利活動家やビーガンと同じテーブルを囲むこともあれば、ヒエラルキーや強い指導者の必要性を確信している人がアナキストと肩を並べてはたらくことも、労働忌避者が仕事中毒者と生活をともにすることもある。イングランド、スペイン、ナイジェリア、日本、オーストラリア、米国、中国、アルゼンチンからやってきたメンバーが、それぞれに独自の世界観を持ちながら、一緒に暮らしていく方法を模索する状況も起こりうる。そうした集団の多様性への取りくみは尊敬できたし、当初の熱意は、草創期を乗りきるのを助けたことだろう。だが価値観の相違は、毎週のミーティングにおいて避けがたくあらわれてくるもので、個々人はほかのメンバーともそこの土地とも長期的な紐帯《ちゅうたい》を持たぬがゆえに、ひとり、またひとりと脱落していくか、共同体全体が内部崩壊してしまう。

ところが、そうならずに、うまく機能している共同体も存在した。ぼくの知るかぎり、うまくいっていたのは、住人全員がなんらかの目的意識を共有していた場所だ。ビーガニズムなど、さまざまな人道的大義の場合もあれば、ガンディー主義の道場《アシュラム》やアーミッシュのコミュニティのように、宗教的・精神的信念の場合もあった。ぼく自身は、足下の大地を離れた高みについては考えられないタイプなので、心安らかな日には、周囲の世界が神に、森や川や山が寺院に、それらすべてとの関係が祈りに感じられる。そこまで心安らかでない日には、ただ実際的な事柄をこなすだけで手いっぱいであったり、産業文明のなかで過ごした三八年間に身につけたもろもろの常用癖や習慣や期待感を克服しようとあがいていたりするのだが。

　歴史をふりかえって、一九世紀初頭にアイルランド本土からグレート・ブラスケット島に移り住んだ人たちの動機が、本土における地代の重圧に耐えかねたことであった事実は、とかく見過ごされやすい。そのような移住の経緯により、島は事実上、新しく設立された一種の目的共同体となった。共通の目的ははっきりしている。生存《サバイバル》だ。生存といっても、食うか食われるかの生存競争ではなく、寛大さ、手わざ、信義、誠実さの価値にもとづく生き残り策である。小さな離島ゆえ、全住民がきわめて現実的な意味で、経済的・社会的に依存しあっていた。生きるも死ぬも、つねに一緒だった。救急車だの公的な社会福祉制度だのは存在せず、困ったときに頼れる資金もほとんどない。ともに小舟《ネイボーグ》を漕いで荒海を渡らなければならず、ともに執行官らに抵抗しなければならなかった。

　こうした経済的な結束をさらに強めたのが共通の宗教であり、カトリックの信仰は島の生活のすみずみにまで浸透していた。神への信仰心、また特に聖母マリアへの信心は、数多くの嵐を——気象上の嵐も人生の嵐も——乗りこえるよすがとなった。ペイグ・セイヤーズは、悲運の生涯を送りながらも「神の助けは戸口より近くにあり」〔アイルランドの古いことわざ〕を口癖とし、不幸に見舞われるたび「マリアさまとイエスさまが耐えしのばれた苦難に」思いをはせた。島には教会もなければ司祭もいなかったので、可能なかぎりは舟を漕いでダンキンまで日曜のミサに通った。舟で大西洋を渡れる状況にない場合は、ペイグが自宅でロザリオの祈りをささげ、全島民が参集した。出産や結婚を祝うのも一緒なら、家族や友人の死を悼むのも一緒だった。

　この地に移り住んだ第一世代をのぞいて、おおかたの島民は島以外の場所に住んだ経験がなく、別の場所に住みたいというあこがれも——ぼくの父と同じく——持たなかった。砂浜でアイルランドの伝統スポーツを楽しんだ。ゲーリック・フットボールをするときは、靴下に草を詰めてボール代わりにした。ハーリングには、ハリエニシダでつくったスティックと、羊毛の長靴下を麻糸で縫いあわせた球《シリター》を使用した。自分たちの文化遺産を誇りとし、全員が母語のアイルランド語を、ケリー西部のお国訛りたっぷりに話した。アイルランド語を学ぶため、アイルランド本土、英国、欧州から学者が訪ねてきたものだった。それがアイルランド語の復興に、ひいてはアイルランドの政治的独立にまでも、重要な役割を果たしたといえる。島は民間伝承の宝庫でもあり、ペイグ・セイヤーズを筆頭に、多くのすぐれた語り部《シャナキー》を輩出した。暗い冬の夜は、物語を聞かせあったり、ティンホイッスル、メロディオン、フィドルの演奏に合わせてジグやリールやホーンパイプ〔いずれもアイルランドの伝統的なダンス〕を踊ったりして過ごす。浜に打ちあげられた流木で楽器をつくる者もいた。集会所で声を合わせて「妖精たちの嘆き」を歌い、互いのうわさ話に興じた。外部からの干渉さえなかったら、孫や曾孫《ひまご》の世代がいまなお島に住みつづけていたのではないか。だが、地球規模で産業化に邁進《まいしん》する今日の世界においては、新しいものへの期待やロマンチックな都市生活の幻想が野火のごとく広がるため、外部からの干渉をまぬがれうる地など、どこにもない。

だから、いまやグレート・ブラスケット島内の小道を現に生かしつづけているのは、ぼくのような観光客だけ。何もかもを均質化しつくす産業文明によって絶滅させられた人びとの名残《なご》りに、ただ、ぽかんと見とれるばかりの訪問者である。そしてあきれたことにわれわれは、そのような絶滅に追いやる側の人間を「革新者《イノベーター》」と呼んでいるのだ。

*

七月はじめにナメクジをビールで溺れさせた一夜のあと、あの方法はもうやめた。正しいやりかたとは、どうしても思えなかった。翌晩、一頭のシカが菜園に侵入する。すぐそばにぼくらの小屋があるのに、異例の大胆さだ。シカは、植わっていたブロッコリー、トウモロコシ、芽キャベツ、キャベツ、紫ブロッコリーの先端部分をかじり散らし、短時間のうちにナメクジ一〇〇〇匹分の被害をもたらした。自然界から、こう言われているようだった。「強引な方法をとりたがるやつには、こっちだって強引に出られるんだぞ」。ぼくはその声を聞くことにした。

次の日、麦ワラ、木材数本、着古したシャツとジーンズ、使わなくなった自転車用ヘルメット、それにガイ・フォークスの仮面［一七世紀英国で政府転覆を企てた罪人の面。近年では民衆による抵抗運動の象徴］を組みあわせて、かかしをこしらえた。実に申し分のないできばえで、いまでもぼく自身、菜園へ足を向けるたびにギョッとするほどだ。これを置いて以来、シカは手出しをしてこない。

水やりがてら、先月イラクサでつくった液肥をほどこしていると、青物野菜のいかにもがっちりと健康そうな様子が目にとまる。ナメクジの食害もほとんど見られない。菜園と池にはさまれた、野の花の咲く草むらを歩くと、カエルが三匹、矢継ぎ早に跳びだす。きっと三匹とも、野生地のみが野生動物に与えることのできる安全地帯へと逃げこむのだろう。五年間人が住んでいなかったこの場所に引っ越してきたとき以来、一度に三匹もの姿を見かけたことはなかった。うち二匹が菜園のほうへ戻っていく。そこでディナーにありつくにちがいない［カエルはナメクジを捕食するといわれる］。おかげで、ぼくもディナーにありつけそうだ。

*

湖にて。ちょうど釣りに適した場所をふさぐように全長一八メートルの遊覧船が停泊しており、ふだんぼくが捕食活動にいそしむ定位置と、この季節に太陽が沈む地点とのあいだで、やさしく揺れている。夕食のおかずを求めて自転車を二〇キロ漕いできたばかりのぼくは、この遊覧船を見てひどく落胆せずにいられない。ビーガン時代の食生活を支えていた輸入品のタンパク源とすっかり縁を切ったいま、良質なタンパク源といえば魚とシカ肉と卵にかぎられる。大半の釣り人にとっては「迷惑な船だな」くらいの話だろうが、ぼくにはもっと深刻な問題なのだ。なにしろ食べていく必要がある。

船内に、母親らしき女性と五人の子どもの姿が見える。下は一二歳から、上は二〇歳といったところだろうか、五人とも携帯電話やタブレットを手に、ゲームで遊んだり、投稿したり、更新したり、閲覧したり。音楽を聴いている子も、本を読んでいる子もいる。母親がぼくと世間話をしに出てきた。わたしはあと数日ここに停泊していたいのだけど――だって絵のようにきれいで安らぐ場所でしょ――でもここでは充電ができないから、そろそろ船を出さなくては。電池が切れそうだと言って、子どもたちがしびれを切らしているの。若者の電子画面《スクリーン》中毒の話を聞かされて、これほどうれしい気持ちになるとは、思いもよらなかった。

すでに空は燃えるようなオレンジ色に染まり、太陽は、その抑制のきいた手腕をしばし見せつけたあと、地球の裏側の住人を起こしに去っていく。あちこちにいるカイツブリ、ウ、アオサギなどの水鳥は、みなぼくと変わらぬ目的で集まってきたのだろう。女の子のひとりが船から出てくる。「お茶か食べ物はいかがですか」。礼を述べつつ、「食べるものは十分ありますから」と答える。実際はそうでもないけれど、いま置かれている状況を説明するのも面倒だ。しばらくしてまた女の子が、今度はお盆を手にあらわれる。ミルクと砂糖半さじ入りの紅茶と、ハムチーズサンド一個、スモークベーコン風味のポテトチップス一袋、それにリンゴ一個。これ以上に心温まる光景があろうか。親切で、思いやりにあふれ、何もかもが人間のすばらしさを物語っている。

このような厚意を無にするのは、まちがったこととしか思えない。そこでぼくは、彼女とおしゃべりしながらお茶をすすり、食べ物を平らげる。

魚は釣れなかった。夜もふけてから家へ帰りつく。一〇年以上カフェインを——ハムはさらに長いこと——摂取していなかったため、ひと晩じゅう目がさえて眠れない。

＊

ブリストルでオーガニック食品会社を運営していたころ、毎年八、九月が来るたびに気になっていた。うちの店の客たちが、すずなりに実をつけたブラックベリーの生け垣を素通りして、小さいプラスチック容器入りで二・五ポンドするブラックベリーを買いにくるのだ。当時のぼくにさえ、おかしく思えた。ときどき、野菜や果物が並ぶ冷蔵陳列棚を物色中の客に外の生け垣を指さしてみせると、何人かは手にしたパックを棚に戻したものだ。「駐車場脇の通路沿いに無料のブラックベリーあります」と掲示すればよかったのかもしれないが、四年間ビジネスを学んだ身として、あのころにそうするのはむずかしかった。

まだ朝早く、ほかの人間たちがさまざまな機械——自動車、チェーンソー、トラクター、草刈り機、ラジオ、ブルドーザー、運搬トラック——を始動させる前のひととき。こうした時間を求めて、ぼくはどんどん早起きになっていく。つい先ほど、森まで二往復して丸太を運んできた。一度に二本を、両肩に一本ずつ載せて。実益を兼ねた朝の散歩である。そしていま、朝食のためのブラックベリーを摘んでいるところ。今年は果物の生《な》り年《どし》だから、すぐにたくさんの実が集まって、一〇ユーロ分はありそうだ。生まれてこのかた生命を数値に換算しつづけてきたぼくの頭は、ついそんな計算をしてしまう。のちほどまた、何人かで一緒に摘みにくる予定。もぐり酒場《シビーン》で開く夏至パーティのために、少なくとも二〇リットルのワインを仕込むつもりなのだ。

　収穫を見たパッキーが、いやらしい目つきでカースティを誘う。暗くなったら二人きりで細道《ボーリーン》のブラックベリー摘みに行こうか。当然ながら彼女に横っつらを張られ、笑いながら退散する。

＊

　三月に近くのトウヒの人工林が一本残らず伐採されて以来、一頭の若い雄ジカが、真っ昼間からうちの敷地に草を食《は》みにくるようになった。難民と化したこのシカに聖域《サンクチュアリ》を与えて保護するべきか、それとも、この種の動物と平和共存している人間がするはずのこと――すなわち、殺して皮をはぎ、解体し、燻製にし、体じゅうの筋から骨までを利用しつくす――を実行すべきか、ぼくはわからずにいる。いま、雑木林を優雅な足どりで徘徊する彼を観察していると、丈の高い牧草、ヤナギ、クリ、ハシバミの木々のあいだを、そのみごとな枝角《えだつの》が音も立てずに通りすぎるにつれ、やわらかい若芽が残らずかじられていく。

　両者を天秤にかけてみる。心のなかで元・動物の権利活動家のぼくが「やめろ」と言う。おまえの生活様式はもう長いこと彼を虐げてきたのだから、シカの一族に対し避難所を提供すべきだ。

自然保護論者のぼくは判断に窮している。このあたりにはいまや、生息域の面積に見あわぬほど多数のシカがいる。シカが増えすぎたのではなく、生息域が減りすぎたわけだが。ぼくのなかの狩猟採集民の血は「殺せ」と言う。シカを殺す行為は、おまえにとって唯一納得のいく文化の一環なのだ、と。

彼の姿をながめつつ考えこむうちに、アルド・レオポルドが米国ウィスコンシン州の小農場で著した短いエッセイ「山の身になって考える」の一節が思いだされる。レオポルドがまだ若く、ひきがねを引きたくてうずうずしていたころ、「オオカミを殺すチャンスがありながらみすみす見逃すなどという話は、聞いたためしがなかった」（前掲『野生のうたが聞こえる』、以下同）。当時、彼は「オオカミの数が減ればそれだけシカの数が増える」ので、「オオカミが全滅すればそれこそハンターの天国になるぞ」と考えていた。しかし、ある日の午後、友人らと一緒に、遊んでいたオオカミの母子の群れにライフル銃の弾丸を浴びせたあと、母オオカミの目から凶暴な緑色の炎が消えていくさまをはじめて見て、「シカの群れがオオカミに戦々恐々としながら生活しているのと同様に、山はシカの群れに戦々恐々としながら生きているのではなかろうか」と思いいたる。オオカミのいなくなった山は「まるで、何者かが神に新しい剪定《せんてい》用大鋏《おおばさみ》を渡し、ほかの仕事はすべて禁じてしまったように」見えたそうだ。

ぼくにはわかる。ここの若い雑木林が、この雄ジカとその一族の侵入に戦々恐々としながら生きていることが。いや、本当に自分はわかっているのだろうか。この丘とそこに住む生き物たちについて、理解できていないことがまだあるのではないだろうか。はっきり答えが出ないので、さしあたりは現状のまま放っておき、答えの訪れを待つことにする。

*

九か月間、ビクトリア朝時代のアルミ製浴槽（ふだんは小屋の外壁に掛けてある）のなかで湯《ゆ》浴《あ》み――ときに水浴び――をつづけてきたが、そろそろ屋外に露天風呂をこしらえようと思う。自由になる時間が比較的多く、雨の少ない九月は、そうした仕事にうってつけの時期だ。

友人マットは、回収してきた廃品の鋳鉄《ちゅうてつ》製浴槽を家の庭にためこんでおり、親切にも、近々ひとつ持ってきてやろうと約束してくれた。露店風呂づくりで何より肝心なのは、ふさわしい場所の選択である。いくつもの要素を考慮しなければならない。理想をいえば、午後から夕方にかけて日光のよく当たる場所を選びたい。くみ置いた水がじわじわ温められて、あとで火をつけたときに薪を節約できる。プライバシーは大切だが、どちらかというとぼくらのためではなく、近所の人たちのためにだ。パッキーやカスリーンやトミーが、湯船から出る全裸のぼくを見たいかどうか、いささか疑問なので。湯船は木立に囲まれているほうが、上塗りの荒壁土《コブ》を風雨から守れるし、落ちついてゆっくりできていい。と同時に、天の川のながめも確保したい。星空の美しい時季にはきっと、夜の入浴が楽しみになるだろう。それらの点に加え、水はけのよさも必須である。そばに泥風呂ができてしまわぬように。

一週間、場所について検討を重ねた結果、小屋と〈ハッピー・ピッグ〉とファームハウスの三点を結んだ中心付近に決定。たき火小屋の並びのスペースを水平に均し、浴槽を設置する予定の地点に石の基礎を敷く。排水口の来る位置の真下から、もともとある広い溝に向かって、細い暗《あん》渠《きょ》を掘っていく。基礎工事が完了したので、マットと二人で浴槽を持ちあげ、正しい位置に据えつける。何代にもわたる使用を前提につくられた浴槽は重たいが、寸分の狂いもなく設置できた。使用後に水が残らぬよう排水口に向けてわずかな傾斜がついているのをのぞき、きちんと水平もとれている。

　浴槽の長辺に沿って片側にベンチをつくる。これで、クロスグリ・ワインのグラスや着替えを汚したり濡らしたりせずに置いておける。ベンチのそばには、トミーからもらった石でロックガーデンを築き、上に塗ったコブが浴槽のふちへとなめらかにつながるように仕立てよう。粘土、麦ワラ、砂、水を混合したコブは、アラが目だたぬすばらしい資材だが、無料宿泊所をつくるため、ふた夏にわたって三〇トン超を足でかきまぜつづけた（昔のブドウ酒製造法と同様に、原料を足で踏んづけてコブにする）経験のあとでは、いまだに見るだけでうんざりしてしまう。とはいえ、せっかく良質な粘土がいくらでも手に入るのだし、一時的な難点は脇へ置いて、これを側面の装飾と断熱に活用することにする。

　ここへ引っ越してきたとき見つけた色とりどりのタイルを、コブを塗った上端部分に埋めこんでいく。これで十分、水はねからの保護になるはずだ。風呂下の燃焼室と、そこから外へ出す煙突もコブで作製するが、この細工にかなりの時間をとられた。日が陰りはじめ、ヌカカにたかられて天国が地獄に変わる思いをしつつも、コブの表面に指をすべらせ、自然な質感を出して仕上げる。少し離れて本日の成果をながめ、満足にひたる。コブに太陽や花やイルカなどの彫刻をほどこす人たちもいるけれど、芸術的な素質のないぼくはシンプルに徹しておこう。完成までにかかった費用は一五ユーロぽっきり。地域のごみリサイクル工場で入手した、煙突用の断熱パイプ二本の代金である。

　空気が乾燥しているので、数日たてば試用できるだろう。何か大事な処理を忘れていたら――はじめての風呂づくりだからその可能性は高い――最初から全部やりなおしになるかもしれない。とりあえずいま、頭から足先まで汗まみれコブまみれのぼくは、いつものアルミ製浴槽を持ちだし、ほてった全身に冷たい水をぶっかける。背後にひかえるピカピカの露天風呂にじらされながら。

*

　本日の昼食の献立。からし菜、ルッコラ、レインボーチャード、スギナ、ブロッコリーの葉、フェンネル、ホウレンソウ、エンドウ豆、パセリ、ズッキーニのすりおろしを取りあわせたサラダ。ゆで卵、そして新鮮なサバ。サバは、はらわたを抜いただけで、それ以外の部分は丸ごと生のまま食べる。

　食後に、さかずき一杯のサバの血を飲む。慣れていない人にとっては強烈な味だろうが、体内に入れたその瞬間から、地球上にこれ以上力の出る飲み物があるとは思えなくなる。

＊

突然目が覚める。何時かはわからないが、小屋をすっぽりおおう闇の濃さからして、おそらく深夜だろう。横を見てもカースティがいない。今晩は早めに帰ると言っていたのに。いやな想像が次から次へと頭に浮かぶ。ぼくには彼女と連絡をとる手段がないし、彼女のほうにも、誰かと連絡をとる手段などありはしない。日ごろ互いに、相手の帰りが予定より遅くなっても心配せずにいようと話しあってはいるものの、愛する人のこととなると、言うは易くおこなうは難しだ。誰も彼もの行動を逐一知らないほうがふつうだった時代は、さほど昔でない、と自分に言いきかせ、もう一度眠ろうとする。ここはノックモイルで、ニューヨークではない。もしも事故に巻きこまれたのならば、このあたりで彼女を知っている人は多いのだから、すぐぼくに知らせが来るにちがいない。

暗闇が薄れるころに起きあがる。こんなに遅くなっても戻らないとは（あるいは「早くなっても」というべきか）。結局、眠れなかった。薪を取りに玄関を出ようとした、まさにそのとき、扉が開いてカースティが入ってくる。ずいぶんとご満悦の様子だ。もう、最高にステキな夜だったのよ、女友だち何人かで自然にダンスがはじまって――。ぼくは彼女をきつく抱きしめ、心配したんだよと言う。彼女は笑って答える。世間の人にならって電話を持つか――いまや地球上には人間の数よりも多くの電話があるんだから――、それが嫌ならば、ときにはただ、わからないという状況と仲よくすることね。

*

ファームハウスに住んでいるヨーナ（近所の人たちにはジョン船長と呼ばれている）と一緒にブラックベリーを摘む。産業社会からの難民をもって任ずる彼の母国オランダでは、最近、こういう行為も違法採取とみなされて、高額の罰金を払わされるそうだ。

細道《ボーリーン》の端を二人でのんびり進みながら、オランダ史上いつからそんな無理がまかりとおるようになったのかと、いぶかりあう。もしもアイルランドでそんな法律がつくられそうになったら、自分は——単に無視する以上に——どういう対応をとるだろうか。

翌朝、すぐ先の路上にて。高視認性作業服の上下を着こんだ男の運転する四輪バイクが、後方から近づいてきたかと思うと、無線機に向かってしゃべる声が聞こえる。「男性一名を確認。ブラックベリーを摘んでいる模様」。彼は「ジャムをつくるんですか」と声をかけてきて、これからトラクターが三台通りますので、と注意をうながす。言われるまでもなく、誰だって注意せずにはいられない。三台とも、ものすごい巨体に生け垣バリカン《ヘッジカッター》を装着している。生身の生け垣職人にはとうてい我慢のならぬ粗雑な仕事をする機械だ。

四輪バイクの男に、いま実を摘んでいる区画だけはこのままにしておいてもらえませんか、と頼む。彼は承知し、ぼくは礼を言う。トラクターが、どの運転手も手を振りながら追いこし、遠ざかっていく。この先二〇キロにわたり、一インチの生け垣も残さず刈りこまれてしまうことだろう。この通りにおけるブラックベリーの季節は、はじまったとたんに終わりを迎えた。

　歩いて家に戻り、ブラックベリー三昧の朝食をとる。

*

　殺到する電話で目を覚ます。二〇〇八年の無買デー前日の朝だった。翌日からお金を使うのをやめるというぼくの計画を、メディアはかぎつけていた。自分の携帯電話と、まもなく退去する家の電話の呼び出し音が、同時に鳴りひびき、しかも一日じゅう鳴りやまなかった。日暮れまでに国内外の新聞やラジオから受けたインタビューは、全部で四〇本近かったかと思う。聞かれたことはどこでも似たり寄ったりだけれど。ちょうどそのころ、世界規模の金融危機が発生し、人びとは数十年来ではじめて、減少した——場合によっては激減した——収入でどう暮らしていけばよいかを真剣に考えるようになっていた。銀行や大企業にはかつてないほどの怒りが向けられ、グローバルな金融システムに対しても深い疑念が呈される。生まれてはじめて目にする事態であった。当時ぼくは血気盛んな二九歳だったから、図らずも訪れたこの機をとらえて、たまたま時流とも合致した試みに乗りだす理由を、思う存分述べることにしたのだ。

　まだカネなし生活をはじめもしないうちに、あれだけしゃべりまくるのは、変な気分だった。本当にやりたかったのはただ、お金を使わない生活とはどのようなものかを試してみて、そもそも現代においてそんな生活が実際に可能なのかどうか、もし可能ならば、どの程度の生活が可能なのか、それを知ることだ。結局のところ、もしもカネなし生活が一種の生き地獄だと早晩判明するのだとしたら、お金がぼくらの社会に、風景に、文化に、経済に、生態系に、心身の健康に、魂に——意図的に、あるいは意図せずして——およぼす弊害について、語ってもしかたがないではないか。自分の口にひまをやり、代わりに手をはたらかせたいと、かねてぼくは望んでいた。だから、与えられた機会は受けて立つものの、自分にとってまったく新しい生活のはじめかたとして、かならずしも理想的とはいえなかった。

　また、もっと重要で切迫した問題も気がかりだった。採集した野山の幸と廃棄された食品だけを使って一銭もお金をかけずに用意したフルコース料理を、翌日すなわちカネなし生活初日に一五〇人にふるまうと、すでに宣言してしまったのだ。インタビューに答える自分自身の声にいい加減うんざりしながら、そんな大人数分の料理に必要な食材のごく一部しかまだ集まっていない点を案じていた。しかも、これからはじめようとしている——当初の予定では一年間の——計画を、自分が完遂できるかどうかもわからない。世界じゅうのメディアから再度注目されたことが、プレッシャーをますます重くしていた。

　翌日はやってきて、過ぎ去った。そしてあっという間に一年の最終日となり、六〇名のボランティアとぼくは、またしても食事をふるまっていた。ただし今度は、一〇〇〇人を超す客に向け、丸一日の無料フェスティバルの一環として。音楽あり、映画あり、トークショー、ワークショップ、無料の店《フリーショップ》も開かれた。この二度の祝宴にはさまれた一年間は、わが人生でもっとも感動的な日々だった。その経験を記したのが、初の著作『ぼくはお金を使わずに生きることにした』である。当初の目的は達成したものの、もはや達成感をおぼえもしなかった。お金を使わない生活がすっかり習慣となり、第二の天性と化したのだ。ちょうど、以前はお金を使う生活がそうであったように。いや、ひょっとすると、ついに自分の本能、すなわち第一の天性を探りあてたのかもしれない。

　このときまでにもう、カネなし生活を気の向くかぎり続行しようと決めていた。周囲との関係にお金を介在させる生活にふたたび戻るなんぞ、考えるだけでもバカげていて、不自然だし、魅力を感じない。うしなったものを惜しいとは感じなくなり、得たものを大事に思うようになった。どうしてそれを手ばなせようか。

　三年後、お金の使用を再開しようと決める。少なくとも当面のあいだは。理由はいくつかあった。まず、自分のすべてがこの活動に飲みこまれそうになっていたこと。メディアの関心はまだいい。みずから表に出るのをやめさえすれば、少なくとも理論上は、カネなし生活の代弁者役から放免されて、ただ単にその生活を実践しつづけられるはずである。それより困ったことには、会う人の誰も彼もが、その話しかしようとしないのだ。全然知らない人までが道でぼくを呼びとめ、意見を言ってくる。

　また、このころには、現実の土地に根ざしたコミュニティを設立したいとの心境に達していた。訪ねてくる人たちが一定期間——一日だけ、週末のあいだ、あるいは半年、一生涯でも——ひとつの場所とじかにかかわりあう暮らしを体験できるようなコミュニティである。とともに、自分が本当にうしないたくない唯一の存在は、以前から変わらずひとところに住みつづけている家族だけだと実感していた。当時、ぼくはもう一〇年以上英国に住んでおり、両親とは年に一度か二度会えればいいほうだった。ぼく自身と同じく、親たちもこれから年をとるばかりだ。手遅れになる前に、一緒の時間を過ごしておきたい。そこで、アイルランドへの帰国を決意し、『ぼくはお金を使わずに生きることにした』の印税を元手に小さなコミュニティを設立しようと考える。この本は、すでに二〇の言語に翻訳されていた。期せずしてころがりこんだ資金を活かして、ほかの人も家賃や住宅ローンから解放され、風景との直接的関係性のうちに暮らせる、そんな場づくりをしたかった。いまから思えば、本当の難業は、まだはじまったばかりだったのである。

ブリストルの友人らと連れだってパブへ行き、店員に一片の紙切れを渡してビールを受けとる。その行為の何もかもに、現実ばなれした感じをいだく。カネなし生活をやめるのは、カネなし生活をはじめる以上に妙な気分だった。やはり自分は、風景と直接かかわりあう暮らしに戻りたい。しかも、もっと根源的なレベルでかかわりあいたい。つまり、お金を使わなくても手の届いていた娯楽すら、すっかり排した暮らしだ。そのためにはいつの日か、大地との関係性に介入してくるもの、身近な万物と緊密な関係をはぐくむさまたげとなるものを、一切合財、棄て去らなければいけなくなるだろう。そう思うと、つらくもあれば、興奮もおぼえた。

ぼくらはパイントグラスを空け、さらに何杯か飲んで帰った。その夜一緒だったうちの何人かとは、それきり会っていない。

＊

よく、おまえはラッダイトだとの非難を受ける。ラッダイトとは「テクノロジー恐怖症」や「アンチ進歩主義者」の意味に誤用されることの多いことばだ。そう言ってくる人に対しては「過分なおほめにあずかりまして」と謝意を述べておく。

小屋で書き物机に向かいながら、一八一一年から一八一四年にかけて実際のラッダイトが、裕福な産業資本家とその盟友たる大物政治家に反発して立ちあがった歴史に、思いをはせる。農地の囲い込み《エンクロージャー》が進められた時代、それまで家庭的で生きがいを感じる愉快な暮らしを庶民が送ることのできていた家内制手工業という業態もまた、資本家と政治家の手によって葬り去られていく。そのころには、「ひたすら動きつづける大型ハンマーと煙突をそなえた地獄の鍛冶場」とカーライルが呼んだ蒸気機関の登場で、つい一〇年前なら二、三百人の労力を要した作業を、たったひとりでこなせるように変わっていた。このため、かつては田舎で自前の工房をかまえていた熟練職人階級の誇り高き人びとが、よくて都市のスラムの賃金奴隷に、悪くすれば都市のスラムの失業者へと、事実上身を落とすはめにおちいったのだ。三年にわたる「機械打ち壊し」運動のすえ、結局は産業資本家が勝利をおさめ、その後については誰もが知るとおりである。

小屋ですわってラッダイトについて書きつづりながら、ぼくも反逆を夢見る。だが、はたしてどこから手をつけたらよいのやら。この二一世紀、周囲を見まわせば、どこもかしこも機械だらけ。おのれの頭のなかまでも、だ。とすれば、そこから手をつけるのも、まんざら悪くなかろう。

＊

わが人生のうち、何をするにもインターネットが幅をきかせていた二〇年間、本を買うには時間も手間もかからなかった。ネットで欲しい本を検索し（在庫はつねにある）、いくつかボタンをクリックすれば、数日以内にもう郵便受けに入っている。よほど自制心が強くないかぎり、当初の目的以外の本も何冊か同梱されて。これらは本棚に直行して知的な壁紙と化し、買った当人は、近いうちに読む時間をつくるさと自分を納得させる。

いたって簡単。簡単すぎたともいえよう。

いまは、それほど簡単ではない。ぼくは『古代アイルランド社会の歴史（*A Social History of Ancient Ireland*）』という本を探している。一〇〇年以上前に出版され、すでに絶版になっている本だ。何年も前、インターネット上で無料公開されている版を見かけたものの、当時は中身を読もうとまでは思わなかった。産業化以前に祖先たちがどんな生活を送っていたか、食料の栽培方法から法律体系（ブレホン法）の詳細までを、網羅的に記述した書である。

夜が明けてすぐ、ヒッチハイクで街へ向かう。ゴールウェイ市内のチャーリー・バーン書店にたどり着いたのが、ちょうど開店の時間。おもに古書と稀覯《きこう》本をあきなう個人店で、店内を埋めつくした背の高い書棚に本がぎっしりと並ぶ。ここ数年に知り合ったヴィニーがはたらいている。おびただしい数の在庫を一冊残らず覚えていて、どの棚のどこにあるかまで把握しているようだ。

探している本の題名を彼に告げる。在庫はなかった。「めったに市場に出ない本ですね。見つかるまでに最低一週間はかかりますよ」。それから彼は、翌週開かれるイベントを教えてくれる。時計時間にふりまわされるのをやめるわが決断に絶大な影響を与えた著述家が登壇するという。店を出ようとしたとき、棚にあった一冊の本がぼくの目をとらえ、手招きした。こんな美しい、まさに骨董品のような本は、いままで見たことがない。ミシュレ夫人著『自然、あるいは大地と海の詩（*Nature: or, The Poetry of Earth and Sea*）』。上製本の表紙には手仕事で装画の型押しと金の箔押しが、ページ小口の三方にも金付けがほどこされている。本を閉じる際にはボスッと小気味よい音をたてる。裏表紙にも中身にもメディアや著名人による推薦文は一切なく、「おじいちゃんとおばあちゃんより、一八八〇年」と、出版と同じ年に手書きされた献辞が見られるのみ。画家ジャコメッリ（著者の夫ジュール・ミシュレによる『博物誌 鳥』の図版で有名）が描いた二〇〇点もの挿絵が収録されている。これを描くだけでも二年の歳月がついやされたのだ。

　骨董品であり、美術品であり、工芸品であるこの本の、ただ外観をながめているだけでも、ほかのあまたの本の中身から得た以上のことを教えられる。当然ながらたいそう値は張るが、こう考えて自分をなぐさめる。自然や職人わざについて書かれた、その内容と製造方法とが矛盾するような安物のペーパーバックを、自分の小屋に山とそろえるよりも、このような本を一〇冊だけ持っていたいものだ、と。

　ヴィニーと別れのあいさつを交わし、来週のイベントのあとで会おうと言って、帰途につく。昼食前に家へ戻れた。

＊

パブ〈ホロハンズ〉が数日前に廃業した。一〇年前、アビー村にはパブが二軒あった。いまは一軒もない。

近くの店で地元の人に会う。「なんてこった」と彼。「いったい今度からどこへ飲みにいけばいいのかね」。「まったくです」とぼく。

＊

マスを素手でつかまえた経験は、まだ一度もない。南大西洋に浮かぶフォークランド諸島においては現在でも一般的な漁法だが、それ以外の場所では軒並み禁じられている。なぜだろう。よくわからない。ぼくには、もっとも残酷さの小さい漁法に思われるのだが。しかも、もっとも原始的で、道具もエサも一切必要ない。意識をとぎすまし、繊細さをもって、ゆっくりと触れること。加えて、マスの本能と習性を熟知しておくこと。必要なのはそれだけ。釣りのスポーツ精神に反するとさげすむ人もいるが、ぼくはジェントルマン・ルールなどには興味がない。魚をとるのは、スポーツを楽しむためではなく、食べるためである。こんな言いぐさは時代遅れにひびくかもしれないけれど。とはいえ、スポーツ精神うんぬんの言い分だって説得力に欠ける。素手で魚をつかまえるには、高い技術と知識が求められるのだから。リールに巻いたモノフィラメント糸の先に、四・九九ユーロのスピナーと酸でとがらせた針をつけて、湖に投げいれるだけの釣りとは、わけがちがう。

素手でつかまえるのが違法である以上、当然ながらきょう友人に教わるのは、フォークランド諸島の住民（または密漁者）がどのように魚をとるか、その理論的側面にかぎられる。マスを実際につかまえ、殺して夕食にするだなんて、断じて考えもしない。腰まで川につかり、ゆっくりと進んでいくが、音を立てぬようにとか、魚をおどかさぬようにとは、気にしなくてよい。魚がびっくりして、開けた水面から安全そうな岸に向かって泳いでくれたほうが、こちらとしてはありがたいのだ。友人は言う。何年も時間をかけて身につけた川の知識こそが、肝心かなめである、と。彼のあとについて、川面に梢が張りだしているあたりへ移動する。警戒したマスは、そういう場所に逃げこむものだ。ぼくだって、捕食者につかまりそうになったら、できるだけ相手の近づきにくい場所へ逃げるだろう。ただし現代における問題は、われわれの真の捕食者が誰なのかわかりにくくなったことであるが。

ザリガニも生息すると聞くこの川の岸に沿って、おっかなびっくり両手を伸ばし、ネズミ穴のような、マスが好む隠れ場所を探っていく。密漁者の手がここで探りあてようとするのは、穴からはみ出たマスの、なめらかで肉付きのよい、ぴちぴちした腹の感触だ。指先にそれを感じたら、ひるまず、あわてず、片方の手のひらをマスの下腹にすべらせて、やさしくくすぐってやりながら、もう片方の手も構えて捕獲態勢をとる。マスが警戒を解き、やさしい手の動きに慣れてきたところを、密漁者は電光石火の早わざでしっかりつかまえ、自分の腹へと引きよせてから岸に放り投げる。投げあげたマスは、なるべくすばやく苦痛の少ない方法で頭部を殴打する。

　密漁者でないぼくらは、空手で川をあとにする。いつかまた、工業製品の道具一式をかついで来て、本当の釣りをしようと誓いながら。遅い午後の日差しのなかを歩いて帰るあいだに、二人の体はすっかり乾く。

＊

　月面を思わせる眼下の景色は、悠久にして壮大、かつ唯一無二。バレン国立公園内の丘の頂《いただき》に、友だちと来ている。クレア県に位置するこの国立公園は面積一五平方キロの世界遺産候補地であり、ぼくらの農場から自転車で四時間走れば、敷地のはずれにたどり着く。

　ここに自生する花の美しさは世界的に名高く、こうした花々もオークの木に似て、苛酷な競争よりは苛酷な自然を好むらしい。黄、紫、オレンジ、青、赤――一帯に点々と顔をのぞかせている色とりどりの花は、石灰岩の割れ目から月面に這いでてきた虹さながらだ。うわさでは、ありし日のJ・R・R・トールキンもよくここを訪れ、『指環物語』に登場する中つ国《ミドルアース》の地図はバレン高原にもとづいて作成されたという。双方の地図を比較すれば、その主張を裏づける証拠が見当たらなくもない。ただし、実在の中つ国を称することによる金銭的見返りの大きさを考えると、なんでもかんでもトールキンにこじつけたがる地方観光協会は多いはず。お金と真実とは、めったに両立しないのだ。

いまいる場所から西北西のかなた、キンバラという漁村の位置するあたりで太陽が地平線の下へ沈んでいき、その先の世界を強烈なピンク色に染める。まもなく東南東の方角に、黄金色に輝く満月が昇りはじめ、眼下に見える海辺の村々に住まうすべての者へと、潮の流れをじょじょに引きよせる。ぼくらと大西洋のあいだに広がるパッチワークの毛布は、バレンの巨大な石垣で縫いあわされた牧草地だ。背中に感じるかすかなそよ風が、よくはたらいた一日の終わりにつく満足のため息を思わせて好もしい。物音ひとつしない静寂のなか、聞こえるのはただ、自分たちの足音だけ。それすらも耳ざわりに思えてきて、カルスト地形特有のつるつるした隆起に、並んで腰を下ろす。

ぼくはもう、この場にひれ伏して眼前の世界を崇《あが》めたいような気分。かたや友だちはすぐにまた立ちあがり、この絶景をスマートフォンで動画に撮っては、ソーシャルメディアのアカウントに次々投稿しはじめる。

ひどくおどろいて彼女が言う。「いま知ったけど、投稿した記事への『いいね』をお金で買えるんだね」。なるほど、さもありなん。現実の世界においても、人はいつだってお金でいつわりの人気を買うことができた。この原理がバーチャルな世界にまで適用されるのは、時間の問題にすぎなかったのだ。

空は、そんなことに頓着もせず赤々と照りかがやき、ぼくらは、その光が完全に消えぬうちに丘を下りる。

*

無残に引き裂かれた大地、しゃぶりつくされたトウヒ、蹴散らかされた低木の瓦礫のあいだから、突如、紫色のキツネノテブクロがあたり一面に伸びだした。生き生きと、尊大に、華々しく。ぼくらの農場近くの、いまや皆伐《かいばっ》地《ち》と呼ばれている場所で。何千本、いや何十万本にものぼるかもしれない。

美しく奇跡的な光景だ。ひとりの男に希望を与えるに足る光景である。

秋

生きとし生けるものはみな、安全、繁栄、安楽、長寿、安心を求めて闘っている。（中略）このような尺度で事の成否を測るのは、それはそれで結構だし、物質本位の考え方にとっては不可欠のことでもあろう。だが、過度の安全確保は、長い目で見ると、危険しか招かないように思える。おそらくこれが「野性にこそ世界の救い」というソローの至言の背後にある思想であろう。

――アルド・レオポルド『野生のうたが聞こえる』
（新島義昭訳、講談社学術文庫、原書発行一九四九年）

九月の秋分。新しい季節のはじまりだ。今宵はここで、たき火を囲む集まり――旧来の言いかたでは「派手な酒盛り」――を開くため、屋外用の腰かけを手早くこしらえる必要が出てきた。廃パレットはタダでいくらでも入手できるし、ほぼどんな物にでも加工できることを思えば、薪のたくわえの陰に積んであった在庫を使わぬ手はない。

パレットで椅子をつくるのは、いたって簡単。まず、一枚のパレットをのこぎりで半分に切りはなす。その際、やや斜めに刃を入れて、片方（背もたれ）をもう片方（座面）の上に立てたときにちょうどよい角度がつくようにする。トウヒの板切れ二、三枚を添え木として打ちつけたら、この二人掛けの上部構造全体を、さらに別のパレットの上に載せる。あっという間に一丁上がり。

ロンドンではこういう椅子が「流行のカントリースタイル」などと称して販売され、時間貧乏の金持ち連中が、目玉の飛びでるような代金を支払うのだ。

作業は完了した。午後は休むと決めて、日光浴しながら本でも読もう。こんなとき、ぼくは、これまでの人生を通じてとらわれてきた労働倫理と戦わねばならなくなる。ずっと「そういう午後の過ごしかたは生産的でない」と思いこんできたのだ。西側に見えるトネリコとトチノキの木立の向こうに太陽が沈みはじめ、みなが集まってくるころ、わが人生をふりかえって思う。これまで自分がせっせと生産に励んできた物のほとんどは、無意味なガラクタにすぎなかった、と。

＊

火おこし、ふたたび。

隣人の資源ごみリサイクル容器から失敬してきた古新聞を使用する。おもな見出しはソーシャルメディア上で、もう十分リサイクルされたことだろう。火口を用意しながら、テクノロジー特集の別刷りを開く。ふだんは印刷された内容など無視して、新聞の実体——着火に最適な薄い木材パルプ片——だけに目を向けるところだけれど、表紙にでかでかと写っているセックスロボットが、こちらをじっと見つめてくるものだから、まんまと乗せられてページをめくった次第。

別刷りには、今後一〇年以内にセックスロボット業界が一大ビジネスに成長すると書いてある。国際的なメディア企業の編集者らがいうのであれば、まちがいなさそうだ。記事は種々さまざまな製品を紹介している。一種の双方向型ポルノを観賞するバーチャルリアリティー装置は、接続した「筒《スリーブ》」をペニスにかぶせると、これは想像するしかないが、ヘッドセット上で展開される行為が逐一模倣されるらしい。どんなタイプの娘も望みのまま。金髪、黒髪、ふくよか、高飛車、従順、乙女、年増。なんなら毎晩ちがう相手とでも。昼間のきみがどれほど思いやりを欠いた大バカ者だったとしても、けっして拒絶されることはないし、人間との恋愛につきものの面倒ともおさらばできる。

　しかも、誰ひとり置き去りにされはしない。あるいは、見のがしてもらえないというべきか。女性向け、ＬＧＢＴＱコミュニティ向けにも、豊富な選択肢が用意されている。一緒にベッドインできる本物のロボットも購入可能。彼／彼女／それ（いずれは、ロボットを「それ」と呼んだかどで訴えられるケースも出てこよう）のドロップダウンメニューで選択したモードに応じて、汚い／ロマンチックな／思いやりある／詩的な／卑猥な／甘い／サディスティックな、どんなセリフだって聞かせてくれる。セックスロボットと恋に落ちた女性のインタビューが載っており、二人は結婚するつもりだという。そんな例はほかにもあるらしい。

　後日、友だちにこの話をする。彼いわく、「心配するな。いくらセックスロボットが進化しようと、さすがに、生身の人間どうしの親密なまぐわいに取って代わることはありえないよ」。そのとおりかもしれないし、まだなんともいえない。いずれにせよ、ＳＭプレイを好まぬ生きた本物の女性とのセックス、あるいは割れた腹筋や振動するペニスを持たぬ男性とのセックスが、ロボットとのそれにくらべ、刺激や魅力に欠けるように思えてくるのではなかろうか。

一週間後。近所の農夫がマッセイ・ファーガソン社の赤い旧式トラクターで細道《ボーリーン》をやってくる。しばらくぼくと世間話をしたあと、自分の牧草地へ、馬用の巨大な青い水タンクを下ろしにいく。また少したって、今度は大きな牧草ロールを載せてきて、てきぱきと水タンクの横に置く。ふと気づくと、家畜の世話をするあいだじゅう、彼の足はただの一度も地面に触れていない。実におどろくべきことだ。

生きた本物の土に足を触れずに農作業をする時代が来ると、往年の農家が聞いたならば、やはり「さすがにそれはありえないよ」と一笑に付したにちがいない。

*

一〇月は、細かいながらも重要な仕事、刃物研ぎなどに向いた月だ。ほとんどは春が来るまで必要としない道具だけれど、いざというときに切れ味よくすぐ使えるよう、前もって準備しておくほうが気分がいい。

最初は大鎌だ。草を刈っては砥石《といし》で研ぐをさんざんくりかえして刃がなまったので、まず、ピーニング・ジグという工具を使って刃をつけなおしてやらねばならない。ハンマーで刃先を薄く打ち延ばす作業である。これで少し贅肉《ぜいにく》が落ち、研ぐ準備ができた。大鎌を安全に研ぐコツはふたつある。ひとつには、長い刃をしっかり腕に押しつけて安定を保つこと。もうひとつは、意識を集中することだ。集中力がとぎれると血を見る。こういう生存がかかっているときのほうが難なく瞑想状態に入っていける事実に、ぼくは気づいた。よく研いだ大鎌があれば、骨の折れる苦行も、気持ちのよい午後に変わる。刈り残しだらけの牧草地ではなく、大地に整然と並んだ良質な干し草が手に入る。大鎌の草刈りでありがちな失敗は、研ぐ時間を惜しんで、切れ味が鈍った道具をそのまま使いつづけること。結果的に、満足のいく草刈り作業を楽しむどころか、舌打ちと悪態を連発してときを過ごすはめとなる。

次にひかえるは、両端に持ち手のついた二人挽き鋸だ。歯のひとつひとつにヤスリをかけていると、午前中が半分終わってしまいそうだが、あとできっと報われる仕事である。それ以外の、鑿《のみ》、鉈《なた》、枝切りばさみ、剪定ばさみ、鎌、ドローナイフ、斧、包丁類には、作業台に据えつけた手回し式の砥石を使う。こちらはますます集中力が求められる。というのも、切れ味をよくするより落とすほうが、ずっと簡単だから。

*

著作権代理人から手紙が届く（代理人をとおさない原稿など、たいていの出版社は読もうともしない）。『ガーディアン』に昨年から執筆している連載記事が評判を呼び、「プラグを抜いた」理由と実際の生活ぶりについて、テレビ局やラジオ局からインタビューの申し込みがあいつぐが、どこも、その日の午後か夜、あるいはせいぜいその週のうちを希望してくる。郵便で段取りをつけていたら約一か月かかり、そんな先まで待とうという相手はいない、と。この手のことに急ぐ気持ちを、かつてのぼくは理解していたけれど、いまはもうわからなくなった。「知名度を上げて好条件の出版契約獲得につなげるせっかくのチャンスが、どんどん逃げていきますよ」。たしかに彼女の言うとおりなのだろう。書きはじめて一年近くたっても、いまだに契約はとれていない。

返事を書く。それならそれでしかたがないですね。

*

二五年ぶりにティンホイッスルを手にする。以前に吹きかたを習った女性は、とうの昔に亡くなり、ぼくの楽譜を読む能力も同じく、うしなわれて久しい。いまふりかえると、以前も読めていたのかどうかあやしいものだが。耳で聞いて演奏できる人は、譜面を読んで演奏する方法を身につけるのが非常にむずかしく、また、その逆もしかり、というのが世の定説である。

〈ヒル〉の店内にすわっている。週に一度、地域のミュージシャンたちが集まっては、毎月第二土曜日のセッションに向けて練習するのだ。ただし実際のところ音楽は、昔からつねに社交の口実であった。テーブルについた人たちは全員がいっぱしの演奏家に思われ、まざる自信のないぼくはカウンターに腰かけて、みなの演奏するジグやリールを耳で覚えようとするか、でなければ目だたぬよう頭を低くしている。どの曲もむずかしい。ぼくにはむずかしすぎた。

ミュージシャンのひとり、ネッドから、楽器を持っているかと問われる。尻ポケットに隠していたティンホイッスルを引っぱりだして見せると、「こっちにすわって」と彼。みなさんのじゃまをしたくないのでと遠慮したが、このあたりで名高いフルート奏者のマイクが「なんでもいいから知ってる曲を吹いてごらん」と言う。気がついたときには、居あわせた全員がぼくに合わせて演奏していた。フィドル、アコーディオン、バウロン、フルート、ティンホイッスル、マンドリン、バンジョー。力量はまるでおよばないのに、それが気にならない。ひとりひとりの男女の天分が織りあわされていくにつれ、自分自身よりも大きくて重要な存在の一部になったように感じられてくる。

まさにこういう感覚こそを、ずっと求めていたのだ。

*

路肩でシカと遭遇する。この時期には見かけがちな光景だ。シカは行動周期の決まっている動物で、夜明けと日暮れに活発に動きまわるのだが、一一月はじめには、それがちょうど通勤時間帯と重なりあう。時計の針が元に戻るということ「アイルランドの夏時間は一〇月末日に終了」は、すなわち、安全のためにはじっとしているべき薄暗さのころに、森と牧草地をへだてる道路を横断してしまうことを意味する。

雌ジカは内臓を周囲に飛び散らせ、片目はカラスにえぐられたようだ。見るからに栄養たっぷりであるものの、身が引きしまるような寒さのおかげで、一匹のアオバエもたかっていない。体に手を差しいれてみると、まだ温かい。これなら十分使えるだろう。問題は、丸々一頭のシカを解体した経験を持たぬ点である。シカ狩りシーズンの再開を六か月間待ちわびていながら、ほかの仕事にかまけて、何の準備もできなかった。ある意味では、最高のチャンスが到来したといえよう。文明に染まった心にとっては考えるのもつらいシカ殺しを、自分でやらずに済むのだから。しかし同時にまた、焦って飛びつくなんてどうかしているとも思う。前もってじっくり時間をかけ、シカのさばきかたと全部位の活用法について本で予習を重ねてから、本番にのぞむつもりでいたのに。いまからわずか数時間のうちに、むずかしい判断をいくつもくだす能力が、自分にあるとは思えない。

農場に戻ってきた。たき火小屋で、皮はぎ用フレームにシカを頭から吊るす。左右の前脚を、一か所だけある関節で切断してはずしたあと、首回りと、脚の茶色の毛と白い毛の境目あたりの皮にナイフを入れていく。やりかたを知っているのはここまでだ。新鮮なうちだから皮は比較的簡単にはがれ、ロープの先には、赤身の、脂肪が少なく筋肉の多い生肉が残された。もはや、かつてのシカの姿をとどめるのは頭部のみとなり、無傷なほうの目が、まっすぐにぼくを見る。

日はすでに陰りはじめた。手持ちの園芸関連書が泥で汚れているのと同じく、解体の参考書も返り血に染まった。皮は、少なくとも一日はつけたままにしておくべきだったことに気づく。第一のミス。しかたがない、このまま続行しよう。いまさら元に戻せやしない。本の判読が困難になってきたので、直感に頼って肉を切りとっていく。第二、第三、第四、第五のちょっとしたミスを犯すが、致命的な問題ではない。いずれも肉と脂であるし、販売する商品ではないのだ。すべての肉を骨からはずし終えたら、気の毒な獣《けもの》の頭をのこぎりで落とす。あとで脳みそを指でかき出して、皮なめしに使うつもり。肉、心臓、肝臓、肺、腱《けん》を容器に入れ、数日間吊るしておく。ここでも、のちほど第六のミスを犯すことになる。あたりは暗く、ぼくは疲れはて、食べ物を求めている。

自分自身にがっかりする。きちんと準備しておけば、もっとずっとうまくやりおおせたはずなのに。とはいえ、ハックルベリー・フィンやトム・ソーヤーのような環境で育ったわけでもなく、わが人生には、昔といまを橋渡しする長老たちもいなかった。帰郷の旅の地図は、断片的でばらばらだ。これらの地図をひとつの全体にまとめる試みの途上においては、道をまちがえても当然と受けいれるしかない。

小屋で着替えようとして、そのとき着ていた黄色いTシャツが、一〇年前にブリストルの動物の権利《アニマルライツ》団体から買ったものだったことに気づく。「動物実験を廃止せよ」と書いてある。いまでもまったく同感だ。不必要な残酷行為は許されるものではない。けれども、シャツはいまやシカと羊（前日に隣人が羊の皮を置いていき、肉をこそげ落とす必要があった）の血にまみれている。このシャツを買った当時、いまのような暮らしを送るようになるなんて想像もしなかった。現在のぼくのような人間は大バカ者で、感情をそなえたほかの生き物に対する共感力が欠けている、と思っていた。だが、当時のぼくは都市に住んで都会生活を送っており、自分の暮らしが依存する暴力と残虐行為を直視せずに済んでいたのだ。

かつて動物の権利運動で一緒だった同志の顔が思いうかぶ。そのうちの何人かは、いまのぼくを見たら絶交を申しわたすにちがいない。ぼくの言うことを裏切りだと感じるだろう。そう考えると悲しくなる。というのも、ぼく自身、長いこと同じ見かたをしてきて、昔の仲間たちのよって立つ考えを理解もし、尊敬もするから。とはいえ、このシカを殺したのはぼくではない。車が殺したのである。車はビーガンでない。電話はビーガンでない。プラスチック容器に入ったビタミン剤はビーガンでない。ひよこ豆も、大豆も、麻の実《ヘンプシード》も［いずれも英国・アイルランドでは輸入に頼らざるをえない食品］、何ひとつ真にビーガンではありえない。すべては、六度目の大量絶滅期を招きつつある政治的イデオロギーの産物である。このイデオロギーが広まるにつれて、生き物の生息域は次々と破壊され、河川が、土壌が、海洋が、大気のすみずみまでが汚染されていく。いまのぼくの立場から見ると、目の前にある血まみれの獣肉のほうが、かつてぼくが売っていたプラスチック包装のカカオニブよりも、背中に貼りついたTシャツ――黄色の染料が何でできているのか――よりも、よほどビーガンに感じられる。たとえ、よりビーガンとまではいえなくても、少なくとも、まだウソがない。

手に取ってながめたシカの心臓は、なんとぼく自身の心臓と似ていることか。何人の人がきょう、路肩のシカの前を素通りしたことだろうか。かつて生きていた命に敬意を払って、それを温度の低い場所に保管する。残りの作業は明朝にしよう。

＊

時計の針が巻きもどされた影響を受けるのは、シカだけにかぎらない。赤ん坊、昏睡状態の人、ぼく、岩、魚、木、野生生物をのぞいて、それ以外のほぼ全員が、けさは一時間長く寝ていられる代わりに、以後六か月のあいだ、夕方の時間をこれまでより暗く感じながら過ごすのだ。数週間ほどはかならず、急に日が短くなったというぼやきが交わされるわけだが、きょうにしろ、明日にしろ、昼間の時間が短くなっていく速度は、夏至以降のどの日とも変わらない。時計時間に縛られずにいれば、きょうの夕方だって、きのうとくらべてひどく短いと感じるはずもない。

　とはいえ、当分は日が長くならないのもたしかである以上、ロウソクの在庫を増やしておいたほうがいい。牧草地のあちこちにイグサが生えているから、灯芯の材料には事欠かない。中空状で緑色をした茎を一株刈ってきて、一本一本、皮をむく。表皮はわりあい簡単にむけ、やわらかくて吸収力のある、乾いた髄《ずい》があらわれる。欲しかったのはこれだ。ロケットストーブに火をつけ、夕食のしたくが終わったら、茶碗に入れた蜜ロウを湯せんして溶かす。巣から採取したばかりの蜂蜜に似た、いいにおいがただよう。以前にチャリティーショップで見つけたショットグラスを容器にして、長さ八センチのイグサの髄が中心に来るように、この芯のまわりに溶かした蜜ロウを注ぐ。グラスの中心からずれたり、底から浮きあがったりしないよう、芯を手で押さえながら、蜜ロウがじょじょにもう一度固まっていくのを見守る。

　ロウソクをつくるのは簡単だ。腕の見せどころは最初の過程、すなわちハチの飼育にある。実のところ、ロウソクづくりでいちばんむずかしいのは、電灯を使わぬ決断をする部分なのだ。

＊

めずらしくゴールウェイ市内に来ている。「スロー・アット・ワーク」という会で、テクノロジーを使わない生活について話をするためだ。街へ入ると、ここで学生生活を送っていたころとくらべて、路上で寝起きするホームレスの数がずいぶん増えたことに衝撃を受ける。

飼い犬と一緒に地べたにすわっていた男と、ことばを交わす。「暮らしむきはどう？」「つらいね。施しを乞うのはサイテーな気分だよ。まさか自分が物乞いになるなんて思わなかった」

ぼくは言う。誰もがみな何かしらを乞うている。自分の商品やサービスをソーシャルメディア上で売りこみ、自画自賛し、それが相手にとって本当に必要なものだと思いこませようとして。だとしたら、あなただけが唯一、虚飾のない人間なのかも。

「それもそうだ」と彼は言い、吹きだす。しばし二人で笑ったあと、ぼくは、会場と今夜の宿を兼ねたおしゃれな場所へ向かう。

＊

電子メール、電話、その他あらゆる電子的通信手段を手ばなす前の週、そうした新しい手段を受けいれようと努めていた二〇年以上のあいだに蓄積された、何千もの宛先に一斉メールを送った。今後はメールで連絡がとれなくなること、サイバー空間から去ると決めたことを簡単に説明し、それまでは数人程度にしか教えていなかった住所を知らせたのだ。送り先には、親しい友人、家族、元同僚、昔の恋人、仕事関係その他の知人に加えて、いつどこで会ったのかおそらくもう互いに忘れている人たちもいた。

直後の反応には圧倒された。数週間というもの、連日、郵便受けがあふれた。何事が起きたかと、郵便配達員はさぞおどろいただろう。それまで、うちに届く郵便物は、請求書か、窓つき封筒に入って宛名が自動印字された役所の手紙ぐらいだったから。いまや、住所は手書きされ、封筒もカラフルだったり、手づくりだったり。親しい友だちは、これまでのようにちょくちょく会うにはどうしたらいいのかと書いて寄こした。また、名前を思いだせない人たちからは、健闘を祈るカードや、電子機器の使用をすっかりやめてしまうよりも最小限に抑えるほうがいい理由を説く手紙が送られてきた。そのほかにも、新聞の編集者経由で読者からの手紙が転送されてきて、プラグを抜くぼくの決断に関する意見がしたためてあった。

いまは一〇月の金曜日で、あれから一〇か月近くたつ。今週郵便受けを確認するのは、これで最後。電子メールとちがって、郵便配達が来たあとに二度以上確認する意味はないし、ましてや配達のない週末のあいだはいうまでもない。

母さんからの手紙が入っていた。高齢の隣人が亡くなったとのこと。葬儀にはもう間に合わない。アイルランドでは、人は死後三日以内に埋葬される決まりだ。それ以外には一通もなし。知人からの手紙も、ダイレクトメールも、誰だかわからない人からも、親しい友からも、請求書も。一月には、それまでの携帯電話代とほぼ同じ額を切手に支払ったというのに、いま必要なのは、その何分の一か。世の中から忘れられてしまったなと思う反面で、往々にして遠方に住んでおり関係を深めようがない人たちとのやりとりに、これ以上忙殺されずに済むという解放感も入り混じった、妙な気分である。

それでもなお届く手紙は、本当に連絡をとりたがっている人からのものが多い。不便さは強力なフィルターなり。

*

きょうはごみの収集日。当地域では二週にいっぺん回ってくる。ごみ箱を持たないぼくらをのぞいて、どこの世帯もいつもどおり、収集容器を所定の場所に出す。毎回、回収業者がやってくる前に、容器が置かれた細道《ボーリーン》の端まで歩いていき、青色の資源ごみリサイクル容器のなかから、火おこしに使える古新聞を探すことにしている。

アイルランドではごみの重量に応じて収集費用が決まるため、再利用すればするだけ、二重三重の意味で節約になる。従量制が採用された理屈はわからなくもない。ごみに課金されるとなれば、支出を抑えたい一心でごみ減量に努めるはずだ、と。だが、現実はかならずしもそうはなっていない。ごみを減量せず、カネも払わず、このあたりまでやってきて道ばたや森にぶちまけていく輩もいる。ごみの収集がサービス提供時点で無料であったら、アイルランド農村部への不法投棄は即座にやむことだろう。森の散歩に出かけると、時折いぶかしく思う。そういう政策を考えつく人たちは、このような場所で時間を過ごしたことが一度でもあるのだろうか、と。

＊

一週間かけて、ブナ、トウヒ、カバノキを運び、玉切りし、薪に割り、積みかさねつづけた結果、ついに二年分の薪のたくわえが確保できた。ここへ引っ越してきて以来、初の快挙だ。腕のいい小農場主が通常みずからに課すノルマを、ぼく自身が達成するまでには、かくも長い年月を要した。ただし、今日のほとんどの小農場主は、その腕前を、チェーンソー、トラクター、掘削機など、大地を損なう技術革新《イノベーション》に頼って得ているわけだが。だから、雨のぱらつく薄暗い一〇月の夕べに、一歩下がって薪の山をながめたとき、まさか自分のこんなつぶやきを聞くとは思わなかった。「明日の朝食前に、もうちょっとだけ木を集めてこよう」。おいおい、欲の出しすぎには用心しろよ、マーク。そう言いきかせながら、斧をしまう。

　気がつくと、トウヒの苗木が入った茶色の袋を手にした二人の男が、牧草地の向こうに見える皆伐地で植林作業に精を出している。なるほど、森を数値に還元する仕事にかけては機械にかなう者がいなくとも、木を植える仕事となれば、いまなお生身の人間の手に軍配があがるのだ。

＊

カースティと出会った英国デヴォン州のシューマッハー・カレッジに、ふたたび教えに来た。前回とは別の友人、文筆家のショーン・チェンバリンと共同で、一週間の講座を担当する。毎度のことながら、受講生の頭を混乱させるもくろみだ。頭というものは、ときどき引っかきまわしてやる必要がある。

講座初日、一週間分の講師代として受けとった一〇〇〇ユーロを受講生の目の前の机に置き、「これをどうするか、みなさんに決めてもらいます」と宣言する。お金と「贈与文化」がテーマなので、現実に即した授業にしようと思ったのだ。ぼくは選択肢を四つ示し、ひとつずつ論拠を説明していく。めざすは全員一致の合意だが、たちどころに意見が大きく分かれた。

第一案は「丸ごと焼き捨て、生態系への暴力の連鎖を断つ」というものだ。なぜなら、産業経済下ではお金が使用されるたびに、ほぼ例外なく生態系が踏みにじられてしまうから。この選択肢は、最初まったく人気がなかった。第二案は「みんなで選んだ活動に寄付する」で、これに賛成した人が何名か。ほとんどの人が第三案「ぼくに返却する」を支持する一方で、残りは第四案「全員で均等に分けて各自好きなように使い、使途も報告しない」（つまり、ただ買い物に行くこともできる）を選んだ。

その後、何時間も討議を重ねた結果、受講生たちは第二案を選びとり、お金をふたつの活動に半分ずつ寄付しようと決めた。寄付先のひとつ「カンブリアン・ワイルドウッド・プロジェクト」は、ウェールズ地方で再野生化活動を展開する草分け的組織である。もうひとつは、故デイヴィッド・フレミング博士「英国の経済学者、文化史家」の業績を翻訳紹介する活動。今回の講座自体も、フレミング博士の思想と著書『リーン・ロジック（*Lean Logic*）』に依拠している。最終的に、なんと一票差で却下されたのは「焼き捨て」案であった。

次の授業のテーマは適正技術〔環境負荷が小さく身の丈に合った技術〕だ。ぼくは、ショーンの持ち物と見せかけたノートパソコンに、彼の意志に反して（と見せかけて）大ハンマーを振りおろす。実際にはぼくの使い古しの壊れたパソコンだったのだが、ショーンの演技が真にせまっていたため、みな、ぼくの気が狂ったものと思いこむ。とげとげしい空気が部屋を満たした約五分間ののちに、種明かしをする。深い安堵のため息が聞こえ、みなはまたぼくに笑顔を向けるようになるが、なかには、感情をもてあそばれた不快感がおさまらぬ人も。「先ほどの五分間にどう感じていましたか」と問いかけると、多くの人が答える。怒りをおぼえた、当人に断りもなくショーンのコンピューターをたたきこわしたと思ったから。たとえテクノロジーやその影響についてどんな考えがあろうとも許されることではない、と。

「では、みなさんのパソコンやスマートフォンを製造しているメーカーに対し、同様の感情をいだいた経験はあるでしょうか。こうした企業は、顧客のためとはいえ、生きとし生けるものの住みかを当事者に断りもなく破壊していますよね」。いや、そう言われてみれば、そんなふうに感じたことはなかったな。

また別の授業では、シューマッハー・カレッジの住み込み科学者にして文筆家のステファン・ハーディングの案内で「ディープ・タイム・ウォーク」に出かけた。周辺の森や海岸線をめぐる四・六キロの行程は、その一歩一歩が地球の歴史一〇〇万年分を象徴する。

これまで地球がたどってきた遠大な歩みと、そのはかり知れぬ美をふりかえりつつ歩く。最初のうちは変化らしい変化も起きなかったのが、コース半ばへさしかかり、デヴォンの海岸に到着するころには、生命がゆっくりと形をとり、無数の魅惑的な形態に分化しはじめる段階まで、ステファンの解説も進んでいる。足下の岸壁に砕け散る波音を聞きながら、相当数の学生はあきらかに深い感動にひたっていた。いまや、みずからの命も、万物の壮大な広がりのうちにはっきりと位置づけられたのだ。

ぼくらが歩いた四・六キロのうちの最後の一ミリが産業文明期に相当すること、この一ミリのあいだにわれわれは、それ以前の歴史の多くを消し去る危険を冒していることを、ステファンは教えてくれる。この先の一ミリ、一メートル、一キロでは、何が惑星地球とぼくらとを待ちうけているのか、誰ひとり知っているふりなどできまい。

*

アイルランドの高名な思想家にしてローカル化の唱道者から手紙をもらう。タイプされた手紙で、書体はタイムズ・ニュー・ローマンだろう。彼の前置きによれば、最初は手で書こうとしたのだが、あまりにひどい字で、自分でも読めないほどだったらしい。「近ごろはまず、ものを書く必要にせまられないので」と。ちなみに、この人物は物書きでもある。

彼ひとりの問題ではない。もらった手紙の返事を書く際、相手の手書き文字を解読するのにたいへんな時間をとられる。何通かの手紙などは、ここに無事届いたこと自体を郵政省の手柄とほめたたえたい。下手すると、ぼくでも住所を判読できないのだから。自分の家の住所を、だ。速記文字かアラビア文字で書いてあるのかと思う手紙も来る。それですら、タイムズ・ニュー・ローマンよりはうれしいけれども。

使わない能力はたしかにおとろえるものの、思うに、まともな字を手で書けない第一の原因は、一分間に四〇ワード書こうとするから、ようするに電子メールと同じ速さで手紙を書きあげたがるからだ。速度を落としさえすれば、きちんとした字を書くのは易しくなる。速度を落としさえすれば、何事にせよ、きちんとやりとげるのが易しくなる。

先ほどの思想家の手紙を読みすすめると、彼がいまや全面的に機械に依存していて、それが、判読可能な文字を書けなくなったそもそもの原因だとわかる。めずらしいパターンではない。それどころか、人類とテクノロジーの関係の歴史そのものである。ぼくがにぎっているこの安価な鉛筆と、いま文字を書きつけているさらに安価なこの紙にしても、周囲の風景から文具をみずからつくりだしていた先人たちの能力を退化させる原因となったのだ。

そんなふうに書きつらねているうちに突然、わが文章が知的お遊戯にすぎぬように感じられてくる。そしてまた執筆行為自体も、こうしたことばの生まれでた場所から遊離したいとなみかのごとくに。周囲の風景から遊離したアートが、より風景に根ざした文化の実現に寄与できるものかどうか、さだかではない。それでもなお、ぼくにとって書くことは家《ホーム》に近づくための一歩であるし、そこへ向かって歩きつづけていきたいと思う。

＊

ぼくらのイベントスペースが、在宅教育《ホームスクーリング》を受けている子どもたちでにぎわっている。キャロライン・ロスが無料で教える美術教室に参加する子たちだ。でも、よくある美術教室とはわけがちがう。

はじめて会ったキャロラインは、自分で皮をはいでなめしたバックスキンのモカシンを履いていた。ポール・キングスノースの初の小説『ザ・ウェイク（The Wake）』に刺激を受けたのだという。一〇六六年を舞台にした人類滅亡後の物語である（この作品を読むまでぼくは、歴史を世界の終わり《アポカリプス》の連続ととらえたことなどなかった）。『ザ・ウェイク』を読んだキャロラインは、エドワード懺悔《ざんげ》王の時代に絵はどのように描かれたのかと考える。今日のようなペンも筆も、アクリル絵具も油絵具も、まったく市販されていなかった当時、画家は何を使ったのだろう。

授業のはじめに子どもたちは、五〇〇〇年たってもまだ色あせていない顔料や、五万年前の洞窟壁画に使われた黄土について、話を聞く。ガチョウの羽でペンをつくる方法の実演には、子どもに負けずぼくも興味津々。左利きのぼくは、手でインクをこすって紙を汚さない練習が必要だけれど、その点をのぞけばペンとして申し分ない。左利き人口が昔もいまも少ないのは、こうした初期の筆記具の特性によるものだろうか。

小枝を鉛筆形に加工し、片方の端をとがらせたら、先っぽにインクをつける。それも、ありきたりのインクではない。「緑土」はイングランドの湖水地方から、「イエロー・シノピア」はオックスフォードシャーから、「べんがら」はディーンの森から、それぞれ採取してきた土だ。色絵具をつくるには、卵白を泡立ててから、水分が底に沈むのを待つ。これをムール貝の殻に入れ、粉末状に挽いた土と混ぜる。こうして、昔の装飾写本に使われたのと同種の、すばらしい顔料ができあがる。

キャロラインは、キノコからつくった紙と、ヒトヨタケというキノコからとったインクも見せてくれる。胡粉《ごふん》と膠《にかわ》と白色顔料を混合した「ジェッソ」は、ルネサンス期の画家がカンバスの地塗りに使用した。ウェールズ産のオークの瘤《こぶ》とさびた釘でつくった濃厚な黒色絵具もある。彼女は筆箱さえも、カバの樹皮をシカの腱で縫いあわせて自作し、別の画材を入れるポーチは魚の皮でできていた。

キャロラインは単に風景画を描いているだけではない。作品自体が風景の一部なのだ。

彼女が帰るころまでに、子どもらは一〇九九年にタイムスリップしたかのように絵を描いており、ほとんどの親は、まったく新しい世界が目の前に開けた感覚を味わっている。ぼくから見て、問題はただひとつ。これだけ理解が深まったというのに、ぼくはまだ絵を描けるようにならない。

*

隣人のカスリーンに頼まれて、カースティ、ブライアン（ファームハウスの住人）と一緒に木の運搬を手伝う。ささやかな私有林の木が通行車に危険をおよぼすとして、自治体から枝下ろしを命じられた結果、薪材の大きな山がふたつできたのだ。屋根のある場所まで運びこんで積みあげるのに、わずか一時間しかかからなかった。作業が済むと、カスリーンは例によってお金をくれようとする。押し問答のすえ、畑でとれた野菜を受けとり、昼食もごちそうになることで合意。以前パッキーから聞いた話では、彼の子ども時代は誰もが「野菜をこさえていた」そうである。近所の同世代仲間のうちで、いまも畑仕事をつづけているのはカスリーンただひとりとなった。

　昼食の席で彼女は、つい最近ロンドンへ行ってきたと言う。年に一度、妹を訪ねていく習いだ。「おれもいっぺんイングランドへ行ったことがあるよ、ダブリンとゴールウェイなら何度か行ったな」と夫のジャック。カスリーンの妹がまだ若いころに村を出た理由は、ジャックによると「ここには仕事《ジョブ》がなかったから」。そのころにはもう「ジョブ」の概念がアイルランド人の精神に入りこんでいたのだ。そうなる以前、「ワーク」（仕事一般）と「ジョブ」（雇われ仕事）とは、まったく別物であったという。

　今回ダブリンから戻る途中で、カスリーンはパスポートを紛失した。ところが、再取得したいと思っていくら窓口に電話をかけても、誰とも話ができない、とこぼす。〇〇の場合は「3」のボタンを、××の場合は「4」のボタンを押してください、との音声が流れるばかりで、最後には「ダブリュ、ダブリュ、なんたらをお訪ねくださいって言われるんだけど、何のことだかさっぱりよ」。腹の虫がおさまらない彼女は、客が自分で精算するセルフレジの店をロンドンで見かけた、とつづける。「でも、機械には話しかけられないじゃない、ねえ」と憮然とした表情である。

それが、いまの時代はできてしまうんですよ、と心のなかだけで答えておく。ＡＩレジ係の存在を教えてあげても、彼女のなぐさめになるとは思えないから。

＊

一一月は、さほど畑仕事に忙しい時期ではないが、それでもやるべき作業がいくつかある。

きょうはまず、ニンニクを植えつけなければならない。昨シーズンの収穫からひと箱分、取りのけておいた。ニンニクは、ぼくの知るかぎり、どこの銀行よりも利回りがよい。ひとかけの鱗《りん》片《ぺん》を預けいれれば、丸々一個の鱗球が収穫できる。ときには六倍になって戻ってくる。健全な投資と思われるし、ロンドンや東京で起きる予想外の事象にも左右されにくい。七月ごろに配当を受けとったら、一部を再投資に回す。

一月から二月にかけて降りる大霜に、土をほぐす仕事に取りかかってもらえるよう、植え床を準備しておく必要もある。ふつう、畑の土はせっせとたがやすよう推奨されるが、ぼくらは可能なかぎり不耕起栽培を実践するようにしている。丸一日、手押し車で何度も往復しては、厩《きゅう》肥《ひ》と堆肥を植え床に投入しつづける。こうすることで、土壌内で精緻に織りなされた生態系を乱すことなく、春分が来るまでのあいだ、ミミズに重労働をまかせきりにできる。

古い柵囲いを撤去する作業も必要だ。柵の撤去はいつだって喜ばしい仕事である。動物を囲いこんでおくという意味で役にたつことは重々承知しているし、どうしても必要な場合はぼく自身も設置する。だが、自然のままの風景を見わたして、それが柵によってさらによくなると感じたことは、かつて一度もない。

＊

丸一日の休みを最後にとったのは、いつだろう。こういう暮らしでは、何もせずふとんにくるまって過ごす一日など、命にかかわりかねない。ひねるだけの蛇口、押すだけのボタン、タイマー設定するだけのセントラルヒーティング、気軽に立ち寄れるカフェ、一日じゅうのんびりさせてくれるスイッチ類など、そうした便利なものは何ひとつありはしない。つねに、例外なく、何かしらすべき仕事がある。

裏返せば、ほぼ毎日、生きている実感をおぼえるということだ。

＊

大人になってからずっと、三ミリカットの坊主頭が定番だった。かつては週に一、二度のペースで電気かみそりの世話になり、剃《そ》ってから数日のあいだは、前よりスマートで身ぎれいで仕事のできる人間になった感じがしたものだ。

プラグを抜く数か月前、古道具屋にて一九六〇年代製の手動バリカンを見つけた。今日では馬の毛刈り用に売られているタイプだ。その店は、質のよい旧式の手道具を手ごろな価格で販売するありがたい存在で、手動でもいまどきの電動バリカンに機能はおとらない、と店主が請けあう。ただし、いくらか時間がかかり、後頭部を自分で刈るのにコツがいる、と。そのとおりかどうか、ぼくにはまだわからない。あれ以来、引き出しにしまいこんだきりなので。

一二か月たったいま、髪もひげもすっかり伸びた。おのれの奥底にひそむ意外な一面に触れたような、妙な感じを受けている。鏡とは、自己分析を強いもすれば虚栄心をあおりもする不快な代物だから、ふだん見ないようにしているのだが、たまたま何かに自分の姿が映った瞬間、こちらを見返す人物にとまどいをおぼえることがある。「ええと、どこの誰だっけ」。しばらく会っていない旧友も、ひとりとしてぼくだと気がつかない。ある友は、新しい髪型のほうがいまのおまえの暮らしに似合ってるよ、と言う。誰もがイメージする「文明と隔絶した荒くれの野蛮人」というわけだ。それには一理も二理もあるかもしれないが、みずからを商標化して売り出すつもりは毛頭ない。

なぜ手動バリカンを使わずじまいなのか。われながらよくわからない。この点について何度か考えた。昔の自己像を手ばなしたいと望む気持ちが、どこかにあるのかもしれない。「スマートで身ぎれいで仕事のできる、都会生活に向いた男」という自分を。あるいはまた、敷地のすみずみまで大鎌で草を刈ろうとは思わなくなったのと同じ理由で、剃るのをやめたのかもしれない。もしくは、こんなのはどうだっていい些細な問題だと、ようやくわかってきたのかも。

＊

ジャーナリストや訪問者からよく受ける質問がある。「将来もっとも重要なスキルは何だと思いますか」

「さあ、わかりません」とぼく。未来学者レイ・カーツワイルとグーグル社の朋輩連中が正しければ、ロボット工学だろうか。一方、気候科学者や生態学者（あるいは生態学に理解のある奇特な経済学者）が正しければ、大多数の人びとが忘れてしまったスキルのいずれかであろう。

テクノユートピア主義者は何事もＡＩまかせにしようと考えるが、将来がどうなろうと、自分がどのような暮らしを望むかは、ぼく自身が承知している。いつなんどきでも、人工知能《アーティフィシャル・インテリジェンス》より自然の叡智《ナチュラル・インテリジェンス》を選びたい。

＊

アイルランドに帰国する前の一時期、ぼくが住んでいた有機農場は、イングランドのブリストルからバースにかけて広がるなだらかな丘陵地帯にあった。ジョニー・デップも近くに住んでいるとうわさされた地域だが、そういううわさの流れる場所は、ほかにもごまんとある。住宅の不動産価値が上がるから。

一見、アイルランドとイングランドの文化は似通っており、グローバル化時代のつねとして、ますます同質化が進んでいる。それでも、没個性的に見える大きな都市や町ですら、ひと皮むければ差異が残っているものだし、田舎の小村や小教区へ行くほどに、独自性は色濃くなる。

双方の国で少なからぬ年月を過ごして、イングランドの農村とアイルランドの農村には多くのちがいがあることに気づいた。なかでももっとも目を引くのが、農村部の不動産価格と、それが両者の雰囲気におよぼす影響である（アイルランドのカントリーサイド人口の大部分を小規模農家が占める一方で、イングランドでは農業関連産業《アグリビジネス》関係者と地域外への通勤者がほとんど）。アイルランドの場合、街で高等教育を受けた二〇代の若者が、職や刺激や高収入を求めて都会へ次々と流出しているため、農村部への移住にかかる費用はイングランドの田舎とくらべてはるかに安く済む。インターネットが基本的人権のひとつであると国連が宣言する時代だというのに、ごく基本的な、みずからと家族とをやしなうためのささやかな家を持つ権利が、イングランドにおいてはますます高嶺の花と化すばかりのようだ。多かれ少なかれ、どこの国でもそうだけれど。

もっと微妙なちがいも見てとれる。イングランド人は、比較的規模の大きい農場をいとなみ、生け垣づくりに長《た》け、木を皆伐しようとせず、パブでは概してカウンターにすわらない。しかし、さらに深いところ、人間の精神構造にまで、ちがいはおよんでいる。アイルランド農村部では初対面の人から「ご出身は？」と聞かれるのがふつうだ。イングランド農村部では「お仕事は？」と聞かれるほうが多い。従来の意味でもっと成功した人生をぼくが送っていたころでさえ、気まずく無粋な質問だと感じていた。

数日前、テクノロジーを使わない生活について講演したとき、司会者がぼくのことを「作家」

と紹介した。面倒なのであえて訂正はしなかったが、居心地の悪さをおぼえた。作家になろうと考えたことなどなく、いまだに自分を作家だと思ってもいない。少なくとも、木こり、栽培者、釣り人、採集者、その他、日々生活していくためにする一〇〇の仕事のいずれよりも、作家の比重が大きいとは思えない。せいぜいいって執筆は、現実の生業の副産物にすぎず、食べ物を胃に入れる目的でする仕事ではない。だけどきっと、「作家」のほうが体裁がよく、信用にあたいし、知的にひびくのだろう。とりわけ、これから演台に立つ人間としては。

一冊の本の売り上げから、仕事量のいちばん少ない者（多国籍書籍販売企業の株主）がいちばんはたらいた者（執筆者）よりも多くの利益を得る世界においては、まちがいなく「斧はペンよりも強し」である。

＊

社会人になって以来、手帳に頼ってスケジュールを分刻みで管理してきた。締め切りを守ったり、予定どおりに電子メールを送ったり、友人と会ったり、会議の日程を組んだり、請求書の支払いをしたり、電車に乗ったり、やることリストの項目やその他のこまごました用事を片づけたりできたのも、手帳のおかげだ。

手帳を見なくなって、そろそろ二か月。ぼくの仕事は目の前にある——ときどき、目に入らなければありがたいのにと思うほど。

自分が現実との接点をうしないつつあるのか、それとも逆に現実を見いだしつつあるのか、まだどちらとも判断がつきかねる。

*

ニュージーランドへの充電の旅から帰国した二〇〇六年、今後一切、飛行機には乗らないと誓った。容易な決断ではなかった。もともと旅行好きだったし、人間の文明や広大な風景をいつもとちがう視点から見下ろすのも楽しみだった。乗らない理由をわざわざ述べるのはやめておこう。いまや誰にでもわかりきっている。それなのに、飛行機の乗客はますます増えるばかり。企業の幹部はドバイで開かれる重要会議に参集し、旅行者はアムステルダムやベルリンで週末を過ごし、ヒッピーは精神修養《リトリート》に参加するためインドへおもむき、環境活動家は国際便の発着する空港近くで国際会議を開く。いずれも、ぼくらの世代の日常風景だ。そうすることが当然だと、みずからに期待し、他人からも期待される。

ここ六か月というものずっと、イングランド東部のノーフォーク州に行かなくてはと考えていた。理由は三つ。誕生日パーティ。結婚四〇周年祝い、そしてもうひとつは、生涯ノーフォークに住みつづけているカースティの両親と一緒にときを過ごすこと。三つとも、ぼくがテクノロジーを拒む理由と同じぐらい重要に思われるが、重要事とは往々にして、あちらを立てればこちらが立たない。ノーフォークへの移動に、ぼくのとれる選択肢はかぎられている。まだ帆かけ船の操縦ができないとなると、あとはどの程度まで妥協するかの問題でしかない。

ぼくらは午前二時発のフェリーに搭乗する。ラウンジのソファで数時間の仮眠をとれるだろうと期待したものの、あいにく、そうは問屋がおろさない。学生グループが飲んで騒いでおり、ボスとおぼしき男の声がまたバカでかい。ここまで来るのに一一時間、全部で――空路なら四五分のところ――二六時間の行程である。アイルランドからオーストラリアに飛ぶほうが速い。みんなが飛行機を使うわけも理解できる。陸路と海路だけで二六時間の旅はやりすぎだ、と友人らにはあきれられた。この恐ろしく巨大な海の怪物の内部をぶらついて、映画館、各種店舗、レストラン、娯楽設備、バー、宿泊フロアをながめるにつけ、たしかにこれはやりすぎだと思わざるをえない。

翌日ぼくらは、とあるサービスエリアでトイレを使う。ヒッチハイクで乗せてくれることになったドライバーが、休憩に寄ったのだ。これまで見たことのあるどのサービスエリアともそっくり同じつくりで、同じ六つの業者が、ハンバーガー、チョコレート、コーヒー、たばこ、ホテル、新聞類を提供している。いまどのあたりにいるのか見当がつくような指標はひとつもなし。有線放送で流れるジョニ・ミッチェルの「ビッグ・イエロー・タクシー」〔「楽園を舗装して駐車場が作られた」と環境破壊を皮肉る歌〕に不条理さをおぼえつつ、しみひとつない清潔な小便器から自分のおしっこが排出されていくのを見送る。ここは楽園ではないが、駐車場はある。駐車場の隣にぽつねんと立っているオークの木の下へ行こうかとも考えた。だが、どちらを向いても人がいるなかで木の根元に放尿すれば、ひんしゅくを買ったにちがいない。車に戻るとドライバーの男性が言う。ここはビショップス・ストートフォード付近らしいが、確かなことは自分にもわからない、とにかくM11号線だ、と。

ノーフォーク州農村部にあるカースティの実家にたどり着くや、父親のデヴィッドがぼくら二人に大きなグラスを差しだし、友人お手製のプラムワインをついでくれる。「長旅ご苦労だったね」。デヴィッドとはすでに親しい仲で、旅に時間がかかった分、なおさら再会が格別に感じられる。二杯目を飲み終えるころには、もう二人とも眠たくてしかたがない。

＊

火おこし、三たび。

いま燃やさんとする地方紙の第一面に、ブルーエコノミー「海洋資源の多面的かつ持続可能な開発をめざす経済活動」に関する政府の報告書が発表されたと書いてある。ブルーエコノミー――あるいは詩人やロマンチストがいまなお感傷をこめて「海《オーシャン》」と呼ぶ場所――には、アイルランド経済に四七億ユーロ相当の利益をもたらす可能性が秘められているとのこと。すなわち、その市場価値を最大限に引きだす諸産業を育成できれば、の話である。アイルランド西部における雇用創出、経済成長の促進、学卒者の就職機会拡大につながるとして、エネルギー生産や観光など、多岐にわたる新規事業が検討に付されている。ブルーエコノミーは次なる一大ブームなのだ。未開発の海域が少しでも残っていれば、それは基本的に、雇用の消失、利益の逸失、機会の損失を意味する。そう言われて、誰が反論できようか。

　そんな理屈は、北極についても、そのほか地球上のあらゆる野生地についても、さんざん聞かされてきた。

*

「育ちゆく二〇年、花ざかりの二〇年、腰が曲がりゆく二〇年、おとろえゆく二〇年」。モーリス・オサリバンその人が「花ざかり」を迎えるころ、すでに、彼の住む島は「腰が曲がり」かけていた。ジャガイモ飢饉《ききん》、一身上の不幸の数々、武装した執行官、欧州屈指の荒海との日常的格闘――。そうした試練を耐えぬいてきたグレート・ブラスケット島民らも、他地域で勢力をふるって久しい御三家、つまり「グローバル化」、「大規模な都市化」、およびそれらの父たる「産業化」という手ごわい敵に、いよいよ直面することとなる。

　島民たちは数多くの細かい仕事で生計を立てていたものの、実際に金銭的利益をもたらすのは漁業だけであった。島に渡ってきて一三〇年のあいだは、暮らしを回していくのに十分なだけのかせぎがあり、魚の売り上げで、塩、結婚持参金、靴、ひつぎ、半ズボン代をまかなっていた。サバ、タラ、ロブスターが豊富に生息していたうえ、島民たちの小舟では乱獲が起きるわけもない。一九二一年には四〇〇艘《そう》もの手漕ぎ舟《ネイボーグ》がケリー県西岸沖で漁業に従事し、漁師らのささやかな物的ニーズを満たすには不足のない収入をかせぎだしていた。時代もそこそこよく、島の人ロはピーク時には約一七五人に達した（意味ある関係を維持できる人数の上限として人類学者ロビン・ダンバーが提唱した数字に、おおむね合致する点が興味ぶかい）。しかし、産業社会は水平線のすぐ先までやってきており、一九二一年夏にはもう、海峡から吹く風に乗って変化が流入していた。『島のおしゃべり（*Allagar na hInise*）』でオクリハンは、将来の危機を予見している。

北へ視線を移すと、ふだんと変わらず漁に励む漁船が見えましたが、この島の小舟ではなく、フランスの地から来た船でした。それらの船は現に大損害をもたらしており、今後も、いろいろな意味で損害をもたらすことでしょう。魚を持ち去るだけでなく、信仰心をも揺るがしています。気の毒な島の漁師は、自分のものになるはずだった魚が横取りされていく様子を、安息日である日曜日にながめているのですから。

その数年後にモーリス・オサリバンは、島民の将来をおどろくべき正確さで予言した。意中の少女との会話で、モーリスは次のように訴える。

きみにはわからないの？　主要産業の漁業が落ちぶれていくのが。漁業が落ちぶれれば、ブラスケットも落ちぶれる。若くて元気な男女はみな、海の向こうへ行ってしまうから。そんな日がまだ遠い先の話かどうか、マレード、ぼくに教えておくれ。

右の一節が一九三三年に公刊された翌年、ケリー県沖で操業する島の舟は八〇艘にまで減少した。産業化の恩恵のひとつと喧伝される物価の下落により、島民らでさえやりくりに苦労するようになる。

人びとの気概と信仰心がおとろえを見せるなか、効率と労働力と市場を求める産業機械は、グレート・ブラスケット島に対して第二波の攻撃を開始した。大規模な都市化と、新天地で待っているよりよい生活の約束である。大型船が人びとをアメリカへの長旅に連れだしはじめた。一九四七年生まれのガロード・シャシト・オカハンは、その次に若い島民と三〇歳の年齢差があり、「世界一孤独な少年」として国際的に名をはせた。自叙伝で彼は、ひとたび若者の大移動がはじまると「あとに残された者たちにも、移民するよりほかに選択肢がなくなった」と述べている。移民たちの大半は、西方にあるもっとも近い教区へ向かった。つまり、米国マサチューセッツ州のスプリングフィールドである。

息子や娘が出発する前夜、親たちは「アメリカ通夜」をもよおす。遠方へ旅立つからには、二度と戻らないかもしれず、生きてふたたび親類縁者とあいまみえることがかなうかわからないからだ。

若者たちがこぞって島を出ていくのも無理はなかった。島の生活は厳しく、他方アメリカは、努力すれば報われる豊穣の国と映った。都会生活を経験したうえで意識的にそれを拒絶した一九六〇年代の「大地へ帰れ」主義者とは異なり、この時点で島の若者たちに見えていたのは、刺激に満ちた数々の可能性のみ。将来払わされる新生活のツケなど、まず知るよしもなかった。

詩人ミホール・オグイハンの著書『ああ青春は短し（A Pity Youth Does Not Last）』に寄せた序文でジョージ・トムソン教授は述べる。「米国は、移民たちに故郷の貧しい生活から抜けだす機会を与えたものの、自文化の価値観を放棄するという条件つきであった。この代償の支払いを後悔しなかった者もいれば、生涯にわたり喪失感にさいなまれた者もいる。代償の重さに耐えかねた少数の者は、ふるさと《ホーム》へ戻った」

オグイハンは代償の重さに耐えかねたひとりであったが、彼が帰郷したころにはすでに、島は立ち退きの瀬戸際にまで追いつめられていた。後年、彼はふるさとの死を悼み、「名高き岩（A Rock, Great its Fame）」という詩を詠む。

誰もが自分によかれと発った
あわてふためき分別をなくして
かの日よりこちら　まことに
友のかたわらに友の姿はなし

わが拠点《ホーム》であるここノックモイルを見れば、オグイハンの心境がわかるような気がする。ぼくの目と鼻の先でも、まったく同じ力が作用し、まったく同じ緩慢な死が進行しつつあるのだ。地元のパブもそれを実感している。オサリバンの祖父にいわせれば、腰が曲がりゆく二〇年である。住民は高齢化の一途をたどり、農家の子らには、代々築きあげられてきた家業を継ぐ気がない。

トラクターは最初のうちこそ安楽さとスピードをもたらしたものの、やがて労働力の必要性を奪ったため、必要とされなくなった若い男女は、街の工場、事務所、サービス産業に働きに出て、そこで自分たちの新生活をつくっていった。

アルド・レオポルドのことばを思いだす。「長い目で見ると、過度の安楽さは危険しか招かぬように思える」

*

カースティと夕方の散歩に出たところ、同じく散歩中だった隣人のアシュリンと会って、立ち話になる。「この前の朝方、あなたたち馬車に乗っていたでしょう」とアシュリン。ああ、コンポストトイレ用のおがくずを集めに、近くの――めったに利用されていない――製材所に行ったときだ。「五〇年前を思いだしたわ」と彼女は懐かしむ。

アシュリンの子ども時代は、毎週火曜日になると、六キロ先の店まで馬車で、一週間分の小麦粉を――一家に必要かつ買える値段の食品がほかにもあれば、合わせて――受けとりに出かけたものだった。往復に丸一日かかったのは、途中で友人知人の家に一軒一軒立ち寄るから。「生活はもちろん厳しかったけれど、幸せな時代だったな」

そう言うと彼女は、反射材つきの安全ベスト姿で、パワーウォーキング［有酸素運動の一種］を続行すべく足早に去っていく。ぼくらは逆の方角へぶらぶら歩きだす。馬に水をやるために。

＊

郵便局長の話によると、アイルランドに現在一一〇〇軒残っている郵便局のうち、四〇〇軒の廃止が決まったそうだ。廃止されるのはいずれも採算性の低い農村部の局だという。いまのところ、ここが切り捨ての対象に含まれるかどうかは、局長自身にも知らされていない。まだ誰も知らないのだ。「心配したってしかたがない」と冷静な口ぶりである。「手の打ちようなど、ほとんどないんですから」。ダブリンの本部が決定することだ。

この郵便局が実際に廃止されたら、ぼくにとっては、最寄りの町まで往復するためにさらに二四キロ自転車を漕ぐ必要が生じる。だが、局長にとって、あるいは、郵便局が単なる年金の受け取り窓口や遠方の家族宛ての小包の発送場所以上の大きな存在となっている、地域住民にとっての痛手とくらべたら、ぼくの面倒などたいしたことでもない。

彼は今週の天気予報も教えてくれる。いい予報ではない。「ハリケーンが近づいているから備えをしてくださいね」。隣接した店のレジ横には、以前並んでいたチョコレートバーに代わって、ばら売りのロウソクを入れた大きな箱が置かれ、すでに中身が半分ほど減っている。

＊

話題沸騰中のハリケーン・オフィーリアが、ついに本日アイルランド西岸を襲う。メディアの予想では七億ユーロ相当の損害が生じそうだと、近所の人たちが言っていた。それは実際のところ、経済にとってありがたいことですね、とぼくは答える。少なくとも誰かの経済にとっては。大学も学校も商店も、きょうは一日休みとなり、けさは郵便配達さえも来ない。国をあげて恐れていたとおり、早くも停電が起きている。風速時速一四〇キロとのこと。

　オフィーリアは午後の半ばにノックモイルに到達する。ただご機嫌斜めなだけの彼女を、誰が責められようか。コートを引っつかみ、ひとり散歩に出かける。髪のなかを風が通り抜けて気持ちがいい。ぼくには大自然の力が必要だ。自分の身のほどをわきまえさせ、誇大妄想から救いだし、水と土と風と火の神々をなだめる必要性を思いださせてくれる。すでに木が数本倒れている。彼女の復讐はまったく見境がない。道路は空っぽで、いい感じ。ニワトリたちは、あらかじめ差し掛け小屋の安全な場所に移しておいた檻《おり》に身を隠している。オフィーリアがあげる叫び声に、ぼくは耳をかたむける。

　ファームハウスの連中が小屋に来て、ディナーをともにする。小屋には給排水管もセントラルヒーティングもボイラーもないので、爆発の心配などせずに火を使える。停電は数時間か、あるいは数日ほどつづくかもしれない。後者の確率のほうが高い。諸資源はまず都市部に投入されるはずだから。

　ヨーロッパからカリブ海地域へ通う帆船の船長を一〇年以上つとめているヨーナが、海水温が上昇するにつれてハリケーンはますます発生しやすくなる、と説明してくれる。慣れるのがいちばんだね、と彼。

*

アルド・レオポルドはエッセイ「斧を手にして」でこう書いた。

> 主は与え、奪いたもう。だが主はもはや、その行為ができる唯一の存在ではない。われわれの遥かな祖先がシャベルを発明したとき、人間は与える者となったのだ。木を植えることができるようになったからである。また、斧が発明されて、奪う者ともなった。木を切り倒すことが可能になったからである。（前掲『野生のうたが聞こえる』）

与える季節（春）と奪う季節（夏）が過ぎ、いままた与える季節がやってくる。一一月はぼくにとって木を植えるときを意味し、どんな機会ものがす気はない。わが野望に制限をかけるのは、植林する権利がある土地の広さだけだ。

カースティの実家が所有する土地では現在、テンサイ（砂糖大根）と家畜飼料用の作物が大規模に栽培されているが、数年にわたる話し合いのすえ、その一画の四エーカー分を小さな森に変えようという合意に達した。生態系回復に向けた申し訳程度のポーズにすぎないとはいえ、同時に、勇猛果敢な第一歩でもある。「農地」利用に関する農家の常識とは真っ向から対立するのだから。

農家が自分の土地で栽培するとしたら、まず樹木以外の作物を選ぶ。たとえそれが、砂糖のように人間の健康に悪いとわかっている作物であっても。とにかく、木だけはもってのほかなのだ。カースティの家族のひとりからは、この植林計画は採算がとれないだろうと言われる。「望むところだよ」とぼくは答え、そういうきみのサーフボードと音響機器だって採算がとれていないではないか、とひやかす。

英国政府機関の森林委員会にいる知人をはじめとする生態学者にいろいろと助言を仰いだ結果、近隣に古くからある森の植生を模倣することとした。樹齢四〇〇年を超える古木まで生えている事実からも、その森を構成する樹種がここの風土に適しているとわかる。同じ種類の木どうしを近くにまとめて、それぞれの性質に合った場所に植え、全体面積の四割がたは草地のまま残して、野生の動植物の住みかとするつもりだ。

苗木を並べてみる。イングリッシュオーク、シラカバ、ダケカンバ、コブカエデ、ハシバミ、ヒイラギ、サンザシ、ノイバラ（既存の森に見られなかったノイバラを入れようとカースティが決めたのは、ただ美しいと思うからで、その理由はぼくにとって十分だった）。苗木は全部で一六〇〇本あり、それぞれに、ウサギの食害を防ぐガードが付属している。ここいらのウサギは、天敵がいないために数が増えてしまった。広大な農地が広がる風景に特徴的な現象である。

このガードには複雑な思いをいだく。硬質プラスチックでできているのだ。反面、ウサギから木を守ってもくれる。スーパーで買う鶏肉や牛肉や大豆とくらべて面倒なゆえに、殺して皮をはいでさばいて食べる人もいなくなったウサギから。理想をいえば、耕地がおのずと野生に戻っていくにまかせたい。古来、そうやって非常にうまくまわってきたのである。若木は、先駆種であるキイチゴのすきまから急速に生長する。キイチゴは自然と、シカやウサギから木を守り、野生生物に食料を与える役目を果たす。いったん木が大きくなりはじめると、結果的に大半のキイチゴが日照不足で消えてゆき、やがてはその場所特有の天然林ができあがる。そのように自然な生長をとげた森林だけに、長寿が期待できる。

土地がおのずと再野生化するにまかせるという発想は、しかし、農家のあいだではいまだ反発をまぬがれない。そこで、われらが選択肢は二点にかぎられた。農薬や化学肥料を使用する大規模栽培をつづけるか、さもなくば、植林していわゆるイングランド伝統の森に変えるか、である。

森づくりは、碁盤の目状に植林するか、天然林のありさまを模倣するかによって、簡単にも複雑にもなりうる。ぼくらのように後者の方向性をとるならば、土地をよく理解し、土地が何を望んでいるかに耳をかたむけることが、おもな仕事となる。実際に木を地面に植える作業はむずかしくない。

根に土のかたまりがついていない苗木を植える場合は、「スリットプランティング」と呼ばれる手法を使う。地面に突きさしたシャベルを前方に押して切れ目《スリット》をつくったら、その開口部に苗木を入れてから、土寄せして安定させる。子どもだってできる。子どもこそやるべきだ。ぼくが一日に定植できる木は約二五〇本だが（碁盤の目状に植林するのとくらべてはるかに時間がかかる）、腕のいい林業家なら五〇〇本は植えるだろう。

レオポルドを再読しつつ、シャベルという道具について考えをめぐらす。木を植える道具でありながら、土壌をかき乱して土中の生き物を傷つけることもできる。ノートパソコンも含めたあらゆるテクノロジーと同じく、生命を与える使いかたと奪う使いかたの両方ができてしまう。いずれも、人間の素手ではかなわぬ速度で。だが、ポール・キングスノースは『回復途上にある環境活動家の告白』において、これらのテクノロジー間のちがいをうまく言いあてている。

双方とも腕が痛くなる道具だとはいえ、キーボードとシャベルのあいだにはちがいがある。シャベルは、いまでもわりあい単純に製造できる。動かしつづけるために、たえずエネルギーを投入する必要がない。人間の体と一緒で、大事に使えば長持ちする。キーボードもシャベルも、どちらも産業経済の産物だが、その度合いは異なるし、目的もちがう。片方はそれ自体で独立した存在であり、もう片方はほかの物に依存した存在である。そこは程度の問題かもしれないが、程度は——そして目的も——無視できない問題だ。

しかし、もうひとつ別の、おそらくもっと重要な点を指摘しておこう。これまで誰ひとりとして、シャベルの依存症になった者はいないのだ。

ただまっすぐな列に植えていくわけではないため、苗木の定植とガードの設置に、三人がかりで二日以上を要した。ちょっと手を止めて休憩するだけで冷たい北風が骨身にしみる寒さのなかでも、仕事の達成感は大きい。その週末いっぱいで、見かけたミミズはたったの三匹。植林した場所を見わたしても、いまのところ目に入るのは、直立したプラスチック製の緑色の筒ばかりだが、わが胸中には希望がある。二〇年後にこの地を歩くときには、戻ってきた生命――木、野生動物、昆虫、野の花、ミミズ――が、古来不変の摂理に従って互いを養い、死から生を生みだしていることだろう。

「斧を手にして」でレオポルドは、自分のストローブマツびいきになんとか説明をつけようと試みては、失敗をくりかえす。とうとう彼はこう片づける。「ぼくがたどりついた結論はただひとつしかない――つまり、ぼくはどの木も好きだが、ストローブマツには恋をしているということだ」（前掲『野生のうたが聞こえる』）。なるほど、ぼくもどの木も好きだが、オークには恋をしている。

*

ぼくらがリンゴ酒を仕込むつもりでいるのを近所の人たちが聞きつけた。おかげで一一月の第一週のあいだ、生食用・調理用の品種を問わずリンゴの入った袋がうちの戸口に続々と届く。このあたりの家庭でリンゴが使われなくなったいまでも、古い世代の人間は、せっかくの実りを無駄にするのを嫌う。昔であればリンゴしぼりの腕っぷしを提供していたはずの息子や娘は、みな遠く離れたダブリンやトロントやロンドンやシドニーに行ってしまい、高い給料をかせいで欲しい品々を買っている――ボトル入りのリンゴ酒などの品を。

ぼくはリンゴをひとつひとつ調べて状態のよい実とそうでない実に分け、傷んだ部分はナイフで取りのぞき、大きなかごに入れてカースティに渡す。彼女はこれをウェクスフォード社製の古い給餌器《きゅうじき》にとおしていく。このさびだらけの代物は少なくとも一〇〇年以上前の製品で、前の家主が、家畜のブタのエサにするスウェーデンカブをつぶすために使っていた。つぶし終えたリンゴでバケツがいっぱいになったら、ヨーナにバトンタッチ。ヨーナはハンドルを手で回してリンゴをどろどろの状態にし、エリースがそれをしぼって一滴残らず果汁を出しつくす。あとは、そのままたるに詰めて作業完了である。砂糖もイーストも加えず、リンゴのみ。システマチックで、ほとんど工場の流れ作業のようだ。あくまでもほとんど、だけれど。

　昼どきまでには全員、きょうはこれ以上リンゴを見たくない気分になっている。とはいえ、楽しくて報われる半日仕事だったし、すがすがしい空気と労働歌が肺を満たしてくれた。たるに仕込んだ中身は四六リットルのリンゴ酒と化す予定で、抜け目ないビジネスマンなら末端価格にして二三〇ユーロと見積もることだろう。だが、さしあたりはまず、びんに詰めたリンゴジュース数本を、近隣のパイオニア協会員——一二歳のときに堅信式で生涯の禁酒を誓った人——たちに届けよう。それ以外の多数派住民には、ぼくらと同じく、六か月待ってもらわねばならない。

＊

　カースティは半熟卵が好き。時計なしだと加減がむずかしい。自分用に四個、彼女用に二個、計六個の卵をなべから引きあげながら、ゆですぎていないことを願う。むいた殻をすり鉢に入れ、すりこぎですりつぶす。粉状にひいた卵の殻はカルシウムに富み、歯の再生を助ける。そう本に書いてあった。チョコレート、ケーキ、炭酸飲料を摂取して育った身としては、ぜひとも試してみたいではないか。

意外と食べやすかったが、それだけでは説明になっていないだろう。どんな味かといえば……卵みたいな味がしたのでおどろき、自分のおどろいた理由にまたおどろくものの、近い将来レストランのメニューに登場するほどではなさそうだ。それでも、以前ぼくが運営していた自然食品店でカルシウムのサプリメントを買うよりは、ずっといい。

*

きょうは季節の変わり目をひしひしと感じる。朝、目ざめたとき、非常に具合が悪いというのではないが、元気いっぱいというわけでもなかった。最近、何かとあわただしい日々がつづいた。この暮らしを誰かに伝えること——執筆、トーク、インタビュー、物見高い訪問者——に疲れているのだと思う。暮らしそのものは、ぼくの肉体と精神を健康に保つばかりなのに。

カースティがハーブティーをいれてくれる。アカツメクサ、ヨウシュツルキンバイ、ラズベリーの葉、キンセンカ、カモミール。どれも彼女が今年摘んで乾燥保存しておいたものだ。この手のお茶は工場生産の薬とちがって、症状に直接はたらきかけるのを目的としない。体がもともと持つ自己治癒力を手助けするのである。お茶を煎じているあいだに、ニンニクを五かけ、みじん切りにして生で食べる。そして鉛筆を片づけて火をおこすと、午後は休んで、本を片手にくつろぐと決めた。

健康のための時間をつくらずにいると、病気のための時間をつくるはめにおちいる。

*

きょうのディナーも、だいたいいつもと同じメニュー。畑のジャガイモ、スウェーデンカブ、ニンニクは、トウヒとブナの薪でオーブン焼きに。湖で釣ってきたかなり大きいオスのカワカマスは、ハーブ園のローズマリーとタイムで風味づけ。それに、ケール、チンゲンサイ、レインボーチャード、紫ブロッコリーの葉、ルッコラ、からし菜、パセリを取りあわせたサラダ。

小屋を建てるために常識にさからって取りこわしたビニールハウスを、もしもあのまま残しておいたなら、この季節に食べられる野菜はもう数種類多かったにちがいない。それも重々承知のうえだった。だが、アイルランド的な食生活——この場所の気候で、ビニールハウスのような暴力的な存在に頼ることなく手に入る食事——を選んだ自分たちの選択と、その必然的結果とに、ぼくは満足している。ピーナッツバター、バナナ、ハルヴァ「すりゴマやナッツを使った中東起源の菓子」、オリーブ、天日干しのドライトマト、カシューナッツバター、フーマス「ひよこ豆ペースト」など、アイルランドでは自給不可能なごちそうを懐かしく思うときもあるが、それもごくたまにの話だ。それに、広い世界でたとえどんな危機や大変動が起きようとも、自分自身や隣人や愛する人のための食卓をととのえる方法を知っていれば、本物の安心感が得られる。

そこでふと、カワカマスを釣るのに使った、あのいまいましいモノフィラメント糸に思いいたる。魚の原始的な捕獲方法が満載された本を何冊も持っている——レイ・ミアーズとジョン・〝ロフティ〟・ワイズマンの著書は特に役にたつ——が、そこに載っている漁法には問題がふたつある。ひとつは、産業化した社会ではいずれの手法も法律で禁止されていること。こうした社会が他方では、底引き網漁を許容するばかりか、積極的に奨励しているのだ。もうひとつの問題は、川が魚であふれていた時代にこそ有効だった漁法であること。いまや川も湖も荒れ果てている。大雨がふるたびに殺虫剤や除草剤もろとも流れこむ土と同じく。

いつの日かまた、川や湖が清浄で生命に満ちあふれるようになるだろうとの希望を、ぼくは捨てていない。死ぬ前にこの目でそれを見たいものだ。しかし、われわれが過去のあやまちに学ばぬかぎり、人類の多くがいなくなるまで、その日は来ないのかもしれない。

*

もうひとつ関連した話を。近くの町へ出たとき、教会の前を通りかかった。すばらしい天気の日で、信者が四人、庭の手入れにいそしんでいる。「手入れ」というのは、丹精した芝生に除草剤を振りかけるという意味だ。実際の散布作業をしている男性は川沿いを歩いているものだから、噴霧された除草剤の一部が、川に直接かかっている（次に大雨がふればさらなる流入は避けられない）。彼が進行方向を変え、敷地内の歩道脇の草に散布をはじめようとすると、それまでただ立って見ていた別の二人が急にてきぱきと動きだし、大きなＰＶＣボードをかざしながら横をついて歩く。礼拝堂前の通路の舗装面に、見ばえの悪い被膜が残るのを防いでいるのだ。ぼくは努めて愛想よく頼んでみる。「少なくとも、川のすぐそばにまくのはやめてもらえませんか」。男たちのひとりが答える。「仕事のじゃまをしないでくれたまえ」。いたしかたない、こちらも主なる神を愛し仕える態度をとることにしよう。主は川よりも舗装がお好きにちがいない。

*

一九五三年一一月二三日、最後の島民がグレート・ブラスケットから退去した。
その三〇年後に、翻訳者のティム・エンライト［オクリハン作品等の英訳者］はこう述べている。

> 暗くわびしい——とりわけ冬の——暮らしの終焉を、人は嘆くことができない。はるかな過去に根ざした文化の終焉を、人は嘆かずにいられない。

*

昔ながらの鹿革の処理法には、脳漿《のうしょう》、卵、せっけんの三通りがある。現在では、ほとんどの皮なめし業者がクロム酸を使う。この化学物質は安価だが、生命に対する強い毒性を有し、環境規制のゆるい国ぐににおいて工場周辺の河川を荒廃させている。マット・リチャーズによる総合的技法書『シカ皮からバックスキンへ（*Deerskins into Buckskins*）』によると、こうした皮なめし業者はクロムなめしの鹿革をバックスキンと称して販売しているが、「本来のバックスキンとはまるで性状が異なる」という。

奇《く》しくも、動物の頭蓋のなかには、その皮をなめすのにちょうど必要な量の脳みそが入っているのだから、ぼくはこの方法を選ぶ。シカの両目と枝角のあいだの皮を切りひらいてから、のこぎりで頭蓋骨にV字型の切れ込みを入れ、脳みそを露出させる。そこへ指を突っこんで脳みそをかき出し、湯の入った容器に移したら、つぶしまぜてスープ状に溶かす。

これに乾いたシカの皮――肉をこそげ落とし、木灰を溶かした水に三日間ひたし、毛の除去、すすぎ洗い、皮下脂肪の除去を済ませたもの――をつけこみ、午前中の半分ほどの時間、放置してから、しぼり、形をととのえ、もう一度しぼる。けさは忙しくて柔軟に加工する時間がとれないので（この工程を経るからこそバックスキンは何千年ものあいだ珍重されてきた）、少し引っぱって伸ばしたあと、吊るして干しておく。

*

心が浮きたつ。ハードな一日の終わりに熱い風呂でくつろぐなんて、実にひさしぶりだ。

昼間のうちに浴槽に水を張って、透明なふたをかぶせておいた。ふたは、昔の豚舎から取りはずした合成樹脂製の波板を利用して自作。こうしておけば午後の太陽で水の冷たさがやわらぎ、湯を沸かす薪を少しは節約できる。火をつける直前に木製の断熱性があるふたに取り替え、せっかく上がった水温を暗い夜空へ逃がさぬようにする。自分の手で木を運び、のこぎりで挽き、斧で割り、積みあげた薪ならば、なるべく賢い使いかたを心がけるものだ。これまでの一一か月間、体を洗うのにもっとも苦労してきただけに、目の前の熱い風呂がなおさら魅惑的に映る。

あとから入る人もおおむねきれいな湯につかれるよう、カースティはウッドデッキで一日の汚れをざっと洗いながしてから、いざ一番乗り。女性の特権である。彼女がロウソクを二本灯すあいだに、クロスグリのワインを二杯注ぐ。ぼくもそろりそろりと湯船に身を沈めながら、一一月の冷気から、汗の吹きだすような熱い湯へと体を慣らしていく。うーん、これはたまらん。背中をもたせかけると、鋳鉄の輻射熱《ふくしゃねつ》が脊椎《せきつい》から腱、全身の痛む箇所にまでくまなくしみわたり、やさしい小ぬか雨は顔のほてりを冷ましてくれる。思えば、この風呂を優先的に一年のはじめにつくるべきだった。とはいえ、この道に踏みだした当初、優先事項は山とあったのだ。まあ、いまとなってはもう、何も気にすることはない。

＊

晩秋は畑の施肥《せひ》について考えはじめる季節だ。栄養たっぷりの土でなければ、栄養たっぷりの野菜は育たない。野菜が栄養たっぷりでなければ、ぼくらの体も栄養をとれない。

道を上がった先にある乗馬施設の厩舎《きゅうしゃ》から、手押し車におよそ一〇杯分の馬糞を集めてきて、ひと山に積んでおく。数日後、ベテラン有機農家の知人がそれに気づき、馬術界でよく投与される寄生虫駆除剤に気をつけろと忠告してくれる。厩肥《きゅうひ》に残留して、ミネラルやビタミンと同じように野菜に吸収されてしまうから。「最終的には食べた人の体にたどり着く」と彼は言う。施設に確認すると、たしかに彼の言うとおり馬糞に含まれており、しかも大量に含まれていると判明した。この件であらためて、いわゆる「ふつう」の食品をぼくが避ける理由を思わずにいられない。カースティは最近、パッキーに代わって世話をしている馬たちの寄生虫対策に、昔ながらの処方であるニンジンとニンニクを使った。彼女はもうすぐ旅に出る予定で、留守にする前に馬たちの体調を万全にととのえておきたかったのだ。

　作業はいま以上にきつくなるが、今後は、馬が放牧されている牧草地で馬糞を拾うことにする。つまり、一一月のぬかるんだ放牧場で手押し車を押してまわり、草の上に落ちている糞をひとつひとつ手で拾わねばならない。しかし、これには二重の利点がある。ぼくらは虫下し薬の入っていない食事ができ、馬たちは自分のウンコの入っていない食事ができる。そもそも寄生虫が馬の体内に入る可能性が減るわけだ。人間が馬の「世話」をはじめる前、野生馬には寄生虫駆除の処置などまったく必要なかった。ただし野生馬は、何か月も二エーカーの牧草地のなかで、自分たちのクソの下の牧草しか食べ物がない状態にとめ置かれることもなかったのだが。

　来月末まで毎日、午前中の半分をかけて、手押し車で馬糞を拾いあつめる必要さえなければ、ウィン・ウィン・ウィンの「三方よし」の状況といえるのに。だから、いまのところは、ウィン・

ウィンだ。

＊

湖にて。カワカマスを釣りにきたのに、なんとサケがかかる。人生はじめての経験だ。必死の抵抗を示すサケ。ついにぼくは彼女を引きあげ、針をはずし、手中におさめた。さて、これからどうしよう。

法律は命ずる。「一一月はサケの漁期外だから湖に戻したまえ」。わが胃袋は主張する。「いまが何月だろうとかまうものか。腹が減ってるんだから殺せよ」。わが両の目は彼女の目をのぞきこみ、そこに野生の心意気を認め、人間がこれまで彼女の同類にしてきた仕打ちに思いをはせる。頭が言う。「湖に戻すべきだ」。ぼくのなかの動物は異をとなえる。「文明人づらはよせ。こいつは肉だぞ。遡上するサケを捕るクマが、産卵期がどうのこうのと気にかけるか？　さっさと食っちまえ」。頭が反論する。「クマは川にダムをこしらえて環境を破壊したり湖を汚染したりしないだろ。彼女を湖に返してやれ」。ふたたび胃袋が、ここで腹を空かせているおれの存在を忘れてくれるなと訴え、ようするにわが肉体も彼女の肉体に依存しているのだと思いださせる。手は、彼女のなかに脈打つ崇高な命を感じとり、この命が先々長らえて繁殖していくようにと望む。現代の釣り人にとって、サケを釣りあげるなどまず一生に一度のできごとだから、「せめて証拠写真ぐらい撮っておけよ」と言われそうだ。だが、ぼくに写真を撮ることはできないし、たとえできたとしても、撮りたいと思わない。傷つけたうえに侮辱を重ねる必要はなかろう。もう一度、彼女の目をのぞきこみ、水中に投げもどす。法律でさだめられているからではなく、うーん、なぜかは自分でもよくわからない。胃袋にとっても判然とせぬ理由により、ただなんとなく気が乗らなかっただけだ。

ふたたび釣り糸を投げいれ、この国の釣り人らしからぬ望みをいだく。次はカワカマスがかかりますように、と。物事は単純なのがいちばんいい。

＊

ある日の夕刻、友人宅へベビーシッターに行く途中にちょっくら回り道をして、キャパ川の人目につかない淵をのぞきにいく。心をはずませながら牧草地を通り抜け、このとっておきの一画めざして歩く。農家にとってはまったく無価値で採算がとれないために、はちきれんばかりの生命が息づいている場所である。

「である」だって？　いや、「であった」といわねばならない。北側から淵に近づいていくと、愛するこの場所が、いまや死んだも同然であることに、たちまち気づく。かつて両岸をおおい隠していた成木、低木、種々の草花――アオサギを、カワセミを、カモを、カワカマスを、マスを、サケを、相互に依存しあうミクロの生物世界総体を、守りはぐくんでいた草木――が、掘削機でずたずたに掘りおこされていた。代わりに、川に沿って新しい農道ができており、端から端まで有刺鉄線の柵が張りめぐらされている。

皆伐された森や露天掘り鉱山や畜産工場をこれまでうんざりするほど見てきたが、この川の変わりようほどにショックを受けたながめは、そうそうない。こんな野蛮な——もとい、文明的な——光景ははじめて見た。野生生物のこのささやかな聖域が、ぼく自身の心のうちに特別な位置を占めていただけに、そしてまた、何もかもがまったく不必要な工事であっただけに、なおさら気分が滅入ってしまう。

最近、生態学者ポドリグ・フォガティの著書『切りつめられて（*Whittled Away*）』を読んでいる。考察されているのは、国がシンボルカラーの緑色を持続可能性《サステナビリティ》の世界的ブランドイメージと混同させようとする熱心さとは裏腹に、アイルランド国内の自然が恐るべき速度で消滅しつつある事実だ。丸裸になった川岸に立ちつくして、「一幅の絵は千のことばを語る」を実感する。川が「死んだも同然」だって？　いや、川はまた息を吹きかえすだろう。その手助けをするためにぼくらに必要な行動は「何もしないこと」のみ。これが何よりもむずかしい行動のようだが。

*

こういう生活をしていると、一二月はさぞかしつらい時期だろうと心配されることが多い。その推測にも一理ある。自然の猛威を楽しめない人にとっては、たしかに厳しい月だ。だが、天候面をのぞくと、一二月は一年でもっとも楽な月だともいえよう。重労働はすでに完了している。

木は集め、玉切りし、割って薪にし、積みあげてある。いまや、燃える薪のそばにすわっていればいいのだ。果物は加工保存し、ハーブは乾燥させ、シカ肉は燻製にしてある。ブラックベリーは発酵させ、獣皮はなめし、冬野菜の植えつけも済んでいる。いまや、それらを享受するだけでいいのだ。もちろん、いついかなるときでも、やらねばならない仕事はあるが、夜がこれだけ暗くて長いと、そのリズムにさからいとおすのもむずかしい。

　ぼくにとってはじめての、電気を使わない秋を過ごしてきた。愛する人たちとつながる電子画面もプッシュボタンもなく、日々昼夜を分かたず活動をあおるまばゆい電灯も、わが身から注意をそらす何物もない。しきりと旧友のことが思いだされる夜は、今後もあろう。かつてよく知っていた仲なのに、この移ろいやすい文化のなかで遠方に散り散りになって以来、何年も顔を合わせていない。近年は、電子メールや電話、オンラインビデオ通話、ソーシャルメディアで連絡をとりあってきた。とりわけその何人かと、連絡がとりあえなくなったのはさびしい。もう二度と会えず、声さえ聞けない相手も多いだろう。誰かが結婚しても、離婚しても、子どもが生まれても、がんになっても、宝くじに当たっても、死んでも、ぼくは何も知らずにいるかもしれない。

　ときどき、いまみたいに、そうした現実に心が痛む。かと思えば、この世界のどこかに彼ら彼女らがいる以上、いつの日かふとした拍子に偶然再会するかもしれない、と想像して笑顔になるときもある。

*

『ガーディアン』の担当編集者から手紙が届く。ぼくの前回の連載コラムが掲載された週に、ほかのどの記事よりも多くソーシャルメディアでシェアされたそうだ。それが朗報であるかのように彼は伝えてきた。たしかに、なるべく多くの人に読んでもらいたいと思わなければ、そもそも新聞になど書くわけがない。これまでの人生においては、ぼくだって朗報と受けとったはずだが……でも、なぜかもう、あまりそういうふうに感じられないのだ。いまどきの成功とは、他人が電子画面を少しばかり長く見つめ、シリコンバレーの億万長者が背後であやつるウェブサイト上で「いいね」を押し、作品を共有してくれることを意味するらしい。そう考えると、どうもすなおに喜べない。

＊

郵便局に、廃局の予告が貼りだされた。かつては、ノックモイルのぼくの家から歩いてすぐの場所にさえ、郵便局があったのに。今後、この農村コミュニティの人たちは、小包を送るにも、年金を受けとるにも、ロックレーの町まで出かけていかねばならなくなる。

年金受給者であるパッキーに、ロックレーまで取りにいくより、年金を銀行口座に直接振り込んでもらうことはできないのか、と聞いてみる。もちろんできるさ、との答え。だけどよ、おれたち多くの者にとっちゃ、銀行のなんとやらはさっぱり理解できねえ。それに、あんなカードを出し入れする機械が相手じゃ、愉快にやれないだろ。

＊

隣人のトラクターのエンジンがかからない。別におどろくことでもない。バッテリーが上がっているのだから。そもそも、ぼくがここに住んで以来、バッテリーは上がりっぱなしなのだ。このトラクターの問題点は、バッテリーだけではない。ライトの代わりに、蛍光色のジャンパーが四枚、前後左右の角にかけてある。すべての窓にはガラスが入っていない。

春から秋にかけては坂の上に駐車しておき、坂道を惰性で下りることによってエンジンを始動させる。彼が編みだした名人芸だ。きょうのような一二月の凍《い》てつく朝、このテクニックはあまり役にたたない。けさは霜が降りているので、玄関がノックされる前から、きっと彼がやってくるものだろうと予期していた。片手にねじ回しを持ち、準備万端の様子。彼がねじ回しでエンジンのどこかに火花を出すと、ぼくは燃料やエンジンについて過去に聞かされてきた注意事項をことごとく無視して、火のついた古新聞の切れ端を排気孔のなかに突っこむ。炎でエンジンが温まり、まもなく彼はトラクターの運転台にすわって、こちらに手を振っている。

＊

言論の自由ばかりがしきりに求められる世の中で、なぜか、ぼくが何よりも切望するのは、しゃべらなくていい自由である。けさ起きて、アルド・レオポルドが端的にいいあらわしたのと同じ感慨をいだく。「地図の空白部というものがなかったら、（中略）四十の自由があろうとも、それが何の役に立つというのか」（前掲『野生のうたが聞こえる』）

うちにある陸地測量局発行の第五二番地図を取りだし、空白部を探してみる。原生地域らしき場所は見あたらないけれども、人家を示す小さな黒い四角形のまったくない升目《ますめ》（一キロ四方に相当）が五個ほど見つかってうれしい。環状列石《ストーンサークル》や巨石墓が近隣に多数あることもわかった。ブーツを履き、歴史を求めて歩きだす。

*

昨夜、思いがけず〈ホロハンズ〉が再開した。二〇代半ばの地元の若者が、運営を引き継いだのだ。店を成功させたい、ただし近年われわれが慣れっこになった意味での「成功」ではなく、本当の意味で、と若き店主は言う。少なくとも当面のあいだは、この仕事で労賃をかせごうとは考えていないそうである。人びとがつどう場をなくさぬよう、とにかくパブを開けておきたい、と。

彼はポールとぼくに警告を与える。「今夜チェスで負けた人は『セメントミキサー』を飲まなければなりません」。文明化が比較的軽微なこのあたりでは、ウイスキー一杯とアイリッシュクリーム一杯と黒ビール半パイントを混ぜたものを飲みほす罰ゲームを意味するらしい。「店のおごりです」。ぼくら二人とも、ふだんから負けず嫌いなほうだが、そうと聞いては、ますます負けるわけにいかない。お互い明朝にやるべき仕事をたっぷりかかえており、二日酔いではさしつかえよう。「負けたほうがそういうカクテルを飲まされるのなら、支払いも負けたほうがするよ」とぼくら。この場所が長つづきしてほしいと望んでいるのは、店主ひとりだけではない。

同じ思いの人は、まだほかにもいるようだ。カウンター席に腰かけた常連の中高年男性陣に加えて、今夜は若者たちの姿もある。そのうえ、そう、女性たちまで。この場所が生まれ変わった感をおぼえる。まるでパブと住民とが、子どもじみたいさかいを経て仲直りした恋人どうしかのように。

ぼくが負けた。男は約束を守らねばならぬ。現金をはさんでの押し問答のすえ、ぼくは店主に、この金を受けとってくれなければ二度と店に来ない、と通告する。彼は困った表情だ。二日酔いは朝の馬糞集めにさしつかえるだろうが、かまうものか。ここには命のきざしが強く感じられる。本当に大事なのは、それだけだ。

帰ろうとすると、「もう店じまいだから、家まで送りますよ」と店主が言う。「同じ方向ですし」。ぼくは辞退する。「寝る前に頭を冷やすために、歩かないと」

遅い時間に家に帰りつく。ぼくを追いこした車は一台もなかった。

＊

出版社はハッピーエンドがお気に入りだ。出版社がなぜハッピーエンドを好むかというと、読者がハッピーエンドを好むから。読者がなぜハッピーエンドを好むかというと、それはまあ、誰だってハッピーエンドは嫌いじゃない。誰もが幸せになりたいと望むものだし、他人にも幸せになってほしいと望むのが人間のいいところだろう。唯一の問題は、短期的に見たとき、現実はかならずしもハッピーエンドとならぬ点である。

けさ、カースティからの手紙を受けとった。四週間前から旅に出ていて、バスキングしながらあちこちのコミュニティや風景を訪ね、自分自身を再発見したり、心の奥底にかかえこんだ問題や恐怖と格闘したりしているのだ。だいたい週にいっぺん手紙をくれる。しょっちゅう居所が変わるので、返事を書こうにも書けなくてもどかしいが、彼女の冒険談を聞くのは楽しい。

しかし、けさの手紙はちがった。ここの生活にはもう戻らない決心をしたと書いて寄こしたのだ。追究したい別の道があるので、ひとりになって、そちらに全力をかたむけたい、と。

もう一度読みなおす。そして、もう一度。徹底的に打ちのめされる。めったに泣くことなどないぼくでも、いまは涙があふれて止まらない。二人は三年間をともに過ごし、死ぬまでずっと一緒にいるものと決めてかかっていた。思考は堂々めぐりするばかりで、ことばにならない思いが吹きだまる。小屋の窓ぎわベンチにすわっていると、彼女が縫ったパッチワークのカーテンに、部屋の木目のひとつひとつに、彼女がととのえたあらゆる細部に、その姿がありありとよみがえる。

もう一度過去をやりなおせたなら、もっとちがう対応がとれるのに。彼女と過ごす時間を何よりも優先して、一緒に彼女の好きなことをしよう。それ以外は、どうしても必要なことではなかったのだ。けれども、人生には二度目のチャンスがあるとはかぎらず、一度でも与えられたチャンスに感謝せねばならない——悲しみのどん底に沈んだきょうのぼくは、そんな人生訓に耳を貸す気にもなれないが。

　ひとつの思いが頭のなかを行きつ戻りつする。どうして自分は同じ失敗ばかりくりかえすのか。ちっとも学習しないバカ者めが！

　現実は厳しい。目と目ではなく光ファイバー回線でつながる傾向を強めるこの世界で、そこと隔絶している以上、新しい出会いはそう簡単に見つからないだろう。海にはたくさん魚がいる［失恋した人をなぐさめる決まり文句］と俗にいうものの、いま手紙を手にすわっている場所からは、庭の池が見えるだけ。さっき断ちきったはずの思考のループに、また落ちこんでいく。どうしようもない。

　涙が乾き、雲は去った。そうした感情に向きあう時間も大切だが、いつまでも引きずらないこともまた大切だ。自己憐憫にふけっていてもしかたがない。人生には経験すべき物事が多すぎるのだから。それに、愛に何か意味があるとすれば、愛する相手にとっての最善を願うことのはず。ただし、相手を手ばなす際には、自分自身の心臓がえぐり出されるほどの思いを味わうけれど。こよなく大事な人をうしなう経験は、場合によってひどくつらいものであるが、愛の広大無辺さに心を開くとき、ぼくらは進んでこのリスクを受けいれている。

　手紙をしまう。さあ、植え床に堆肥をほどこし、薪を取りいれ、水をくみにいかなければ。

＊

手ににぎった鉛筆を、しばし机の上に置いてながめる。機械で六角形にカットされた木切れ――樹種ははっきりしないがスギだろうか――の中心に、黒鉛《グラファイト》とおぼしき細い棒がとおっており、黄・白・青の塗料で仕上げられている。「H」の箱に入っているのを買った時点では、どの鉛筆もまったく同じ外見だった。ついているバーコードが、完全なる標準化のあかしだ。

鉛筆は、最寄りの町にある小さな画材屋で買う。ここの店主夫妻が、商売をたたんでコネマラ地方の小農場に移住する資金をつくろうとがんばっているからだ。もしも店主に、鉛筆の全製造過程――労働者が郊外から工場へ通勤する道路の敷設から、原材料の採掘や伐採など――を知る見学ツアーに連れていかれたとしたら、一本たりとも買う気をなくすだろう。だが、彼はそうせず、ぼくは買う。

机上の鉛筆を見つめ、もう一度それを手に取るべきかと考える。そうすべきでない理由が多々あるのはたしかだ。ひとつには、製造のためのインフラが生態系に与える悪影響。もちろん、パソコンやインターネットとくらべれば、内包エネルギー［生産や構築に要する直接・間接的エネルギー量の総和］ははるかに小さいし、オンラインで衝動買いさせることも、有名人のニュースやポルノやソーシャルメディアで朝の時間をつぶさせることも、鉛筆にはできない。そこの程度の差は大きい。とはいえ、しょせんは程度の差でしかない。

この木片のせいで体も痛みをおぼえる。丸太を一日じゅう運びつづけたときとは異なる、いやな痛みだ。特に首がひどい。ぼくは肉体を持つ動物であって（人間は全員そうだけれど）、じっとすわってばかりいると、しんどくなってくる。たいていの日は頭と手の両方をはたらかすことができ、その相乗効果をありがたく感じているものの、執筆作業は往々にして、いまこの瞬間から、この肉体の存在する場所から、そしてごく身近な物事からも、おのれを引きはなしてしまう。ぼくは、自分がいもしない時間や空間のどこかよりも、現に自分がいる場所にいたい。なぜわざわざ本など書くのかと自問してしまう日もある。極端な話、この世に本がなくたって、自然界は破滅しないのに。

そんな日には、ときどき目を閉じて、野外で本質的に有益な作業に打ちこむ自分の姿を想像する。たとえば土地の再野生化——ブライアン・ボルー王がかつて愛した広大な「オクティの森」の再生だ［デリーブライエン周辺でＮＰＯによるオーク林の再生プロジェクトが進行中］。これが実現したらすごいことになるぞ。汚泥や表土や農薬が流入しない川に、サケやブラウントラウト、もしかするとチョウザメまでもが、かつてはあたりまえだった規模で戻ってくる。

ぼくには見える。十分かつ健全な数の生き物たち——テントウムシ、職人、ムクドリ、アカシカ、ハリネズミ、音楽家、菌根菌《きんこんきん》、アイルランドユキウサギ、オオタカ、漁師、ドーベントンコウモリ、ガ、バッタ、ウズラクイナ、ミツバチ、ヒバリ、魔女、モリアカネズミ、カワウソ、妖精、ハイイロチュウヒ、吟遊詩人、マツテン、ミミズ、ヒキガエル、野生のヤギ、アナグマ、ヒメトガリネズミ、シャクシギ、農民、オコジョ、キツネ、カゲロウ、イヌワシ——が、それぞれの特性を持ちよって、この場所の複雑さと驚異をより豊かなものとする。さらに、わが夢想が許されるなら、その列に一群のオオカミも加えよう。なんとも、ごたいそうな夢である。しかし、男子たるもの、夢を見なければならぬ。たとえ、一〇〇平方マイルどころか、一エーカーの風景でさえ手に余るとしても。ことによれば、何かしら道が見つかるかもしれない。

　鉛筆を手に取る。いくら欠点があるにせよ、いまこの時代において、強力な口承文化の代わりをつとめる書きことばは、現在を過去に接続する手段となって、現代人が忘れてしまったものの見かたや暮らしのありようを思いださせてくれる。好むと好まざるとにかかわらず、いまとはちがう世界が訪れたときに、ふたたび価値を帯びるかもしれない暮らしかたを。人類の一員としての意識や知足の心、ひいては精神の健康をも取りもどしうる暮らしかたを。生命のつづれ織りのうちにもう一度ふさわしい地位を占めるために必要な謙虚さを教えられる暮らしかたを。「家《ホーム》」へ帰る道さえもさし示してくれるような暮らしかたを。

　鉛筆を手に取るのは、木々についての見果てぬ夢と痛む首はさておいても、さらに別の何かが、しきりにそうしろと訴えかけてくるから。その直感を信じて、知性と心と魂とを吹きこみつづけなければいけない気がするのだ。ノートパソコンから鉛筆への移行は、ぼくにとって大いなる一歩で、当初、自分にできるとは思いもしなかった。だが鉛筆のおかげで、書く過程を本当に楽しめるようになった。書く速度そのものは以前にくらべて遅いはずなのに、なぜか、前より短時間で多くの文章が完成する。鉛筆を使うことで、思考方法が変わり、あわてなくなり、自分の書く文章に人間味が戻った。

鉛筆を手に取りつづける気分がもうしばらくつづくようならば、次は——もっと実力をつけたら——自作のペン（ガチョウの羽）とインク（ヒトヨタケ）と紙（カンバタケやアミヒラタケ）だけを使って書こう。けれども、一度に一歩ずつだ。何度も、何度でも、自分にそう言いきかせなければならない。

＊

金曜日の昼どき。熱い風呂につかりながらエドワード・アビーを読む。全三三六ページ。のぼせそうになり、足を湯船のふちに載せて外の冷気に当てる。きのうの温暖前線（ふりつづく雨）が通過したあと、きょうは予想どおり寒冷前線（晴れ、ときどき雨）が発生した。頭上の抜けるような青空にうっとり見とれていると、次の瞬間にすべてが不気味な暗さに包まれ、ぼくはそれにもうっとり見とれてしまう。

落ちてくる雨粒はまるで、幾百本もの透明な細い槍《やり》に変じた風呂の湯が、空へ向かって放たれているかのようだ。南側の道路から、金曜のこの時間帯にしてはめずらしく、ひんぱんに車の通る音が聞こえる。そうか、きっとクリスマス前の最後の買い物にくりだす週末なのだろう。頭上の雲と同じく、クリスマス熱もすぐに吹きとんでしまうにちがいないが。

浴槽にもたれて天空を見つめていると、思考は予想外に陰鬱な方向へ流れていく。雨に打たれてすっきりした頭で思うのは、死のことである。

ぼくが自分とみなしている、この肉体の死について。遅かれ早かれ、そのときはやってくる。母さんや父さんと砂浜を散歩できなくなる日、大切な人たちと一緒にはたらいたり飲み食いしたりできなくなる日、この目と耳、この鼻と口と皮膚で、世界とその息をのむような生命のつらなりを知覚できなくなる日が。考えるのはつらくとも、まぬがれえない重要な事実だ。

いまのぼくが家《ホーム》と呼んでいる、この場所の死について。いつの日か、願わくは猛禽類がぼくの目玉をえぐり出したあとに、ぼくらの小屋もまた、跡形もなく生まれ故郷の土に還ることだろう。ひょっとすると、いまぼくらの小屋が建っている場所に、誰かがその人自身の魂にかなった住まいをつくるかもしれない。もっといいのは、一本のオークがここで古木に育ち、数知れぬ生物種の住みかとなることだ。そう考えると心もなごむ。

万物の死について。太陽も最終的にはすっかり燃えつき、何も残らない。ただし、人間の想像する「何も残らない」のとは異なる。この浴槽の下の大地が、およそ数十億年のうちに消えてなくなるという事実を、貧弱で冴えないわが頭で理解するのはむずかしい。海や砂漠や氷河に様相を変えるとか、想像もつかない生き物の天下になるとかいうだけでなく、存在すらしなくなるのだ。ぼくや、ぼく以外の生き物や、大地自体の痕跡も、まるっきりとどめずに。

パッキーの運転するトラクターが、白煙をそこらじゅうにまき散らしながら、バッ、バッ、とエンジン音をたてて通りすぎていく。彼もいつかはこの世からいなくなる。だが、いつの日か死ぬという事実は、かならず訪れるその瞬間まで彼を大切にしつづけようとの思いを、より強めはしても、弱めはしない。

＊

グレート・ブラスケット島の白い砂浜にふたたび立ったぼくは、廃村となった集落跡を見上げて哀感を禁じえない。点在する石造りの小屋はかつて、笑い、民間伝承、涙、祈り、歌、うわさ話、饗宴、嘆き、飢え、暖かさ、疲労、絶望、友情、希望――ありとあらゆる人間的経験――の宿る場であった。それがいまは、ひっそりと静まりかえり、さながら死に絶えた民の化石である。

だが、うしろをふりむいて、人間の感傷などおかまいなしに荒々しく広がる海峡をながめれば、グレート・ブラスケットはいま、過去三〇〇年間になかったほど多くの生命でにぎわっているのかもしれないと思う。

「白き浜辺《アン・トラ・ボーン》」で暖かな真昼の太陽を浴びるアザラシの群れ――全部で二〇〇頭はいようか――は、なぐり殺される心配とも無縁に、人間なきあとの生を謳歌している。丘の頂の「アン・ドゥーン」へと登っていく途中、二人の研究者が地面に這いつくばってマンクスミズナギドリの鳴き声を録音していた。島に巣づくりして夜を過ごす海鳥だ。ヒメウミツバメが何千羽と繁殖している。ウサギの群生地も見える。イタチをけしかけて巣穴を襲わせる人間の子らの不在を、ウサギたちは悲しんではいまい。この無人島はいまや、ハジロウミバト、ツノメドリ、カモメ、イオハシウミガラスの一大生息地となり、いずれの鳥も、小さな石造りの民家よりもさらに慎ましい住居に暮らす。見る人が見れば、ほかにもたくさんの種類がいることだろう。少々の人間たちが住みついては去っていこうとも、これらの鳥たちはあいかわらず頑固にこの地を動かず、崖っぷちに営巣し、海から糧を得て、ときには自前のプロペラ装置でディングルまで出かけて、旅行者からフライドポテトをくすねている。

トマス・オクリハンの旧居へ歩いて引きかえしながら、こんな考えが頭をよぎる。このちっぽけな離島も、あるいは、人間文明がないほうが幸せなのかもしれない——少なくとも、野生界との対話のうちに生きる姿勢を、人間がふたたび身につける気になるまでは。いまのところ、この島の役割は、エドワード・アビーがユタ州の砂漠について述べた「赤い砂ぼこりと日に灼かれた断崖絶壁とさびしげな空」みたいなものかもしれない。あえてこの場所に来て、自分自身と向きあい、岩や荒波やありのままの生と向きあいたいと願う人にとっては、孤独の聖域ではないか。

おのずと心はノックモイルへ戻っていく。あの場所も同じ道をたどるのだろうか。それはまだ、なんともいえない。いまある小規模農場は、併合されて大規模化・機械化が進み、ますます少数の人間によって経営されるようになるかもしれない。でなければ、都市化と産業化と強欲資本主義の横暴に家族経営の小農場が屈したとき、もっと別の何かが起きるかもしれない。野生生物が、湿地帯や森林が、採算のとれない牧草やイグサの緑野に回帰し、われわれ人間が愚かにも忘れて忘れて忘れつづけていた無数の生き物のための、豊かなローカル経済をつくりだすのかもしれない。あるいはまた、ときたまあるように奇跡が起きて、都会へ出ていった若い男女が「人間牧場」で飼育される生活に愛想を尽かし、新しい何かを、古い何かを、金曜の夜にチェーン店の飲み屋で飲んだくれるよりも、もうちょっとワイルドな何かを求めはじめるかもしれず、その結果、このような場所を若さと歌とダンスで生き返らせないともかぎらない。

　どのような展開になろうとも、生命の輪は回りつづける。人間が綱で引こうが引くまいが。それでもなお、ぼくはこう思わずにいられない。パッキーがいなくなったら、ノックモイルはノックモイルでなくなってしまう、と。

*

　自分のウンコが入ったバケツを空けにいくとき、シカを解体しているとき、どしゃぶりの雨のなか堆肥を切りかえしているとき、その他、この暮らしに必要な雑事——場合によってはマヌケにも非倫理的にも不条理にも思われるであろう作業——のさいちゅうに、ふと「なんだってこんなことをするはめに？」という気持ちに襲われる瞬間がある。意図してこうなったわけではまったくない。ぼくだって人並みに、「成功」や「いい暮らし」を夢見ていた。が、人生行路上のどこともはっきりせぬ地点から、そうしたことばの定義が変化しはじめるにつれて、わが暮らしも変わってきた。

　人からはしょっちゅう、今後もずっとこの生活をつづけるつもりかと聞かれる。周囲の人たちと同じく、ぼくにも将来何が起きるかはわからない。しかし、現代生活の虚飾を手ばなして一〇年たったいまでも、やっと上っ面をなでたにすぎないと感じている。人間の経験には、まだ想像もつかぬ奥の奥があるのだ。ぼくら全員が――自分の責任ではないにせよ――生まれた瞬間から包まれてきた、野心だのプラスチックだの安楽さだののぶあつい層によって、幾重にも隠されている深みが。ぼくとしては、こうした深みをさらに探究して、その下にどんな宝物が隠れているかを知りたい。だからこそ、あらゆる人間らしさと引きかえに安楽さを売りこんでくる生きかたには、退行したくない。

万が一にもできるならば、産業文明が濫造した「レンズ」を取りはずして、自分自身の目で、この世界をありのままに見たい。もっとも根源的なレベルにおいて人間は動物であるけれども、その事実が真に何を意味するのか、ぼくにはまだ、ほとんどわからない。何年も前にこう決めた。生計を立てるためにわが人生をついやすのではなく、わが人生をじかに生きよう、と。その気持ちは、今日まで少しも変わっていない。パトリック・キャヴァナが述べたとおり、ぼくも、自分の馬、自分の魂を、いちばん高値をつけた入札者に売りたいとは思わなくなった。「溝を踏みこえて南へ」行った場所の草を実際に味わってみて、農地で栽培された牧草よりもうまいと気づいてしまったのだ。

数週間前にイベントに呼ばれて話をしたとき、「年をとったらどうするつもりか」との質問を受けた。ぼくの答えは「みなさんと同じく、ぼくも死ぬでしょう」。八八歳になって酸素マスクをつけ、死を恐れ、今後どうなることかとおびえつつ、平穏無事な一生を終える――そんなふうにはなりたくない。死との関係は、生との関係を大きく変える。真に生きている感覚をついぞ味わうことなく、不健康な生を長らえるのは、あまりにも易しい。

いまこの瞬間と、飢えた野生動物に骨までしゃぶりつくされる瞬間とのあいだに、何が起こるだろうか。何度もいうとおり、ぼくにはわからない。若いころとちがって、揺るぎない確信というものを持てなくなった。知れば知るほど、わからないことが増えていくみたいだ。そしてだんだん、それを喜べるようにもなってきた。電子画面《スクリーン》やらエンジンやらスイッチやらの、現代社会のあらゆるじゃま物は実のところ、人生を豊かにし、気持ちを前向きにさせ、人を活気づけるのだ——そう納得させてくれる誰かがもしもあらわれたら、そちらの岸に針路を変更し、見落としていた何かがそこにあるのかを確かめにいくだろう。だが、いまのところは、自分にとって唯一納得のいく場所にとどまりつづけるつもりでいる。血まみれで、荘厳で、汚らしく、汗臭く、息をのむような生命の世界に。

　当面ぼくにいえるのは、挿《さ》し木《き》するヤナギの枝が五〇本あること。それに、明日ひもじい思いをしたくなければ、川に出かけていって、もっとよくその生態を理解できないものか考えたほうがいいということだ。

シンプルであることの複雑さ

わたしはただ、できるかぎり充実した人生を生きたいと願っている。仕事においても、余暇においても、人はそのように日々を過ごすべきだと思う。いまの時代にそれが何を意味するかといえば、究極的に自分自身の代役をさせるために売りつけられる製品から、わが身を守らねばならない、ということだ。

――ウェンデル・ベリー『あたりまえの／共同の場所のわざ（*The Art of the Commonplace*）』（二〇〇二年）

鉛筆を置く前に、あいまいでやっかいな「シンプル」という語について、少々述べておきたい。ぼくの暮らしはしばしば「シンプルライフ」と形容され、ときに自分でもこのことばを使う。ある意味で、ひどく誤解を呼ぶ表現だ。この暮らし――わが生業――は、シンプルさとはほど遠いのだから。実際には、かなり複雑な生活であって、ただし、あまたのシンプルな細部でできている。逆に、以前に都市で送っていたのは、かなりシンプルな生活で、ただし、あまたの複雑な細部でできていた。産業文明の無数のテクノロジーはいまや複雑化をきわめ、ふつうの人の生活をかえって単純化してしまう。

あまりに単純すぎるのだ。明けても暮れても、複雑なテクノロジーを利用した同じことのくりかえしに、ぼくはうんざりしてしまった（そうしたテクノロジー製品の製造にたずさわる人も、同じくうんざりしていたのではあるまいか）。テクノロジーを拒絶した理由の一端はここにある。スイッチ、ボタン、ウェブサイト、乗り物、電子機器、娯楽、アプリ、電動工具、ガジェット、各種のサービス業者、癒やしグッズ、便利グッズ、生活必需品の数々に取りかこまれていると、自分の手ですることなどほとんど残されていないと感じた――唯一、ほかのあらゆる物を買うカネをかせぐ仕事をのぞいては。だからぼくは、カークパトリック・セールが『ヒューマンスケール』で述べたとおり、「単純化よりも複雑化」を望むようになった。

だが、産業社会のテクノロジーや官僚式の手続きが複雑である一方で、当の社会そのものはちっとも複雑でない。農学者ケネス・ダールバーグがいみじくも言いあてたように、「産業社会は〝込み入っている（complicated）〟だけであり（時計に似て、多数の部品が連結されているものの、〝種〟でいえば歯車・ぜんまい・ベアリングなど、たった数種類にすぎぬ）、複雑（complex）とはいえない」。セールは『ヒューマンスケール』でこうも指摘した。「シンプルなのはわれわれの近代経済である。国家はもっぱらひとつの民族のために存在し、都市はひとつの産業のため、農場はひとつの作物のため、工場はひとつの製品のため、人間はひとつの業務のため、業務はひとつの動作のため、動作はひとつの目的のために存在する」。産業文明にくらべて、多様な生き物が生息する荒野は、おどろくほど複雑だ。

けれども見かたを変えれば、ぼくの暮らしには時代を超えたシンプルさがある。産業社会がぼくらを「真空パック」してしまうプラスチックフィルムを、はぎ取ったあとに残るもの、すなわち人間が本当に必要とするものは、いたってシンプルだった。新鮮な空気。清浄な水。ごまかしのない食べ物。仲間。手入れするだけで動く自立共生的《コンヴィヴィアル》な道具を使い、自分の手で割った薪と、そこから得られる暖かさ。ぜいたくも、ガラクタも、不必要なまわりくどさもない。何かを買う必要も、何かになる必要もない。虚飾もなければ、請求書もなし。物事をややこしくする中間業者をとおさずに、ただ、ありのままの生と直接かかわりあうのみ。

シンプルだが、複雑だ。

こんなふうに複雑さだのシンプルさだのについて長々語っていると、頭が痛くなってくる。ニワトリたちは鶏小屋に入って、ぼくが戸を閉めるのを待っているし——家畜というものは誰かに世話される習性が身についているのだ——、それ以外にもいろいろとやるべき仕事がある。そろそろ取りかかったほうがいい。

*

カースティが遊びにきた。短時間のあわただしい訪問ではあっても、人生から与えられる一瞬一瞬をじっくり味わいたいと思う。表現の形は変われど、彼女への愛はみじんも薄れていない。二人の友情は、今後もけっして揺るがないだろう。彼女がここにいるとなおさら痛感するが、どんなに手ごたえの大きい暮らしも、愛がなければ、ときに物足りなさを感じてしまう。愛こそが、周囲のあらゆる物や人のなかの美に、日々気づかせてくれるのだ。

鉛筆を――しばらくのあいだはもう使わないつもりで――置こうとして、部屋の向こう側にいる彼女に目をやる。彼女流の手順に従い、乾燥ハーブを細かく砕いて保存容器に入れ、ひとつひとつにラベルをこしらえているところだ。作業に熱中するあまり、見られていることにまったく気づかない。複雑さに満ちたシンプルライフは、彼女にとってかならずしも容易ではなかった。過剰な安楽さと便利さに囲まれて育った、ぼくら世代の誰にとっても同じだろう。ぼく自身にも痛いほどよくわかる。ところが、時間とともに、その複雑さを美しく感じられるようになるものであり、彼女はもっとも美しい意味で、より複雑な人間に成長した。あいにく、もうぼくは、日々それを愛《め》でることのできる立場にないけれども。彼女は天成の薬草家《ハーバリスト》だ。好きこそ物の上手なれ、である。

ようやく視線に気づいた彼女がほほえむ。いまこの瞬間に、これ以上の何を望もうか。はかなく過ぎる一瞬であろうとかまわない。そばへ近寄っていき、スキをついて両脇の下をくすぐりにかかる。しまいに彼女は床にひっくりかえって、とめどなく笑いころげる。あいかわらず、世界広しといえどもこれほど野放図に笑う人はいまい。彼女が耐えきれなくなったところで手を放し、一緒にウツボグサとノコギリソウとヨウシュツルキンバイの保存作業に着手する。ほかの仕事は明日でいいさ。

後記

本書を書き終えて二か月後、ぼくにもいよいよはっきりわかってくる。一字一句までを手で書いては書きなおした原稿が、実際に日の目を見るためには、すっかりタイプしなおされる必要があるのだ。出版社も、著作権代理人も、何人かの友人さえも、口をそろえてそう言う。執筆期間中ずっとぼくは、かすかな希望を捨てようとしなかった。何か別の方法があるかもしれない。考えて書いた人間の筆跡を残す形で、世に出せるかもしれないではないか。だが、心の底では最初からわかっていた。判読しやすく、編集しやすく、出版もしやすい、タイプ原稿に変換されねばならないのも、もっともな話だと。

それでもなおしばらくは、かたくなに抵抗をつづけていた。ところが、あるとき気づく。この状況は、一〇年前にカネを手ばなしたとき以来つきまとっているのと同じ問題が、少し形を変えて再浮上したにすぎない、という点に。文明の利器の多くを使わないと決めた瞬間から、ふたつの選択肢と向きあってきた。ひとつはいわゆる「原始人になる」道で、産業社会には地獄へなりと行っていただく（いずれにせよ産業社会はまっしぐらに地獄へ行きたがっているようだが）。このアプローチにかならず寄せられるのは、「自分本位の現実逃避であって、当人以外の誰の役にもたたない」という批判だ。そうした批判には理論と実際の両面で賛成しかねるものの、ぼく自身、この方向性はどうにもしっくりこなかった。

もうひとつの選択肢は、自分の望む生活を送りながらも、問いなおしの対象とする社会の一員でありつづける道。このアプローチに対する代表的な批判は「偽善」だ。というのも、当の社会のありかた――しばしば自分のありかたと真っ向から対立するそれ――に関与せざるをえないわけだから。でも、このアプローチには、ぼくが走りがちな強硬路線のイデオロギーを超えた何か、誠実な何かが感じられる。それにしても、偽善がなぜこんなに評判が悪いのか、まったく理解に苦しむ。デイヴィッド・フレミングが『リーン・ロジック』で述べたとおり、「その人自身が実践できていないからといって、よりレベルの高い生きかたを提唱してはいけない理由など、どこにもない。実際、もしも理想とかかげる生きかたが当人の現状よりもすぐれたものでなかったとしたら、それこそ憂慮すべきであろう」。

読者がいまこれを読んでいる以上、ぼくが偽善者アプローチを選択したことは明白だ。タイプ原稿化に同意した時点で、またしても二者択一をせまられた。今度は、誰かにタイプしてもらうか（ウェンデル・ベリーは一九五六年に購入したロイヤル社のタイプライターで妻にタイプしてもらっている）、自分でタイプするかの選択だ。好きこのんでそんな仕事を引きうけてくれる人はいなかったので、やむをえず、わがテクノロジーなし生活に一度だけ、可能なかぎり短い例外期間をもうけることにした。自分でタイプしたのである。
　心に少なからぬ引っかかりをおぼえながらの決断だったし、いまでも割り切れない思いが残る。本当に別の方法はなかったのだろうか。うそいつわりない心から生まれた決断だっただろうか。それとも、手書き原稿をごみ箱に捨て、第一の選択肢をとるべきだったのだろうか。いずれにせよ、あの決断を弁護するつもりはない。あれは、比較考量したすえの自覚的な選択であり、最終的にそう決めたのは、正しくあろうとする以上に、もしくは見当ちがいなイデオロギー的純潔以上に、自分にとって大事だと感じた理由による。こうした心情をウォルト・ホイットマンも「ぼく自身の歌」で次のように詠んだ。

ぼくが矛盾しているのかい、
それならおおいに結構。ぼくはたっぷり矛盾してやる、
（だってぼくは大きくて、中身がどっさり詰まっているんだ）

（『草の葉』酒本雅之訳、岩波文庫）

　この後記のはるか以前に手書きしたプロローグに書いたとおり、近ごろは、この古い暮らしかたを現代社会で実践することと人に伝えること、その双方の複雑さを探るほうが、何事にも白黒つけられるふりをするより、むしろ好ましく思える。白黒などつけられない。これまでにも、つけられたためしがない。

哲学的側面のほか、その決断には実際的な思惑もはたらいた。なるべくさっさと済ませて、愛着ある生活に戻りたかったのだ。そこで、一八か月間一度も電子画面の前にすわっていなかったというのに、突如として、一日に一二時間をついやし、七日間かけて、入念に手書きされたわが原稿を、出版に適した味気ない電子データに移し替えるはめとなる。比較的短期の限定された作業のためとはいえコンピューターの使用を再開するのは、最初にコンピューターの使用をやめたときと変わらぬほど、示唆に富む経験であった。

　はじめのうちは、キー入力さえままならない。表題の最初の一文字を探そうにも、キーボードの配列を忘れてしまっていた。ビジネスの世界にいたとき、画面の前に何日もすわりつづけなんてことはざらだった。それがいまは、毎日昼食どきまでに頭がもうろうとしてきて、ついワインのボトルを開けてしまいそうになるのを抑えねばならぬ始末。大半の現代人にとっての日常茶飯事にすらうまく対処できないのは、精神的に弱いからなのか、それとも強いからなのか（クリシュナムルティ「インドの思想家・宗教家」はかつて言った。「深く病んだ社会にうまく適応できることは、すこやかさの基準とならない」）。初日の作業が終わるころには背中が痛み、長年つきあってきた右手首の腱鞘炎《けんしょうえん》も、一時的に軽くぶり返した。

　だが、影響はそれだけにとどまらない。目的を見うしない、自分は何のためにこんな生活をしているのか、何のために戦っているのかも、わからなくなってきた。日が暮れるころには、周囲の風景からすっかり切りはなされたような、もはやその風景の一部ではなく、見知らぬバーチャルな世界に属しているような気分になった。小屋の外に出ると、自然光で目が痛んだ。

機械のある世界に一時回帰する貴重な経験のおかげで、以前の暮らしのほうがずっと楽しくて楽だったという、美化された記憶も一掃された。一度の妥協でこれだけつらい思いをしたので、もう一度する気になるかどうかはわからない。

入力し終わって二、三日たつと、すわりっぱなしで画面を凝視する生活の影響が、少しずつ薄らいでいくのを感じた。自分がいる場所とのつながりが回復し、またここに属していると思えるようになった。ただ、この次に服を手洗いするときだけは、あの七日間に味わった気分を思いだすのもよかろう。

タイピングはもうおしまい。外の世界が呼んでいる。カササギが激しく鳴きたてる声が聞こえる。もう一羽のカササギが、木の下でじたばたともがくモリバトの羽を引きむしっているのだ。頭上ではウソのつがいがデュエットしている。愛の歌か、命の歌か。あるいは、命への愛を歌っているのかもしれない。

広い野外こそ、ぼくがいるべき場所だ。

無料宿泊所〈ハッピー・ピッグ〉について

本書のあちこちで触れたように、ぼくらは農場の敷地内で、無料の宿泊所兼イベントスペース兼もぐり酒場《シビーン》〈ハッピー・ピッグ〉を運営している。泊まりにくる人の動機はさまざまだ。簡素な暮らしを経験してみたいという人もいれば、あわただしい日常をしばらく離れて、読書や散歩を楽しんだり、音楽を奏でたり、創造力をはたらかせたりする時間を求めている人もいる。その多くが、詩人メアリー・オリバーのいう「たった一度きりのワイルドで貴重な人生」をついやす価値のある何かを探しもとめているようだ。ときどき講座や夜のイベントやパーティの会場としても使われ、グループでの使用も無料である。ここを通りすぎていった多くの個性的な人びとについて書きはじめたら、一冊の本ができあがることだろう（書かないけれど）。

しくみはボシーにやや似ている。誰でも歓迎。三泊までは滞在でき、誰のじゃまにもならなければ、さらに長く滞在してかまわない。何か月も泊まっていった人もいる。ウェブサイトがない点では、昔のホステルに近い。まあ、その点に関しては、昔のどんなものとも同じだが。

道案内はしない。読者自身の鼻と、生来の冒険精神に従うことだ。人家のドアをたたき、商店でたずね、道に迷ってほしい。まちがってもスマートフォンを使おうとはせぬように。予約システムなどない。あらかじめ手紙をくれてもいいけれど、イベント企画の相談以外に返事を出すことはまれだ。大多数の人と同じように、突然来てくれてもかまわない。きっとたどり着ける。寄付は受けつけるものの、けっして強制ではないし、建物の維持にかかるささやかな費用を分担してやろうという意思と能力の持ち主からの寄付は、匿名性が厳守される。

いくつか大事な注意点を。海外から訪ねてくるなら、飛行機には乗らず、陸路と海路を使うようお願いする。徒歩か、ヒッチハイクか、自分自身の手足で這ってきてくれれば、なおさらいい。何の苦労もせずにやってくるのだけは勘弁してほしい。滞在中の食事と娯楽は各自で準備願う。食べ物も娯楽も、ぼくらが提供できるものはもちろん喜んでお分けするが。楽器や持ち歌があれば、ご持参を。意欲と熱意はいつでも歓迎。ここに定住している人間は、かならずしも一緒にときを過ごす余裕があるとはかぎらないが、おつきあいできる場合も多い。

というわけで、ガイドラインはいたってシンプル。ここでの時間を楽しむこと。自分が使う物と使う理由に配慮を忘れないこと。この場所を去るときは、少なくとも来たときと同じくらいよい状態にしてお帰りを。人生みたいなものだね、実際。

謝辞

こういう生活をしていると、本の謝辞を書くのはきわめてややこしい。誰と何とを含めるか、あるいは含めずにおくか、なかなか判断がつかない。これまでに出会ったひとりひとりの人、ひとつひとつの事物が、ぼくの人生と、そこから生まれた本書とに、大小さまざまな影響を与えているのだから。

ならばいっそのこと、シンプルにいこう。森羅万象に感謝をささげます。

訳者あとがき

あなたにとって「絶対これだけは手ばなせない」と思うテクノロジーは何ですか？　大切な人とたえずつながっていられる携帯電話？　知りたい情報に瞬時にアクセスできるインターネット？　それとも、二四時間三六五日つねに冷えたビールが出てくる冷蔵庫？　あるいは、真冬でも冷たいビールをおいしく感じさせてしまうエアコンでしょうか。

多くの現代人が「あって当然」「なければ生きていけない」とみなす、そのような文明の利器をかたっぱしから手ばなし、そこに立ちあらわれる新しい――と同時に非常に古くもある――日常の風景へと読者をいざなってくれるのが、本書の著者マーク・ボイル、別名「カネなし男《マネーレスマン》」です。

アイルランド北西部のドニゴール県で一九七九年に生まれたボイルは、大学でビジネスを学んだのちに、英国ブリストルで無銭経済《フリーエコノミー》運動を創始。二〇〇八年の「無買デー」から約三年間、一銭のお金も使わずに暮らしたことで知られています。お金を使わないといっても、食べるにも事欠く窮乏生活ではなく、世捨て人のような隠遁生活でもありません。この世界が待ったなしの気候危機やコミュニティ崩壊に直面するなか、持続可能な地球を取りもどすには、自分の消費する物や地域社会や自然界と、金銭を介さず直接つながり直すしかない、という信念にもとづく運動の一環でした。無買デーとは、「年に一度、余計なモノを買わずに過ごし、行きすぎた消費主義を考えなおそう」とカナダから広まった記念日です（英国や日本では一一月の最終土曜日）。

お金を手ばなすにいたる経緯と「カネなし生活」最初の一年の経験をユーモラスにつづった初の著書は評判を呼び、これまでに二〇以上の言語に翻訳されています。邦訳『ぼくはお金を使わずに生きることにした』も、二〇一一年の無買デーに全国の書店に並んで以来、刷を重ね（本稿執筆時点で一七刷）、多くの人に影響を与えてきました。奇《く》しくもちょうど一〇年後にあたる今年、彼のあらたな挑戦を描いた第四作の邦訳『ぼくはテクノロジーを使わずに生きることにした』が、こうしてまた無買デーに発行される運びとなりました。

当初一年間の実験のつもりだった「カネなし生活」の豊かさに魅せられた彼は、結局三年近くその暮らしをつづけ、そこでつちかった無銭の哲学と生活の知恵を第二作『無銭経済宣言――お金を使わずに生きる方法』に集大成します。二〇一三年には故国アイルランドのゴールウェイ県に、五年間無人だった一万二〇〇〇平米の小農場を著書の印税で購入し、仲間とともに移住。無銭経済（＝ローカルな贈与経済《ギフトエコノミー》）を誰もが体験できる場づくりに、いよいよ動きだしました。

もとからあった「スイッチやボタンやコンセントだらけ」のファームハウスに住みながら、パーマカルチャーの原理にもとづく農園整備、古い豚舎《とんしゃ》の全面改築による無料宿泊所〈ハッピー・ピッグ〉建設、近隣の森の木を使用した小屋の新築に汗を流すこと三年半。二〇一六年の冬至に、完成した小屋へ恋人カースティと移り（ファームハウスは家賃タダで人に貸して）、「身の丈を超えた複雑なテクノロジー」を使わない念願の生活をはじめます。本書に生き生きと描きだされるのは、その準備段階と、テクノロジーを手ばなして季節が一巡するまでの一年間です。

カネなし生活時代の彼は、みずからの考えを発信したり、人びとが道具やスキルを分かちあう〈フリーエコノミー・コミュニティ〉のウェブサイトを運営したりするために、中古のパソコンを使用していました。受信専用の携帯電話や、充電用のソーラーパネルも使っていました。「テクノロジーなし生活」とは、そのような一切とも縁を切ることを意味します。産業文明から完全に「プラグを抜いた」《アンプラグド》、究極のオフグリッド生活といってもよいでしょう。すなわち、「既存の電力網に頼らずに自家発電する」のですらなく「電気自体を使わない」という決断なのです。

もちろん、テクノロジーとはデジタル機器や家電製品のみをさすわけではありません。ワンタッチで火のつくガスコンロも、蛇口をひねれば出てくる水もなし。夜には手づくりの蜜ロウキャンドルを灯す暮らしです。二〇代のころからベジタリアンで動物の権利《アニマルライツ》運動にもかかわってきた彼が、植物性タンパク質の定番である輸入物の豆類を断ち、代わりに野生動物（湖で釣ったカワカマスや交通事故死したシカ）を食べる選択をしたのも、それら外国産食品の栽培・加工・輸送過程がグローバルな産業テクノロジーに依存せざるをえないためです。

本書では、こうした現在進行形の「スローライフ」の忙しさ、「シンプルライフ」の複雑さが、四季の変化に即して語られるのに加えて、二〇世紀半ばまで自給自足生活がいとなまれていたアイルランド南西部のグレート・ブラスケット島にまつわるエピソード（ゴシック体で表記）と、著者の子ども時代からの軌跡をふりかえる回想シーンとが、並行して、ときに交差しつつ、展開されていきます。

過去の回想部分では、「まともな靴が一足あるだけで御の字」だった少年期、友人の誰よりも早く携帯電話を入手したティーン時代、パブに入りびたりの大学生活、使命感に燃えてモーレツにはたらいた有機食品業界時代、カネなし実験前に企てたインド巡礼の挫折など、これまでの著作で触れられなかった事実も明かされ、すでに彼を知る読者にはとりわけ興味ぶかく感じられるでしょう。

一〇年近く心血を注いだ過去のフリーエコノミー運動をかえりみて、「先端テクノロジーを利用した贈与経済のウェブサイトが、かえって産業文明を補強・延命させていた」と、苦しい胸中も吐露しています。善意の運動が期せずして現状維持に加担してしまう皮肉は、第三作『モロトフ・カクテルをガンディーと――平和主義者のための暴力論』で詳細に論じられたテーマのひとつでした。一見平和な日常にひそむ「機械文明」の暴力と、正面から対峙しようとする著者の姿勢を理解すると、アイルランドの小村に根を下ろした泥まみれ汗まみれの暮らしが、収奪のかぎりを尽くすグローバル資本主義に抵抗《レジスト》し、反逆《レボルト》し、野生を取りもどす《リワイルド》、「新時代の3R」の慎ましくも野心的な実践であることがわかります。

その暮らしぶりから妥協知らずの機械化反対主義者《ラッダイト》とみなされがちなボイルは、しかし、他者の声に耳をかたむけようとせぬ頑固者ではありません。この先もしも、「現代社会のテクノロジーが実は人生を豊かにし、真の幸福をもたらす」と納得させてくれる誰かがあらわれたとしたら、そちらへ針路を変更し、自分の目で確かめにいくだろう、とも述べています。彼が選びとった現在の生きかたは、白か黒か、勝つか負けるかを決するためのゲームではなく、みずからの納得いく暮らしに一歩一歩近づいていく道のり、「家へ帰る道《ザ・ウェイ・ホーム》」（本書の原題）なのです。

この本を読みおえたみなさんは、彼の旅路にすぐさま同行を決意しないまでも、各自に合った流儀で、近い方向めざして進んでいこうと思われたでしょうか。それとも、彼が見落としているテクノロジーの存在意義を説いて、その針路を正してやろうと思われたでしょうか。いずれにせよ、「真の幸せとは何か」「機械との境界が薄れゆく現代において、人間であるとはどういうことか」に関する議論が深まるひとつのきっかけを提供できれば、翻訳者としてもうれしいかぎりです。

本書のカバー写真は、英国の「チャンネル5《ファイブ》」で今年二月に放映されたTVドキュメンタリー『ベン・フォーグルの〈荒野のなかの新しい生活〉』から提供いただきました。冒険家ノォーグルが世界各地のオフグリッド生活者に会いにいく人気シリーズです。いまのところ、ボイルに密着した回のごく一部をYouTubeで視聴できるだけなので、日本でもどこかで全編を放送してもらえないかと期待しています。

口絵に写真を使わせてくださった内海大輔さんには、現地で接した著者の温厚な人柄、農場の様子について、貴重なお話をうかがうことができました。

いつも阿吽《あうん》の呼吸で未熟な訳者を導いてくださる紀伊國屋書店出版部の有馬由起子さんをはじ

め、本書が読者のもとへ届くまでに大小さまざまな形でお世話になったすべての方々にも、心より感謝をささげます。

二〇二一年一〇月

吉田奈緒子

参考情報

- 原書版元によるプロモーション映像
https://www.youtube.com/watch?v=hxy2wPvxPnk
- 英国のテレビドキュメンタリー『ベン・フォーグルの〈荒野のなかの新しい生活〉(*Ben Fogle: New Lives in the Wild*)』からの抜粋動画
https://www.youtube.com/watch?v=p-oDysNKL08
- オランダのサバイバル愛好家によるインタビュー動画
https://www.youtube.com/watch?v=SZiT9vhPX6Y
- 著者による『ガーディアン』紙の連載コラム（本書五五ページを参照）。
カースティが描いた挿絵も。全文の閲覧には登録が必要。
https://www.theguardian.com/commentisfree/series/life-without-technology

——*The Portable Thoreau* (Penguin, 2012)

- Tree, Isabella, *Wilding: The Return of Nature to a British Farm* (Picador, 2018) [イザベラ・トゥリー『英国貴族、領地を野生に戻す——野生動物の復活と自然の大遷移』三木直子訳、築地書館、2020年]
- Whitman, Walt, *The Works of Walt Whitman* (Wordsworth Editions, 1995)
- Wiseman, John 'Lofty', *SAS Survival Handbook* (Collins, 2003) [ジョン・ワイズマン『最新SASサバイバル・ハンドブック』高橋和弘・友清仁訳、並木書房、2009年]
- Wohlleben, Peter, *The Hidden Life of Trees: What They Feel, How They Communicate－Discoveries from a Secret World* (William Collins, 2017) [ペーター・ヴォールレーベン『樹木たちの知られざる生活——森林管理官が聴いた森の声』長谷川圭訳、ハヤカワ・ノンフィクション文庫、2018年]

- Leopold, Aldo, *A Sand County Almanac* (Oxford University Press, 1949) ［アルド・レオポルド『野生のうたが聞こえる』新島義昭訳、講談社学術文庫、1997年］
- Lopez, Barry, *Arctic Dreams: Imagination and Desire in a Northern Landscape* (Bantam, 1987) ［バリー・H. ロペス『極北の夢』石田善彦訳、草思社、1993年］
- Mac Coitir, Niall, *Ireland's Wild Plants: Myths, Legends and Folklore* (The Collins Press, 2015)
  ——*Ireland's Birds: Myths, Legends and Folklore* (The Collins Press, 2017)
- Macfarlane, Robert, *Landmarks* (Penguin, 2016)
  ——*The Old Ways: A Journey on Foot* (Penguin, 2013)
- Mears, Ray, *Essential Bushcraft* (Hodder and Stoughton, 2003)
  ——*Outdoor Survival Handbook* (Ebury Press, 2001)
- Michelet, Madame, *Nature: or, the Poetry of Earth and Sea* (T. Nelson and Sons, 1880)
- Monbiot, George, *Feral: Rewilding the Land, Sea and Human Life* (Penguin, 2014)
- Muir, John, *Wilderness Essays* (Gibbs Smith, 2015)
- Mumford, Lewis, *The Myth of the Machine: Technics and Human Development* (Harcourt, Brace & World, 1967) ［ルイス・マンフォード『技術と人類の発達』(「機械の神話」1)樋口清訳、河出書房新社、1971年］
  ——*The Myth of the Machine Volume II: The Pentagon of Power* (Harcourt, Brace & Jovanovich, 1970) ［『権力のペンタゴン』(「機械の神話」2)生田勉・木原武一訳、河出書房新社、1973年］
- Mytting, Lars, *Norwegian Wood: Chopping, Stacking and Drying Wood the Scandinavian Way* (MacLehose Press, 2015)［ラーシュ・ミッティング『薪を焚く』朝田千惠訳、晶文社、2019年］
- Nearing, Helen and Nearing, Scott, *Living The Good Life: How to Live Sanely and Simply in a Troubled World* (Schocken, 1989)
- Ó Catháin, Gearóid Cheaist, *The Loneliest Boy in the World: The Last Child of the Great Blasket Island* (The Collins Press, 2015)
- O' Connell, Mark, *To Be a Machine: Adventures Among Cyborgs, Utopians, Hackers, and the Futurists Solving the Modest Problem of Death* (Granta, 2017)［マーク・オコネル『トランスヒューマニズム——人間強化の欲望から不死の夢まで』松浦俊輔訳、作品社、2018年］
- Ó Criomhthain, Tomás, *Island Cross-Talk: Pages from a Blasket Island Diary* (Oxford University Press, 1986)
  ——*The Islandman* (Oxford University Press, 1951)
- Ó Guithín, Micheál, *A Pity Youth Does Not Last: Reminiscences of the Last Blasket Island Poet* (Oxford University Press, 1982)
- Ó Súilleabháin, Muiris, *Twenty Years A-Growing* (Oxford University Press, 1933)
- Rebanks, James, *The Shepherd's Life: A Tale of the Lake District* (Penguin, 2016) ［ジェイムズ・リーバンクス『羊飼いの暮らし——イギリス湖水地方の四季』濱野大道訳、早川書房、2017年］
- Richards, Matt, *Deerskins into Buckskins: How to Tan with Brains, Soap or Eggs* (Backcountry Publishing, 1997)
- Sale, Kirkpatrick, *Human Scale* (Martin Secker & Warburg, 1980) ［カークパトリック・セール『ヒューマンスケール——巨大国家の崩壊と再生の道』里深文彦訳、講談社、1987年］
- Sayers, Peig, *Peig* (The Talbot Press, 1983)
- Snyder, Gary, *The Practice of the Wild* (Counterpoint, 2010) ［ゲーリー・スナイダー『野性の実践』重松宗育・原成吉訳、東京書籍、1994年ほか］
- Thoreau, Henry David, *The Journal 1837-1861* (New York Review of Books, 2009) ［ヘンリー・ソロー『ヘンリー・ソロー全日記』全12巻、山口晃訳、而立書房、2020年〜刊行中］

おもな参考文献

- Abbey, Edward, *Desert Solitaire: A Season in the Wilderness* (McGraw-Hill, 1968)［エドワード・アビー『砂の楽園』越智道雄訳、東京書籍、1993年］

  ——*The Journey Home: Some Words in Defense of the American West* (Plume, 1991)［『荒野、わが故郷』野田研一訳、宝島社、1995年］
- Ansell, Neil, *Deep Country: Five Years in the Welsh Hills* (Penguin, 2012)
- Berry, Wendell, *The Peace of Wild Things* (Penguin, 2018)

  ——*The World-Ending Fire: The Essential Wendell Berry* (Allen Lane, 2017)
- Cahalan, James M., *Edward Abbey: A Life* (University of Arizona Press, 2001)
- Carney, Michael and Hayes, Gerald, *From the Great Blasket to America: The Last Memoir by an Islander* (The Collins Press, 2013)
- Colvile, Robert, *The Great Acceleration: How the World is Getting Faster, Faster* (Bloomsbury, 2017)
- Connell, John, *The Cow Book: The Story of Life on a Family Farm* (Granta, 2018)
- Deakin, Roger, *Wildwood: A Journey Through Trees* (Penguin, 2007)
- Diamond, Jared, *Guns, Germs, and Steel: The Fates of Human Societies* (Norton, 1999)［ジャレド・ダイアモンド『銃・病原菌・鉄——1万3000年にわたる人類史の謎　上・下』倉骨彰訳、草思社文庫、2012年］
- Dillard, Annie, *Pilgrim at Tinker Creek* (Harper Perennial Modern Classics, 2013)［アニー・ディラード『ティンカー・クリークのほとりで』 金坂留美子・くぼたのぞみ訳、めるくまーる、1991年］
- Emerson, Ralph Waldo, *The Essential Writings of Ralph Waldo Emerson* (Modern Library, 2000)
- Finkel, Michael, *The Stranger in the Woods: The Extraordinary Story of the Last True Hermit* (Simon & Schuster, 2017)［マイケル・フィンケル『ある世捨て人の物語——誰にも知られず森で27年間暮らした男』宇丹貴代実訳、河出書房新社、2018年］
- Fleming, David, *Lean Logic: A Dictionary for the Future and How to Survive It* (Chelsea Green, 2016)
- Fogarty, Pádraic, *Whittled Away: Ireland's Vanishing Nature* (The Collins Press, 2017)
- Griffiths, Jay, *Pip Pip: A Sideways Look at Time* (Flamingo, 1999)［ジェイ・グリフィス『《まるい時間》を生きる女、《まっすぐな時間》を生きる男』浅倉久志訳、飛鳥新社、2002年］
- Hayes, Gerald W. and Kane, Eliza, *The Last Blasket King: Pádraig Ó Catháin, An Rí* (The Collins Press, 2015)
- Jones, Tobias, *A Place of Refuge: An Experiment in Communal Living, The Story of Windsor Hill Wood* (Riverrun, 2016)
- Kavanagh, Patrick, *A Poet's Country: Selected Prose* (The Lilliput Press, 2003)

  ——*Collected Poems* (Allen Lane, 2004)
- Kelly, Kevin, *What Technology Wants* (Penguin, 2011)［ケヴィン・ケリー『テクニウム——テクノロジーはどこへ向かうのか？』服部桂訳、みすず書房、2014年］
- Kingsnorth, Paul, *Confessions of a Recovering Environmentalist* (Faber & Faber, 2017)
- Langlands, Alexander, *Cræft: How Traditional Crafts Are About More Than Just Making* (Faber & Faber, 2017)
- Lawrence. D.H., *Lady Chatterley's Lover* (Penguin, 1960)［ロレンス『完訳 チャタレイ夫人の恋人』伊藤整訳、伊藤礼補訳、新潮文庫、1996年 ほか］

著者　マーク・ボイル　Mark Boyle

一九七九年、アイルランド生まれ。大学でビジネスを学んだ後、渡英。二九歳からの三年間、まったくお金を使わずに暮らした。現在は、アイルランド西部のゴールウェイ県にある小農場に自ら建てた小屋で、近代的テクノロジーを使わない自給自足の生活を送っている。農場の敷地内で、無料の宿泊所兼イベントスペース〈ハッピー・ピッグ〉もいとなむ。

著書『ぼくはお金を使わずに生きることにした』は二〇以上の言語に翻訳され、日本でも大きな反響を呼んだ。他の著書に、『無銭経済宣言――お金を使わずに生きる方法』（以上、紀伊國屋書店）、『モロトフ・カクテルをガンディーと――平和主義者のための暴力論』（ころから）がある。

訳者　吉田奈緒子　よしだ・なおこ

一九六八年、神奈川県生まれ。東京外国語大学インド・パーキスターン語学科卒。英国エセックス大学修士課程（社会言語学）修了。千葉・南房総で「半農半翻訳」の生活を送り、蛇腹楽器コンサーティーナでアイルランド音楽を弾く。訳書に、ボイル『ぼくはお金を使わずに生きることにした』、サンディーン『スエロは洞窟で暮らすことにした』（以上、紀伊國屋書店）など。

ぼくはテクノロジーを使わずに生きることにした

二〇二一年一一月二七日　第一刷発行
二〇二二年　二月一七日　第二刷発行

著者　マーク・ボイル
訳者　吉田奈緒子
発行所　株式会社 紀伊國屋書店
東京都新宿区新宿三-一七-七
出版部(編集)電話 〇三-六九一〇-〇五〇八
ホールセール部(営業)電話 〇三-六九一〇-〇五一九
〒一五三-八五〇四 東京都目黒区下目黒三-七-一〇

本文組版　明昌堂
印刷・製本　シナノ パブリッシング プレス
ISBN 978-4-314-01187-7 C0036 Printed in Japan
定価は外装に表示してあります